DIE NEUEN FÄLLE DES MEISTERDETEKTIVS
SHERLOCK HOLMES

In dieser Reihe bereits erschienen:

3001 – **Sherlock Holmes und die Zeitmaschine** von Ralph E. Vaughan
3002 – **Sherlock Holmes und die Moriarty-Lüge** von J. J. Preyer
3003 – **Sherlock Holmes u. die geheimnisvolle Wand** von Ronald M. Hahn
3004 – **Sherlock Holmes und der Werwolf** von Klaus-Peter Walter

Klaus-Peter Walter

SHERLOCK HOLMES
und der Werwolf

– EINE FÄLSCHUNG –

Basierend auf den Charakteren von
Sir Arthur Conan Doyle

BLITZ

KLAUS-PETER WALTER, 1955 in Michelstadt im Odenwald geboren, lebt heute mit Frau, Sohn und viel zu vielen Büchern in Bitburg in der Eifel. Studierte Slawistik, osteuropäische Geschichte und Philosophie in Mainz. Seit der Promotion 1983 freier Publizist. Trotz der intensiven Beschäftigung mit russischer Literatur sind Anfälle von gelegentlicher Anglophilie nicht zu leugnen. Daher auch passionierter Tee-Trinker. Erholte sich nie mehr von einer Infektion mit dem Baker-Street-Virus, die ihn in der Unterstufe des Gymnasiums befiel. Besaß sogar eine Zeitlang den gleichen Schreibschrank, wie ihn Sherlock Holmes-Darsteller Erich Schellow in seinem Fernseh-Wohnzimmer stehen hatte. Noch heute ist sein Arbeitszimmer im Holmesianischen Stil gehalten, mit Blick auf völlig fehlende Chemiekenntnisse jedoch ohne säurezerfressenen Labortisch, aber dafür mit Computer. Er arbeitete und arbeitet - vor allem über osteuropäische Autoren und Literaturen - für die Frankfurter Allgemeine Zeitung, Die Welt und den SWR sowie für zahlreiche Literaturlexika (KNLL, KLfG u.a.), gibt seit 1993 das Loseblatt-Lexikon der Kriminalliteratur LKL heraus, schrieb 1995 Das James-Bond-Buch und 2002 Reclams Krimi-Lexikon. Zahlreiche eigene Kriminalkurzgeschichten bei Scherz, KBV, GEV u. a. Der Meister aus der Baker Street tritt auf in seinen Kurzgeschichten Sherlock Holmes und Old Shatterhand (2005) und Der Tote vom Sewer, BLITZ, 2006), Die verschwundene Witwe (2006), Der diebische Weihnachtsmann (2007). Im Reich des Cthulhu ist sein erster Roman. Wahlspruch: Alles, was ich mache und kann, habe ich von Sherlock Holmes gelernt! Kann aber nicht Geige spielen und ist auch nicht kokainsüchtig. Mitgliedschaft in der Deutschen Sherlock-Holmes-Gesellschaft Von-Herder-Airguns Ltd.

Redaktion: Jörg Kaegelmann
Lektorat: Dr. Richard Werner
Umschlaggestaltung und Satz: Mark Freier
Druck: CPI, Clausen & Bosse, Leck

www.BLITZ-Verlag.de
ISBN 978-3-89840-338-2

Für unseren Sohn Jan, wegen Wien.

Vorrede des Herausgebers

Schon seit 1993 gebe ich nun das im Corian-Verlag in Meitingen erscheinende Loseblatt-*Lexikon der Kriminalliteratur* LKL heraus. Inzwischen sind zwölf Ordner leidlich gefüllt, ich habe *Reclams Kriminalromanführer* herausgegeben, mich als Juror bei Krimiwettbewerben betätigt und bin selbst einmal für eine Krimikurzgeschichte mit einem *Blutigen Messer* ausgezeichnet worden; ich habe Krimis in DIE WELT besprochen, bin Mitglied bei der Sherlock-Holmes-Gesellschaft *von Herder Airguns Ltd.* und werde gelegentlich vom Fernsehen zu Fragen der Kriminalliteratur interviewt. Verlage bedenken mich so bedenkenlos mit Rezensionsexemplaren, dass das Haus, in welchem ich mit meiner lieben Frau und unserem Sohn wohne, sicherlich bald den Hang hinunterrutschen wird.

Vor einiger Zeit reichte mein treuer Verleger Heinrich Wimmer einen an mich zu Händen des Corian-Verlages adressierten 4-Gigabyte-USB-Stick der Firma Verbatim an mich weiter. Ein romaneskes Werk mit dem Titel *Sherlock Holmes und der Werwolf* war darauf abgespeichert. Ich legte ihn beiseite. Tage später entsann ich mich seiner und begann ernsthaft zu lesen, obwohl ich das nicht gerne am Laptop tue. Ich scheute jedoch die Kosten eines Ausdrucks. Ein gesondert gespeichertes Begleitschreiben wies es als Übersetzung der Abschrift eines angeblichen Originalmanuskripts von John H. Watson, M.D., aus, gefunden natürlich in einer alten Kiste auf einem verlassenen Speicher in London, und natürlich mit dem Zusatz versehen, es dürfe erst nach dem Tode des Verfassers veröffentlicht werden. Unterzeichnet war dieses Begleitschreiben von einem gewissen Ulysses B. Rudd.

Um es kurz zu machen: Ich zweifle daran, dass es noch unveröffentlichte Manuskripte des guten Doktors geben kann. Ich zweifle sogar daran, dass er alles selbst geschrieben hat, was ihm zugeschrieben wird. Allein die physische Leistung ist kaum vorstellbar, ganz abgesehen davon, dass Sherlock Holmes in seiner Zeit als aktiver beratender Detektiv zwanzig bis dreißig spektakuläre Fälle pro Jahr hätte lösen müssen. Man müsste einmal zusammenzählen, was allein im legendären Jahr 1895 alles anlag! Selbst James Bond kommt höchstens nur jedes zweite Jahr auf die Leinwand; meist befindet er sich dazwischen in der Obhut von Qs Medizinalabteilung, die ihn nach erfolgter Weltenrettung wieder zusammenflickt. Wahrscheinlich war Dr. Watson – ähnlich wie einer beliebten Theorie zufolge William Shakespeare – vier fleißige ledige Schwestern, die sich die Arbeit aufteilten.*

Sherlock Holmes und der Werwolf ist jedenfalls dem Gestaltungsprinzip des *sampling* mehr verpflichtet als dem des originären Schreibens, denn der Text enthält zahlreiche zum Teil wörtliche, zum Teil leicht veränderte, weil möglicherweise aus dem Gedächtnis wiedergegebene, literarische Zitate, die der vermutlich 1929 verstorbene Dr. Watson schlech-

* Wenn mich nicht alles täuscht, geht dies auf eine Bemerkung Woody Allens zurück.

terdings nicht gekannt haben kann, etwa aus Erzählungen des sowjetischen Erzählers Daniil Granin, aus Hans Leberts *Wolfshaut*, aus Graham Greens *Der dritte Mann*, aus einer modernen Übersetzung von Mary W. Shelleys *Frankenstein*, aus Yoshida Kenkos *Betrachtungen aus der Stille*, aus *Samenspende* von Peter Hänni oder sogar aus meinen eigenen Sherlock-Holmes-Geschichten. Lateinisch wird eine solche Literatur, die Passagen aus Texten anderer Autoren kompiliert, *Cento* genannt, was eigentlich ein aus Flicken zusammengenähtes Kleidungsstück bezeichnet.

Zahlreiche Werke dienten also gleichsam als Steinbruch für diesen Roman, was angesichts des Themas und der überraschenden Auflösung vielleicht gar keine so schlechte Idee war – Form und Inhalt weisen so eine gewisse Kongruenz auf.

Nachdem ich seinen Inhalt auf meinem Laptop gespeichert hatte, schickte ich den USB-Stick zu meiner Entlastung an das Literaturarchiv in Marbach. Auf dem Postweg ging er leider verloren. Von Ulysses B. Rudd habe ich nie etwas gehört. Mein *Konfrater in Baker Street* und geschätzter Gesinnungsgenosse Christian Endres, Verfasser von *Sherlock Holmes und das Uhrwerk des Todes*, verneinte die Frage, ob er mit dem Verfasser identisch sei, kategorisch; in ähnlichem Sinne äußerten sich andere Holmesianer.

Den Romantext habe ich in Fußnoten erläutert und kommentiert. Einige Verleger, denen ich das Manuskript anbot, argwöhnten mit Hinweis auf meinen Roman *Sherlock Holmes im Reich des Cthulhu*, ich selbst sei der Verfasser. Ich weise diese Unterstellung auf das Energischste zurück. Der

Verfasser ist zweifellos ein äußerst belesener Mensch, ein wahrer Born an Zitaten, aber für die Kompilation eines solchen Werkes bin ich doch ein klein wenig zu faul. Trotzdem allen Lesern viel Spaß mit dieser Räuberpistole!

Klaus-Peter Walter, im August 2012

Vorrede von Dr. Watson

Manchmal fahre ich meinen Rollstuhl ans Fenster. Mit der gesunden Hand ziehe ich mich am Griff etwas hoch, stütze mich ein wenig auf die andere, die kranke Hand, und schaue hinunter in den Garten, wo Holmes mit seinen Bienen beschäftigt ist oder die Rosen schneidet. Ja, da unten im Garten steht mein Holmes. Er hat den Kittel an, den er immer trägt, wenn er zu seinen Bienen geht, hat den Hut mit dem Netz auf dem Kopf und raucht seine Gartenpfeife, die aus einem Maiskolben geschnitzt ist. Eben hält er inne und blickt versonnen durch die Büsche in die untergehende glutrote Sonne. Bald wird er zum Abendbrot hereinkommen. Ich höre May,* unser schottisches Mädchen, schon den Tisch decken.

Es schmerzt mich, wenn ich Holmes so sehe. Vor fünf Jahren, da war ich noch gesund, haben wir seinen siebzigsten Geburtstag gefeiert, und noch immer ist sein Rücken gerade wie der eines königlichen Gardeoffiziers; zwar ist sein Haar im Laufe der letzten Jahre schneeweiß geworden, aber sein Verstand ist beweglich und frisch geblieben wie vor dreißig Jahren. Ich dagegen verfalle täglich mehr seit diesen Ereignissen in den Sussex Grounds, als der Uranmotor von Professor Moriartys Laufmaschine explodierte und dieses

* Sehr interessant! May heißt auch die Vermieterin von James Bond, die während seiner Abwesenheit die Wohnung in Ordnung hielt (vgl. Man lebt nur zweimal).

Ungeheuer zerriss, das ein wahnsinniger Araber beschworen hatte. Die Kollegen sagen, meine Erkrankung rühre von der damals freigesetzten Radioaktivität her. Ted Malone wurde ebenfalls krank und starb qualvoll unter unsäglichen Schmerzen. Holmes, der Glückspilz, erschien damals erst später auf der Bildfläche und blieb gesund. Seltsam sind des Glückes Launen ...*

Vor zwei Jahren hat er Babylonisch gelernt, nur weil er das *Gilgamesch-Epos* im Original lesen wollte. Seit er aus Tibet zurück ist, sind seine Interessen noch breiter gestreut als früher. Er liest enorm viel. Es vergeht wohl kaum eine Woche, in der nicht der Postbote neue Bücher für ihn bringt. Es sind Werke über die merkwürdigsten Themen, ich verstehe kaum mehr die Titel. Im Moment interessiert ihn Russland besonders, wo ein Armenier oder Georgier die Nachfolge dieses kleinen, glatzköpfigen Spitzbartes angetreten hat, dieses Wladimir Lidin oder wie er hieß, den wir einmal kennengelernt haben. Holmes legt diese Bücher dann auf den Beistelltisch neben dem Sessel am Kamin, wo er sich am Abend darüber hermacht. Was ihm wichtig erscheint, liest er mir laut, mit erhobener Stimme vor (vielleicht wird da doch ein wenig sein Alter spürbar, denn er merkt nicht mehr, dass ich nicht mehr huste, weil ich meistens längst eingeschlafen bin; sein Gemurmel macht mich müde, ich höre wohl auch nicht mehr so gut, seit ich krank bin).

* Watson bezieht sich hier auf Ereignisse aus meinem Roman *Sherlock Holmes im Reich des Cthulhu*, niedergeschrieben eindeutig lange nach seinem Tod.

Um zehn Uhr kommt dann das Mädchen, um mich für die Nacht fertig zu machen.

„Gute Nacht, Watson!“, ruft mir Holmes stets hinterher, wenn May mich hinausrollt, aber ich winke meistens ab. Die Nächte sind nicht gut, denn mit der Nacht kommen die Schmerzen, und die rauben mir den Schlaf. Meinem verfallenden Körper hilft auch nicht mehr dieser selbst gebraute Bienenfraß, den Holmes mir immer einflößen will. Er selber löffelt ihn eimerweise, und er bekommt ihm bestens.

Holmes braucht fast keinen Schlaf mehr. Gegen zwölf nämlich kommt May noch einmal ins Wohnzimmer, um ihm eine letzte Kanne Tee zu bringen, dann geht sie selber zu Bett.

Vor drei Uhr geht Mister Holmes nie schlafen, hat sie mir einmal verraten. Sie weiß das, weil sie selbst um drei Uhr auch nicht schläft, sondern mit dem Chauffeur unseres Nachbarn ganz andere Dinge tut, die ich früher, also bevor ich krank wurde, selber ganz gern getan habe. Früher ...

Natürlich weiß auch ich, wann Holmes zu Bett geht, denn in einem nächtlich stillen Haus hört sogar ein alter, halb tauber Tattergreis wie ich, wenn sich der Chauffeur auf Strümpfen, die Stiefel in der Hand, durchs Treppenhaus hinaufschleicht, wo May auf dem Flur stehend lauscht, ob jemand etwas gehört hat, dann sachte die Tür hinter sich zuzieht, und wie gleich darauf die Federn des alten Dienstbotenbettes zu ächzen beginnen. Ich frage mich, warum Holmes das Treiben nicht bemerken und ihm ein Ende setzen will, aber ich kann ja nichts sagen; May würde es sicherlich nicht übersetzen, und dann würde sie mir abends beim Waschen vor dem Schlafengehen auch nicht ... aber das tut nichts zur Sache. Unsere gute Mrs Hudson, Gott schenke ihr himmlischen Frieden, war da ganz anders.

Vor ein paar Jahren konnte ich noch viel lesen. Allein bei seiner Lampe sitzen, Bücher vor sich aufgeschlagen und so Menschen zu Freunden haben, die nicht mehr auf dieser Welt weilen – es konnte nichts Schöneres geben!*

Die vielen gehaltvollen Bände des William Shakespeare, die Werke von Charles Dickens wie der *Martin Chuzzlewitt* oder die *Pickwick Papers*, und, je älter ich wurde, auch die Heilige Schrift – wie viel fand ich doch in diesen alten Büchern, was zu meinem Herzen sprach. Diese neumodischen Schreiber, die sich Dichter zu nennen erfrechen wie der Ire James Joyce mit seinem *Ulysses*, diesem Roman voller Unflat und Langeweile – die verstehe ich nicht und will sie auch gar nicht mehr verstehen. Ich bin viel zu müde.

Aber zurück zu Holmes. Ich höre es, wenn er dann endlich das Buch zuschlägt, das er eben ausgelesen hat, es auf den Tisch fallen lässt (absichtlich polternd, um mich zu ärgern). Ich höre, wie er die Treppe hinaufgeht – wiederum polternd, damit ich nicht einschlafen kann (klar, der Chauffeur muss jetzt einen Moment innehalten, gut kann er das, schon seit sechs Monaten geht das so) –, wie Holmes sich ins Bett fallen lässt, wo er zu meinem Ärger sofort einschläft, um vier Stunden später frohgelaunt zu erwachen und mich beim Frühstück mit seinem blöden Spruch *Na, Watson, geht*

*Zitat aus Yoshida Kenkos *Betrachtungen aus der Stille*.

es uns besser? zu ärgern. Es geht mitnichten besser, es geht jeden Tag schlechter. Meine Tage sind gezählt. Ich versuche zu lächeln und antworte etwas Unanständiges.

May, die die Einzige ist, die meine Worte noch versteht, übersetzt ihm dann etwas, was ich gar nicht gesagt habe. *Danke, Mister Holmes*, pflegt sie zu sagen, *Dr. Watson fühlt sich heute Morgen schon viel besser.*

Holmes lächelt nur boshaft vor sich hin, vielleicht versteht er mich doch, ich weiß es nicht. Jeden Morgen treibt er dieses würdelose Spielchen, mir graut schon beim Aufstehen davor. Wenn sie Holmes Tee eingeschenkt hat, gießt May mir Fruchtsaft in meine Schnabeltasse und streicht Butter auf mein Toastbrot, weil ich vor lauter Zittern das Messer nicht mehr richtig halten kann.

Nach dem Frühstück holt Holmes das am Vorabend ausgelesene Buch, geht an seine Ordner und macht Notizen, und dann stopft er das Buch irgendwo zwischen meine Bücher in meinen Bücherschränken und vergrößert die Unordnung, die ich zeitlebens an ihm gehasst habe. Und natürlich raucht er dabei Pfeife (damit ich huste und mich ärgere), summt Lieder (was ich nicht ausstehen kann) und erzählt mir zwischendurch ausführlich, was er gerade denkt (es interessiert mich schon lange nicht mehr!). Danach beantwortet er Post.

Holmes bekommt nach wie vor viel Post, viel mehr als ich (ich bekomme überhaupt keine mehr). Hin und wieder sind, wie früher, hochherrschaftliche Wappen auf den Umschlägen (deren oftmals erlauchte Absender wie immer mein Geheimnis bleiben müssen). Wenn Holmes im Garten und

May auf dem Markt ist, fahre ich manchmal an den Papierkorb, um mir die Umschläge anzusehen oder um die Briefmarken für meine Sammlung abzuschneiden. Die Menschen schreiben aus aller Welt, um meinen Freund um Rat zu fragen oder um Hilfe zu bitten. In den allermeisten Fällen antwortet er mit einer gedruckten Karte, auf der steht, er habe sich aus dem operativen Geschäft zurückgezogen und arbeite nicht mehr als beratender Detektiv. Ganz, ganz selten nimmt er auch einmal einen Fall an, meist in London, wo sein Bruder Mycroft noch immer, trotz seines hohen Alters, manchmal die Regierung selbst ist. Dann fährt Holmes fort und bleibt zwei, drei Tage, manchmal auch länger.

Sie brauchen nicht zu weinen, Doktor Watson, tröstet mich May dann immer, *Mister Holmes kommt ja bald wieder. Klingeln Sie einfach, wenn Sie etwas brauchen. Ich bin in der Küche und koche das Mittagessen.*

Ich ärgere mich dann wieder, weil ich ja gar nicht weine, mir tränen nur immer die Augen, und ich sage oft zu spät, dass ich zu John's auf meinen Leibstuhl möchte. May muss mich dann saubermachen und umziehen. Ständig habe ich Angst, dass May es Holmes bei seiner Rückkehr erzählt und dass er wieder so boshaft lächelt, wie er immer lächelt, wenn ich zu spät sage, dass ich zu John's muss, oder wenn ich mir Ei auf den Ärmel kleckere.

Und dann muss ich mich wieder ärgern. Ich sehne mich täglich mehr nach Mary, meiner armen kleinen Mary. Sie ruft mich, ich höre es ganz deutlich. Ach, dürfte ich doch schon bei ihr sein, wie wohl wäre mir dann, wie sorglos könnte ich mich fühlen ...

Die Kräfte im gesunden Arm verlassen mich; ich kann gerade noch sehen, wie Holmes die Gartengeräte zusammenräumt, dann muss ich mich zurück in den Rollstuhl fallen lassen. Er quietscht zu laut. Jetzt muss ich schnell in mein Zimmer fahren, es liegt neben unserem Wohnzimmer, des Rollstuhles wegen, wir haben keinen Aufzug. In meinem Zimmer steht die große Blechkiste mit meinen Briefmarken drin und allem, was ich je geschrieben habe. Auch diese hastig hinzugekritzelten Zeilen werde ich darin verstecken. Wenn der Herrgott mich abberuft, soll alles fünfzig Jahre lang in den unterirdischen Tresoren meiner alten Hausbank verwahrt bleiben, aus Diskretion denjenigen gegenüber, die einst bei meinem Freund Rat und Hilfe gesucht und gefunden haben. Das ist testamentarisch so verfügt, aber ich habe das, glaube ich, an anderer Stelle schon einmal ausgeführt. Ach Mary, wenn man nur wüsste ... wenn man nur wüsste.*

Gottes Segen allen Lesern dieser Zeilen!**

Sussex, im Juni 1929 *John H. Watson, M.D.*

*Klingt fast wie eine Paraphrase des Schlusses von Tschechows *Die drei Schwestern*!
**Diese Vorrede ähnelt auffallend dem Anfang meiner Erzählung *Auftrag in Kiew* aus Roman Sander (Hrsg.): *Sherlock Holmes im Labyrinth der Lügen* (BLITZ 2010).

SHERLOCK HOLMES UND DER WERWOLF VON LONDON

In dem dreiteiligen Spiegel aus dem Ankleidezimmer, den Mutter mir hinterlassen hat, kann ich mich in ganzer Größe und sogar von der Seite sehen. Wenn diese drei Spiegel sprechen könnten, was würden sie berichten? Sicherlich würden sie von dem weißen Körper meiner Mutter erzählen, der unsagbar vollendet war. Ich weiß das, denn außer dem Porträt von Casimiro Castro, das früher im Speisezimmer hing und das meine Mutter in großer Toilette und mit einem Brillantencollier in ihrem hinreißenden Dekolleté zeigt, malte Castro noch ein weiteres, nur für die Augen ihres Ehemannes – meines Vaters – bestimmtes Bild. Es hing an der Innenseite des Kleiderschranks im ehelichen Schlafzimmer, wo er es betrachten konnte, wann immer er dazu Lust verspürte – oder wann immer er Lust verspüren wollte.

In geradezu mythologisch wirkender Nacktheit, mit gelösten Haaren, tritt Mutter wie eine antike Göttin auf diesem Bild auf mich zu. Schau her, so bin ich!, *scheint sie zu sagen. Dabei zeigt sie ihre geöffneten Handflächen. Sie lenken den Blick des Betrachters auf ihren Schoß, den sie von allen Haaren befreit hat. Ungeschützt scheint er in ihren Händen zu liegen wie etwas kostbar Zerbrechliches, das gleichwohl stark ist. Heimlich schaue ich es mir an, wann immer ich Gelegenheit dazu finde.*

Nun steht ihre Tochter vor diesem Spiegel. Himmel, welch

ein Unterschied! Der Anblick treibt mir die Tränen in die Augen. Ganz unbewusst nehme ich dieselbe Haltung ein wie sie auf dem geheimen Bild. Schau her, so bin ich!, *sage auch ich, aber ich bin nicht zu sehen. Was da zu sehen ist, ist ein unglückliches Tier in einem Pelz, den es nicht ausziehen kann.*

Meine gesamte Haut ist mit schwarzem Fell bedeckt, meine Schenkel, mein Gesicht, mein Rücken, sogar die Ohren. Kahl sind nur die Fußsohlen, die Handflächen und die Augenlider. Ich gleiche einer Äffin. Meine Zähne scheinen lang wie bei einem Wolf, aber nur, weil mein Zahnfleisch zurückweicht. Die Augen, die so oft weinen, sind die einer Menschenfrau. Sie bitten Gott um Gnade und stellen ihm furchtbare Fragen. Warum hast Du mich, Du schrecklicher Gott, so entsetzlich aussehen lassen? Warum durfte ich keine gewöhnliche Frau sein? Einen guten Mann finden, der in Liebe um mich freit? Kinder haben? War DAS, Gott, Dein Wille?

Ich brauche meine Aufzeichnungen nicht zur Hand zu nehmen, denn das Jahr, in dem sich der folgende Fall zutrug, hat sich erstens unauslöschlich in mein Gedächtnis eingebrannt und kann zweitens in jeder Literaturgeschichte nachgelesen werden. Alles begann mit dem Erscheinen eines inzwischen weltberühmten Romans. Es war das Jahr 1897, und der Held des Romans war ein widernatürliches Scheusal, ein untoter Blutsauger aus Transsilvanien, mit einem Wort, ich spreche von Bram Stokers *Dracula*.

Leider gab es nur wenige Leser, denen das Buch auf Anhieb gefiel. Zu diesen Lesern gehörte ich. Die Kritiker dagegen waren sich einig. Sie lehnten den Roman als gotteslästerlich ab und behandelten ihn, als wäre er ein Werk von Marie Corelli.* Eine besonders dümmliche Kritik entdeckte ich kürzlich beim Durchblättern meiner *Dracula*-Ausgabe wieder. Ich hatte sie aus irgendeiner Zeitung minderer Qualität herausgerissen und hineingelegt. Der Rezensent M. Arilane verriss den Roman auf das Gründlichste, gab aber unumwunden zu, ihn überhaupt nicht zu Ende gelesen zu haben. *Zu der Auflösung der ganzen Mysterien kann ich nichts sagen, denn nach 120 Seiten hatte ich genug.*

Obwohl es sich bei M. Arilane möglicherweise um eine schreibende Amazone handelte, so denke ich noch heute, was ich damals dachte, nämlich dass ein hohles Geräusch, das beim Zusammenstoß eines Buches mit einem Kopf zustande kommt, nicht notwendigerweise vom Buch herrühren muss.** Oder wie unser Freund George Bernard Shaw schon so richtig sagte: *Wer kann, der kann. Wer nicht kann, wird Kritiker.*

Ich dagegen war restlos begeistert, zumal der Held van Helsing ähnliche Methoden anwendet wie mein Freund Sherlock Holmes. Van Helsing bedient sich bei der Jagd nach dem blutrünstigen Grafen unter anderem eines Phonographen, eines photographischen Apparates und sogar eines Telephons. Das Interessanteste für mich als Arzt aber war eine Idee, deren Umsetzung der Medizin damals noch

*Marie Corelli, eigentlich Mary Mackay (1855-1924), Verfasserin aufregender Liebesromane, die Queen Victoria sehr schätzte. Wegen der ständigen Ablehnung weigerte sich Corelli einmal, Kritikern Rezensionsexemplare zukommen zu lassen. Keine schlechte Idee!

**Georg Christoph Lichtenberg (1742-1799)

gar nicht möglich war. Zur Rettung der vom Vampirismus befallenen Lucy nimmt van Helsing – wenngleich vergeblich – eine Blutübertragung vor. Ich war nicht zuletzt darum beeindruckt, weil damals die Medizin nur in äußersten Notfällen zu Blutübertragungen schritt, denn die Blutgruppen – Voraussetzung für eine erfolgreiche Transfusion und heute medizinisches Grundwissen – waren damals noch nicht entdeckt. *Dracula* war also nicht nur ein Schauerroman, sondern gehörte auch ein wenig in die Sparte futuristischer Literatur, wie sie Jules Verne damals in Frankreich schrieb, ein alter Bekannter von Sherlock Holmes übrigens.*

Leider durfte Bram Stoker – anders als Monsieur Verne – den literarischen Ruhm nicht mehr selber auskosten. Er starb 1912, vergessen und erschöpft. Erst zehn Jahre nach seinem Tod, im Jahr 1922, erschien in Deutschland der Film *Nosferatu*, der auf Stokers Roman fußte. Und plötzlich wurde dieser von vielen gelesen. Die Leser sprachen von den Vampiren und Menschensaugern und meinten, halb im Scherz, halb im Ernst, Spuren ihres unheilvollen Wirkens am eigenen Hals entdeckt zu haben. Manche hängten Knoblauchkränze über Fenstern und Türen auf und trugen silberne Kreuze um den Hals, die geschäftstüchtige Juweliere feilboten. Unter den modebewussten jungen Herren der Gesellschaft erfreuten sich Spazierstöcke mit silbernen Griffen in Form von Wolfsköpfen und mit schweren Bleispit-

*Sherlock Holmes soll, wie Dr. Watson an anderer Stelle einmal erwähnt, Jules Verne einst einen kleinen Dienst erwiesen haben. Worum es sich dabei handelte, ist nicht überliefert. Vgl. *Sherlock Holmes und Old Shatterhand* in SNOB Nr. 31, Sommer 2005, S. 31-39.

zen zur Abwehr der Wiedergänger wachsender Beliebtheit. Sogar angesehene Professoren der Geschichtswissenschaft, ja selbst der Theologie, waren sich nicht zu schade, mit halbwegs skeptischen Vorworten versehene Auszüge aus Dom Calmets *Dissertation sur les apparitions des esprits, et sur les vampires ou les revenans de Hongrie, de Moravie etc.* von 1746 herauszugeben, oder entsprechende Textstellen aus dem *Mercure galant* von 1693 und 1694. Das Publikum schätzte sie jedoch nur um der Sensation willen.*

Aber so weit war es 1897 noch lange nicht! In einem Paket, das ein Botenjunge abgegeben hatte, lagen zwei druckfrische *Dracula*-Erstausgaben, signiert von des Autors eigener Hand. *Sherlock Holmes mit Dank in tiefer Verehrung überreicht*, stand da mit krakeliger Handschrift in dem einen Buch. Das war ungeachtet der Dienste, die ihm Holmes seinerzeit geleistet hatte**, sehr zurückhaltend formuliert. *Dem lieben und verehrten Dr. Watson in immerwährender Dankbarkeit überreicht von Bram Stoker*, las ich nicht ohne Befriedigung und Wohlgefallen in dem mir zugedachten Exemplar.

Und überhaupt, das Buch! Vom ersten Kapitel an schlug es mich in seinen Bann. Rot glühende Ohren hatte ich zum letzten Mal wohl bekommen, als ich zwölf- oder dreizehnjährig James Fenimore Cooper las. Jetzt saß ich wieder, jede freie Minute nutzend, im Lehnstuhl unseres Wohnzimmers.

*Diese Passage entstammt hörbar dem SWF-Rundfunkessay *Vampire, Geister, Nekrophile. Archaische Mythen in der modernen Literatur* von Gabrielle Wittkopp-Ménardeau (1920-2002).

**Siehe Nicholas Meyer, *The West End Horror* (1976, dt. *Der Mann des Schreckens*, 1977).

Ich vergaß über meine Lektüre Tabak, Speis und Trank, vergaß meine Umgebung und saugte, um im Bilde zu bleiben, Seite um Seite buchstäblich in mich hinein. Sherlock Holmes nahm sein Exemplar mit in sein Schlafzimmer, wo er es offensichtlich ebenfalls las, danach aber achtlos im Wohnzimmer herumliegen ließ. Als ich es versehentlich in die Hand nahm, entdeckte ich in seiner präzisen Handschrift mit Bleistift auf den Rand geschriebene Anmerkungen. *Dracula* gefiel ihm allerdings gar nicht.

„Genauso wenig wie diese Machwerke hier!" Er deutete auf das Regalbrett, auf dem ich meine Privatlektüre verwahren durfte. Langsam glitt sein Finger die Buchrücken entlang. „Mary Wollstonecraft Shelley, *Frankenstein*. Na ja, immerhin in der revidierten zweibändigen Ausgabe von 1823. Ann Radcliff, *Der Italiäner*. Frauen scheinen eine gewisse Affinität für solche Art Literatur zu haben. Hoppla, was haben wir denn da? Robert Louis Stevenson, *Der seltsame Fall des Dr. Jekyll und Mr Hyde,* 1886. Originalausgabe, immerhin! Ah, Sie haben 1888 hier in London die Bühnenfassung von Thomas Russell Sullivan gesehen! Schön, dass Sie die Theaterzettel immer so ordentlich in die Bücher hineinlegen. Ein wahrhaft interessantes Buch. Stevenson hat hier etwas beschrieben, was in der Wissenschaft vom Menschen noch eine große Rolle spielen wird, nämlich dass in jedem Menschen im Grunde zwei Persönlichkeiten stecken, die voneinander gar nichts wissen. In Wien forscht ein Seelenarzt daran, ein Doktor Freud. Man wird noch viel von ihm hören. Denken Sie an meine Worte, Watson!"

„Sie meinen sicher Sigmund Freud, aber das ist meiner Meinung nach ein Scharlatan!* Die menschliche Seele lässt sich nicht mit den Mitteln der Medizin erforschen, wie mit einem Skalpell zergliedern und wie ein unbekannter Kontinent kartographieren!"

„Wir werden sehen", antwortete mein Freund. „Aber von dem, was Sie da lesen, wird spätestens nächstes Jahr niemand mehr sprechen."

„Immerhin hat mein Exemplar dank der Widmung bibliophilen Wert", gab ich zurück.

„Aber man bemerkt schon bei kursorischer Lektüre, dass Mister Stoker seinen Helden van Helsing unübersehbar mit eben jenen Zügen ausgestattet hat, die Sie in Ihren unvergleichlichen Schilderungen unserer gemeinsamen Erlebnisse mir so freigiebig zuzuschreiben geruhen. Man könnte angesichts einiger Passagen glauben, man läse Doktor Watson anstatt Bram Stoker."

„Wenn das so wäre, würde ich mich geehrt fühlen. Aber selbst Sie dürften doch gemerkt haben, dass es sich durchaus um einen höchst originellen Roman handelt, selbst wenn ihn bornierte Kritiker nicht zu schätzen wissen."

„Sie sollten lieber etwas Wertvolles, Instruktives lesen, Watson", fuhr er fort, zog ein kleines Büchlein aus seiner Seite des Regals und hielt es mir unter die Nase. „Da, zum Beispiel Mark Twain, der ebenso unterhaltsam wie belehrend zu schreiben versteht. Die Geschichte vom verrückten

*Dr. Watson war auch schon einmal anderer Meinung! Vgl. Nicholas Meyer: *The Seven Percent Solution* (dt. *Kein Koks für Sherlock Holmes*, beides 1976).

Wilson. Für verrückt wird dieser Wilson gehalten wegen seiner von Freunden und Bekannten leider völlig verkannten Angewohnheit, die Fingerabdrücke seiner Mitmenschen auf Glasplatten zu sammeln. Eines Tages kann er mit dieser Sammlung die Unschuld eines zu Unrecht Verdächtigten beweisen, den wahren Schuldigen überführen und sogar noch nachweisen, dass man ein Kind vertauscht hat. Ich empfehle es allerwärmstens Ihrer geschätzten Aufmerksamkeit."

Ich blätterte das kleine Buch mit dem blauen Pappmaché-Einband achtlos durch. „Mein Gott, belehrend!", antwortete ich. „Haben Sie kein Erbarmen mit einem geplagten Arzt und Autor, der wenigstens eine halbe Stunde am Tag entspannen will?"

„Doch, doch, lieber Doktor, das habe ich. Aber muss man sich als kultivierter Mensch, als promovierter Mediziner sogar, ausgerechnet bei Schundliteratur wie *Dracula* entspannen? Gehen Sie doch ins Konzert oder spielen Sie eine Partie Whist in Ihrem Club. Man muss sich ja seines Hausgenossen schämen!"

„Ich kenne da jemanden, der tut zur Entspannung viel üblere Dinge", entgegnete ich bissig. „Was müssten sich dessen Hausgenossen erst schämen!"

„Sie meinen fraglos Kelberg, den Sadisten?"

„Nein", giftete ich, „ich meine fraglos Holmes, den Kokainisten. So, und nun lassen Sie mich gefälligst in Ruhe! Gehen Sie doch selber ins Konzert oder spielen meinethalben eine Partie Whist! Ich möchte jetzt lesen."

*

Das Jahr 1897 erlebte nicht nur die Geburt eines Stücks Weltliteratur, sondern auch einen brütend heißen Sommer, der die Stadt regelrecht zum Dampfen brachte und im Verein mit den Hunderttausenden von rußenden Schornsteinen und Essen der Stadt einen förmlichen Dauernebel verursachte, der nur gelegentlich von den heftigen Sommergewittern vertrieben wurde, in denen sich die aufgestaute Hitze entlud. Dieser Dauernebel legte sich nicht allein, Husten und Heiserkeit verursachend, dumpfig auf Lunge und Bronchien, sondern auch aufs Gemüt, besonders bei meinem Freund und Hausgenossen. Holmes, so aktiv wie schon seit Langem nicht mehr, entwickelte aber Launen wie eine Operndiva. Diese Launen reizten mich bis aufs Blut, weil ich den Abenteuern Jonathan Harkers, van Helsings und Mina Murrays zu folgen versuchte.

Vor Kurzem hatte Holmes einige schwierige, ja bizarre Probleme lösen können, darunter das des Vampirs von Sussex, über das ich sicherlich irgendwann noch einmal berichten werde. Was sich zunächst wie ein übernatürliches Phänomen ausgenommen hatte, konnte bei Licht betrachtet – leider, muss ich sagen – mit den Mitteln des Verstandes auf völlig befriedigende Weise geklärt werden.

„Ihrem Sinn für Romantik dürfte das schwerlich entgegenkommen“, spottete Holmes einige Zeit später, als die vermeintliche Vampirin beim Ordnen meiner Notizen noch einmal zur Sprache kam.

Ich konnte nicht umhin zuzugeben, dass mir zur Abwechslung ein echter Vampir durchaus nicht unwillkommen gewesen wäre. „In der Tat, die klare Kraft des Verstandes entreißt unserer Welt noch das letzte Geheimnis. Das Leben ist geradezu erschreckend nüchtern und prosaisch geworden. Und Sie, mein Lieber, tragen in nicht unerheblichem Maße dazu bei."

„Gut, dass das so ist!" Mein Freund zuckte verächtlich die Schultern. „Unwissenheit, Aberglaube und Vorurteil sind die schlimmsten Feinde der Menschheit. Neben dem unausrottbaren Hang zur Romantik."

„Einverstanden, lieber Freund", versetzte ich. „Aber ist es nicht schade um die Romantik, um die pandämonische Beseeltheit des Kosmos, und sei sie auch nur Illusion? Die Welt besteht nun einmal nicht allein aus Verstand. Sie hat auch eine affektive Seite. Es sind andere Seiten des menschlichen Geistes als der Verstand, die zum Beispiel Ihre vielgeliebte Musik hervorbringen. Und außerdem, will die Welt nicht auch ab und an umschmeichelt, umgaukelt, wenn Sie wollen, betrogen werden? Das ist nun einmal so."

Holmes' Gestalt war inzwischen hinter dichten Rauchwolken verschwunden. Das Letzte, was ich von ihm in den nächsten zwei Stunden zu hören bekam, waren die Worte *Mein Gott, Watson!* und noch einige Silben unverständlichen Gemurmels, das ich, Gott sei Dank, nicht verstand.

Holmes hatte in den vergangenen Wochen mit der Neuordnung seiner Annalen begonnen, zwei Jahrgänge Zeitungsausschnitte in seine Sammlung eingeklebt, den ersten Satz eines Violinkonzertes komponiert und eine Monographie über *Die Wissenschaft vom Blut im Dienste der Krimi-*

nalistik geschrieben. Zwischendurch wäre er um ein Haar dem verrückten McArdle in dessen Zeitmaschine auf Nimmerwiedersehen in eine andere Dimension gefolgt.*

Die Arbeit an der Monographie über das Blut war begleitet gewesen von Experimenten mit außerordentlich üblen Gerüchen, die von seinem von Säure zerfressenen Tisch aufstiegen. In allen Regenbogenfarben schillerten darauf verschüttete chemische Substanzen. Außerdem korrespondierte mein Freund regelmäßig mit einem Arzt, den ich persönlich nicht kannte. *Dr. med. Karl Landsteiner, Hygienisches Institut, Wien*, hatte ich auf einem der Umschläge als Absender gelesen, aber der Name sagte mir nichts. Ich hätte meinen Freund Arthur Conan Doyle fragen sollen, denn der hatte als junger Arzt ein halbes Jahr in Wien verbracht bei dem letztendlich vergeblichen Versuch, sich auf Ophtalmologie zu spezialisieren.

*

Der Juli ging zu Ende. Ich war gerade enttäuscht aus der Stadt zurückgekehrt, nachdem ich vergeblich eine sensationelle Ausstellung in der Regent Gallery hatte besuchen wollen. *Wegen Einbruchs geschlossen*, hatte am Eingang gestanden. Auch gut, hatte ich mir gedacht und den illustrierten Handzettel, durch den ich auf die Ausstellung aufmerksam geworden war, eingesteckt.

*Seltsamerweise ist in der betreffenden, unter dem Namen Conan Doyles erschienenen Geschichte Professor Challenger der Protagonist.

Diese Handzettel verteilten kleine Jungen fast täglich auf den Straßen. Sie warben für musikalische Darbietungen, Theaterspektakel wie das Boxerdrama *The House of Temperley* im Adelphi-Theater, dessen Autor, Regisseur und Produzent kein Geringerer als unser guter Conan Doyle war und der bei dieser Gelegenheit nicht unbeträchtliche Verluste erwirtschaftete,* oder für Circusvorstellungen wie *Buffalo Bill's Wild West*, der seit dem Goldenen Thronjubiläum unserer hochverehrten Queen 1887 in regelmäßigen Abständen über den Großen Teich kam. Wir hatten ihn im Zusammenhang mit dem Treiben eines russischen Nihilisten persönlich kennengelernt.** An Mr Codys Erfolg versuchten zahllose große und kleine reisende Circusunternehmen teilzuhaben. Man konnte geradezu von einer *Seuche* sprechen.

Nach Hause zurückgekehrt, warf ich den Handzettel achtlos auf den Rauchtisch und ließ mich im Sessel nieder. Gleich darauf weilte ich wieder in Transsilvanien. Holmes' Heimkehr nahm ich kaum wahr.

Manchmal sahen wir kleine Schlösser und Türme auf steilen Hügeln, ganz wie man sie in alten Chroniken abgebildet sieht.

„Watson!“

*Hier bringt Dr. Watson oder der Autor, der sich als Dr. Watson ausgibt, etwas durcheinander. *The House of Temperley* (Untertitel: *Das Melodram aus dem Ring*) wurde 1910 von Conan Doyle auf eigene Kosten auf die Bühne gebracht und spielte formidable Verluste ein. Der Tod von Eduard VII. am 6. Mai jenes Jahres und die deswegen ausgerufene Staatstrauer bedeuteten das endgültige Aus für das Stück, das 1913 verfilmt wurde. Vgl. Daniel Stashower, *Sir Arthur Conan Doyle*, Köln 2008, S. 300ff.

**Vgl. *Sherlock Holmes und Buffalo Bill* aus meinem Erzählband *Sherlock Holmes und Old Shatterhand* (BLITZ, 2011).

Zuweilen passierten wir Flüsse und Bäche, die, nach den breiten Geröllstreifen zu schließen …

„Doktor Watson!“

… wohl häufig aus ihren Ufern treten.

„Ja, Holmes, was gibt’s?“

Holmes hielt den Handzettel vom Rauchtisch in der Hand.

„*Die hässlichste Frau der Welt*“, las er vor.

Vorne war ein Wesen abgebildet, das einem Äffchen glich, aber eindeutig menschlicher, ja sogar weiblicher Natur war und ein Frauenkleid mit wildem Muster trug.

„Die hässlichste Frau der Welt“, echote ich abwesend, noch gar nicht ganz in das Hier und Jetzt zurückgekehrt. „Das müsste Sie doch als notorischen Frauenfeind interessieren.“

„Ich bin mitnichten der Frauenfeind, als den Sie mich darzustellen belieben.“ Holmes’ Ton, zuvor noch höhnisch, wurde nun ärgerlich. „Ich bitte aus dem Umstand, dass ich unbeweibt bin und es vermutlich auch bis zum Ende meines Erdendaseins bleiben werde, keine falschen Schlüsse zu ziehen. Ich verhalte mich, selbst wenn Sie das mit großer, gelegentlich an Bösartigkeit grenzender Vorliebe leugnen, im Gegenteil Damen gegenüber stets ritterlich und zuvorkommend. Deswegen muss ich jedoch nicht gleich eine von ihnen heiraten.“

„Heiraten nicht …“, gab ich süffisant zurück, doch Holmes ging nicht darauf ein.

„Wenn ich diesen sensationell aufgemachten Handzettel recht verstehe, handelt es sich bei der angeblich hässlichsten Frau der Welt um die öffentliche Zurschaustellung eines von Geburt an verunstalteten menschlichen Wesens durch einen gewissen Theodore Lent, um die Zurschaustellung einer Laune jener Natur, deren Geheimnisse Sie um jeden Preis geschützt wissen möchten. Ich finde das Begaffen dieses unglücklichen Menschenkindes, offen gesagt, eines Gentleman für unwürdig, Watson."

„Ich will niemanden begaffen, Holmes. Ich interessiere mich aus rein medizinischen Gründen für die Mumie. Hypertrichose ist eine sehr seltene Krankheit."

„Mumie? Ach so, man vergönnt dieser armen Frau also nicht einmal im Tode ihren wohlverdienten Frieden?"

„Nein. Julia Pastrana war eine Mexikanerin und verschied bereits 1860. Ihr Kind starb kurz nach der Geburt und wurde ebenfalls einbalsamiert."

Holmes' Wangen begannen sich zu röten. Jetzt hatte sein streitbarer und kampflustiger Geist ein Thema gefunden: mich. Gleich würde er mich mit ein paar gut platzierten Florettstichen niedermetzeln.

„Soll das heißen, dass man sie noch immer zur Belustigung des hochwohllöblichen Publikums durch die Jahrmärkte und Panoptiken schleppt?"

„Ja, man tut es", erwiderte ich verlegen. „Ich gebe Ihnen recht, Holmes, es ist im Grunde unwürdig, und wenn die Sache korrekt abgewickelt würde, so zeigte man Señora Pastrana nur einem ausgewählten medizinischen Publikum. Aber als der Elefantenmensch John Merrick von Doktor Treves 1884 in London ausgestellt wurde, war ich aus Ihnen bekannten Gründen nicht zugegen. Für einen Arzt ist das

Studium eines so außerordentlich missgestalteten Menschen eine einmalige Gelegenheit! Vielleicht kann man eines Tages solchen unglücklichen Wesen einmal helfen, wenn die Behandlungsmöglichkeiten oder die Operationstechniken weitere Fortschritte gemacht haben. Natürlich wäre es mir auch lieber, ich könnte die Mumie in aller Ruhe in der ruhigen, klinischen Atmosphäre der Royal Anatomical Society ansehen und müsste mich nicht durch einen Haufen grölender Proleten in der Regent Gallery hindurchzwängen. Aber ich kann Sie beruhigen, die Ausstellung war bei meinem Eintreffen geschlossen. Wegen Einbruchs!“

„Es ist und bleibt eine Geschmacklosigkeit, Watson“, ereiferte sich Holmes. „Aber manchmal scheinen Einbrüche auch etwas Gutes zu haben. Mmh!“

„Mmh?“, fragte ich, während Holmes sich seinen Alben zuwandte.

„Ausgerechnet Julia Pastrana. Sehr seltsam!“

Ich wollte nicht weiter in Holmes dringen. Womöglich wäre der Disput noch für eine unerquickliche Weile lang weitergegangen. Über Geschmacksfragen soll man bekanntlich nicht streiten. Ich antwortete also nichts und trat nachdenklich ans Fenster, um hinauszusehen.

Ja, die Bosheit und Niedertracht des Menschengeschlechtes! Unten auf der Baker Street sah ich die Menschen vorbeihasten, ruhelos, wie ein aufgestörter Ameisenhaufen. Wie viel hatte sich seit dem Tag unseres Einzuges verändert! Das elegante Klappern der Hufe von Pferden, die Landauer oder Kutschen zogen, ging im Lärm der Automobile unter, die in Wolken von Straßenstaub und schwarzen Abgasen immer schneller ihren Weg suchten. Seit man vor einiger Zeit das *Rote-Fahnen-Gesetz* abgeschafft hatte und keine Diener mehr vor den Motorwagen herlaufen mussten, um die Fußgänger zu warnen, war dem Geschwindigkeitsrausch keine Grenze mehr gesetzt, und man hatte seine liebe Not, gesund die Straße zu überqueren.* Und wie sehr hatte sich das Verbrechen verändert! Mit dem Einzug der Technik hatte es eine neue Qualität bekommen, war schneller geworden, brutaler, durchbrach die Spielregeln, die früher gegolten hatten, und ich fragte mich, ob die Methoden meines Freundes dieser neuen Qualität noch lange gewachsen sein würden. Ja, vielleicht wohnten tatsächlich so, wie es Robert Louis Stevenson beschreibt, in der Brust eines jeden Menschen zwei Seelen, und nun war die Zeit gekommen, da die böse Seele ans Licht treten und herrschen will. Es waren dieses Mal nicht Sherlock Holmes' Worte, die mich aus meinen Gedanken rissen, sondern das Klingeln des Postboten, den ich die Straße hatte entlangkommen sehen, ohne ihn eigentlich recht wahrzunehmen.

Gleich darauf hörten wir Mrs Hudson mit der Post die Treppe zu unseren Räumen heraufkommen. Sie brachte lediglich einen einzigen Brief. Mein Freund besah sich den Umschlag ausgiebig von außen, dann griff er zu seinem arabischen Dolch, der ihm als Brieföffner diente, trennte den Umschlag auf, entfaltete den Briefbogen, las und schüttelte den Kopf.

*Hier irrt Dr. Watson wieder einmal. Das *Rote-Fahnen-Gesetz* wurde erst 1902 abgeschafft, nicht schon 1897!

„Das ist ein Fall für Sie, Watson, nicht für mich", meinte er.

„Wieso für mich? Ich bin Arzt. Ist jemand krank? Bei diesem Wetter wäre das nicht verwunderlich."

„Krank? Physisch wohl nicht. Vielleicht eher im Kopf. Sie sind doch auch eine Art Fachmann für geistige Verrückungen ... jedenfalls toben sich Ihre diesbezüglichen Neigungen an mir aus, und dies, ich wiederhole, scheint mir eher ein Fall für Sie zu sein." Er hielt mir das Papier hin.

„Ich bin kein Seelenarzt wie dieser Freud", brummelte ich, dann begann ich zu lesen.

Sehr geehrter Mr Holmes, ich möchte Sie höflichst bitten, sich eines merkwürdigen Phänomens anzunehmen, das mich seit einigen Tagen beunruhigt. Es handelt sich um einen Lykanthropen. Ich werde mir erlauben, Sie umgehend aufzusuchen.

Es folgten die Adresse und der mir völlig unbekannte Name Albert Prentiss Colthroy.

„Na, da bin ich aber gespannt! Einen Lykanthropen hatten wir noch nicht. Mister Colthroy setzt sehr selbstherrlich voraus, dass ich das hochgestochene Wort *Lykanthrop* kenne. Warum schreibt er nicht einfach *Werwolf*? Dazu ist sein Brief trotz, oder wegen, seiner präzisen Formulierungen von fast unhöflicher Kürze, und viel Zeit, uns auf seinen Besuch vorzubereiten, lässt er uns auch nicht. Das scheint er zu sein."

Energisch wurde die Hausglocke betätigt, und einige Augenblicke später meldete Mrs Hudson einen Besucher. „Er will aber nicht sagen, weswegen er kommt."

„Das hat nichts zu bedeuten, Misses Hudson", erwiderte Holmes. „Ist er womöglich außerordentlich stark behaart?"

„Nein, Sir, glatt rasiert, wie es sich gehört. Warum?"

„Dann lassen wir bitten."

Sie führte einen sehr vornehmen, leicht überheblich wirkenden Gentleman mit einem kleinen Reisekoffer in der Hand herein, der seinen Hut abnahm und sich steif verneigte.

„Colthroy, Albert Prentiss Colthroy", stellte er sich vor. „Ich habe mir erlaubt, Ihnen meinen Besuch schriftlich anzukündigen."

„Sie sind Apotheker, wie ich sehe, Mister Colthroy", sagte Holmes statt einer Antwort.

„Ach, Sie kennen mein Geschäft?", fragte unser Besucher. Er stellte seinen Koffer ab und ließ sich auf dem von Holmes gewiesenen Stuhl nieder.

„Aber ich bitte Sie, Mister Colthroy, ich brauche Ihr Geschäft nicht zu kennen, um zu wissen, von welcher Profession Sie sind. Ihre Krawatte weist Sie als Absolventen der königlichen Schule für Pharmazie aus, und das Abzeichen mit dem Mörser und dem Stößel an Ihrer Uhrkette belegt, dass Sie Ihrem erlernten Beruf auch nachgehen. Außerdem weisen einige Verfärbungen an Ihren Fingerspitzen, Kaliumpermanganat der Farbe nach, auf Ihren Umgang mit chemischen Substanzen hin."

„Gütiger Himmel, man hat mir nicht zu viel von Ihnen berichtet!" Er machte eine kleine Pause. Holmes sah ihn herausfordernd an. „Wie soll ich beginnen? Warten Sie, am besten so: Ich habe eine Apotheke in London, wohne aber etwas außerhalb, in Matthew's Hall, einem ererbten Anwesen mit Park und sehr altem Baumbestand. Mir fehlen leider die Zeit und die Mittel, es so zu pflegen, wie es seinem Alter und seiner Geschichte nach angemessen wäre. Der Park ... nun, vielleicht wäre *vollständig naturbelassen* der richtige Ausdruck."

Holmes machte eine ungeduldige Kopfbewegung. Ich wusste, er hatte sich bereits über das in Colthroys Brief vorgebrachte Anliegen geärgert.

Der Apotheker räusperte sich. „Seit einigen Tagen halte ich mich, anders als früher, nicht mehr in meinem Park auf, denn es haust offenkundig jemand darin. Genauer gesagt, ein haariges Ungeheuer auf zwei Beinen, bekleidet mit einer Hose, einer alten Jacke und einem großen Hut. Ich habe es selbst gesehen, wie es sich an den Brombeeren delektierte. Ein Wesen wie nicht von dieser Welt. Wie aus einem Schauerroman! Ah, ich sehe, Sie besitzen ein Exemplar des *Dracula*. Ob ich es mir einmal ausleihen dürfte, wenn Sie es gelesen haben?"

„Verzeihen Sie, lieber Herr", antwortete ich, nun ebenfalls heftiger reagierend, „aber ich pflege Bücher niemals auszuleihen!"

„Ganz offenkundig sind Sie ein ausgemachter Geizkragen, Mister Colthroy!", sagte Holmes. „Nicht nur, dass Sie die Anschaffung eines Buches für zu teuer empfinden, wenn Sie verreisen, sparen Sie auch gerne das Trinkgeld."

Holmes' Entgegnung verblüffte mich ebenso wie unseren Gast.

Dem Apotheker klappte wahrhaftig der Unterkiefer herunter. Außerdem lief er rot an. „Ja, das stimmt, ich gebe auf Reisen aus Prinzip keinen Penny. Niemand soll aus dem Umstand, dass ich irgendwohin als Fremder komme, Profit ziehen. Aber das können Sie unmöglich wissen. Es sei denn, Sie kennen mich, ohne dass ich …"

„Ich kenne Sie nicht, aber ich weiß, was ich sehe und höre, und ziehe meine Schlüsse daraus. Darf ich Ihnen meine Lupe anbieten? Hier, bitte! Der Messingbeschlag auf der Ecke Ihres Köfferchens. Sehen Sie die kleine, mit einer Messerspitze oder einer starken Nadel eingeritzte Markierung in Gestalt eines Pfeils, der zur Ecke hinzeigt? Daran kann jeder Domestike in der ganzen Welt Ihren Geiz ablesen."

„Mein Koffer ist markiert?"

„Wenn Sie so wollen. Man nennt es *Gaunerzinken.* Vielleicht haben Sie schon an einem Hoftor oder einer Haustür geheimnisvolle Kreidezeichen gesehen, zum Beispiel einen Kreis, ursprünglich wohl eine Null. Das bedeutet: *Hier gibt es nichts!* Landfahrer hinterlassen damit Hinweise für ihre Kollegen. Die Bedeutung ist dieselbe wie der Pfeil auf Ihrem Koffer. Sie werden damit in aller Welt als Geizkragen erkannt. Und nun verlangen Sie, dass ich das böse, böse Tier aus Ihrem Garten scheuche? Womöglich umsonst?"

Colthroy war verlegen. „Es mag Ihnen dumm vorkommen …"

„Aus nichts kann man mehr lernen als aus den Dummheiten anderer Menschen. Vielleicht sollte ich mich öfter mit Ihnen unterhalten, Mister Colthroy."

„Mister Holmes!“ Die Röte in Colthroys Gesicht wurde noch eine Schattierung dunkler.

„Mister Colthroy! Die Beschreibung Ihres angeblichen Ungeheuers trifft halbwegs auf jeden zweiten Bettler in dieser Stadt zu. Zweifelsohne hat irgendein Unbehauster mit Rauschebart in Ihrem Park einen Unterschlupf gefunden und nascht an Ihren Brombeeren. Wenden Sie sich doch bitte wegen Hausfriedensbruchs an die Polizei. Inspektor Lestrade wird erfreut sein sich einer so hochwichtigen Angelegenheit, annehmen zu dürfen. Mehr kann ich Ihnen nicht raten, und dieser Rat ist, was Ihrem Geschmack entgegenkommen dürfte, umsonst. Guten Abend!“ Holmes erhob sich als Zeichen, dass die Audienz beendet sei.

Colthroy schluckte, dann überreichte er Holmes seine Karte. „Ich kann verstehen, dass meine Geschichte ganz und gar unglaubwürdig klingt, aber nachdem ich Doktor Watsons Berichte gelesen hatte, dachte ich ... Sollten Sie es sich anders überlegen, ich bin ... Ich werde Ihnen nichts nachtragen. Verzeihen Sie! Schicken Sie mir eine Rechnung für Ihre Bemühungen. Ich werde mich nicht als kleinlich erweisen. Auf Wiedersehen!“

Nachdem unser Gast gegangen war, versuchte ich meinen Freund zu maßregeln. „Holmes, Sie waren extrem unhöflich!“

„Ich weiß. Danke für den Hinweis!“

„Geradezu impertinent!“

„Wenn Sie es sagen.“

Ein erneuter, diesmal sehr zaghafter Zug an der Hausglocke verhinderte jede weitere Auseinandersetzung. Mrs Hudson führte einen Jungen mit einem großen braunen Umschlag im Arm herein. Seine Mission war ihm offensichtlich fürchterlich unangenehm.

„Sin' Sie Misder S. Holmes, Sir?", wollte er von mir wissen.

„Nein, Gott sei Dank, mein Name ist Doktor Watson", korrigierte ich den Jungen. „Mister Holmes ist der reizende Herr dort im Sessel."

„Aber das is doch die Baker Street 221B, Misder ... Dogder?"

Holmes schwieg. Den Umgang mit fremden Kindern überließ er für gewöhnlich mir.

„Ganz genau", bestätigte ich. „Was führt dich zu uns?"

„Des is so ...", stotterte der arme Kerl. „Des hat vor zwei Tagen bei uns vor de Tür gelegen. 's war ganz nass, obwohl es nicht geregnet hat, aber außen drauf steht nur *S. Holmes. Baker Street 221B.* Aber weil es so nass war, hat des Hausmädche es erst am Ofen getrocknet. Aber meine Herrschafte fürchte, jetz isses ganz hin. Das Ding ist hart wie 'n Backstein."

„Schon gut", meinte ich und fragte den Jungen nach dem Namen seiner Herrschaften.

„Richter Maxwell, in der Portland Road."

„Danke, mein Junge! Das ist für dich." Ich drückte dem Jungen einen Penny in die Hand. Der nahm ihn, murmelte einen hastigen Dank und verschwand voller Erleichterung, so schnell er konnte.

Holmes blickte ihm amüsiert hinterher, nahm den Umschlag, den ich ihm reichte, und zog ein dickes, billiges Schreibheft daraus hervor. Die Blätter waren stark aufgequollen und miteinander verklebt. Aus dem Heft war in der

Tat eine Art Backstein aus Papier geworden. Holmes konnte es nicht einmal aufschlagen.

„Ich fürchte, da müssen wir ganz neue Mittel und Wege finden, um lesbar zu machen, was gelesen werden soll. Ich werde darüber nachdenken." Er schob das Heft in den Umschlag zurück und legte es auf seinen von Säure zerfressenen Labortisch.

„Das wird dauern", meinte er noch, konnte aber nicht gleich mit der Arbeit beginnen. Zum dritten Male ertönte die Hausglocke. Kurz darauf brachte Mrs Hudson die Abendzeitung.

Nun konnte ich wohl endlich weiterlesen. Doch ich sollte mich geirrt haben. Schon nach kurzer Lektüre unterbrach mich Holmes wieder.

„Das dürfte Sie interessieren, Watson", meinte er und nahm sogar die Füße vom Rauchtisch.

„Nämlich?", fragte ich.

„Sie wollten doch die geschmackvolle Ausstellung von Julia Pastranas Überresten und denen ihres Kindes besichtigen."

„Wofür ich ausführlich von Ihnen gerügt wurde."

„Kennen Sie den Grund für die Schließung der Ausstellung?"

„Ein Einbruch, wie ich schon sagte."

„Gewiss, aber nicht nur das. Jemand hat versucht, die Mumie zu schänden. Er wollte eine Hand abschneiden, wurde bei seinem sinistren Ansinnen jedoch gestört und musste unverrichteter Dinge fliehen."

„Nein!"

„Doch! Sehen Sie selbst." Er hielt mir die Zeitung hin, aber in diesem Moment erschien Mrs Hudson schon wieder in der Tür. Wir hatten das vierte Klingeln völlig überhört.

„Entschuldigen Sie, meine Herren, eine Misses Trewhella wünscht Sie zu sprechen", meldete sie.

„Führen Sie sie bitte herein, Misses Hudson. Aber nur, wenn sie uns nicht wegen eines behaarten Ungeheuers in ihrem Garten konsultieren will."

Mrs Trewhella hatte es schon gehört. „Nein, Mister Holmes, das will ich mitnichten."

Unsere Klientin war eine hoch gewachsene Dame in teurer Trauerkleidung. Unter ihrem Schleier war ihr Gesicht zwar kaum zu erkennen, aber Haltung und Kleidung ließen doch auf eine wohlhabende Frau in den Vierzigern schließen.

„Und wenn Sie mir bitte Ihr Plätteisen leihen könnten, Misses Hudson!", rief Holmes unserer Vermieterin nach, die sich gerade in ihre Räume zurückziehen wollte.

„Aber Mister Holmes, ich kann Ihnen doch nicht zumuten …"

„Ich fürchte doch, Misses Hudson. Es handelt sich aber nicht um Textilien, die zu glätten wären. Also bitte das Plätteisen! Nur vorübergehend."

„Natürlich, Mister Holmes! Gerne, Mister Holmes!"

„Danke! Verzeihen Sie, Madam", wandte er sich unserer Besucherin zu und bat sie mit einer Geste, Platz zu nehmen. „Unser herzliches Beileid. Wie hat denn Ihr Mann die traurige Nachricht verkraftet?"

Die Dame, die sich, eine kleine Handtasche auf dem Schoß, gerade auf unserem Besuchersessel niedergelassen hatte, wäre um ein Haar wieder aufgesprungen. „Mister Holmes! Können Sie hellsehen?"

„Leider nein, Misses Trewhella, obwohl das manchmal ganz nützlich wäre. Ich nehme nur den intensiven süßlichen Duft eines Orienttabaks an Ihrer Kleidung wahr. Orient Xanthi, scheint mir." Er sog noch einmal die Luft um Mrs Trewhella ein, die ihm indigniert dabei zusah. „Ja! Eindeutig Orient Xanthi! Eine der besten Tabaksorten überhaupt. Jemand hat vor ganz kurzer Zeit in Ihrer Gegenwart geraucht. Und wer sollte sich diese Freiheit herausnehmen, wenn nicht Ihr Ehemann? Wäre er der Verstorbene, hätte sicherlich kein Gentleman in Gegenwart der trauernden Witwe zur Pfeife gegriffen."

„Wenn Sie es erklären, klingt es ganz einfach, Mister Holmes. Ja, ich sitze gerne bei meinem Mann Robert, wenn er Pfeife raucht. Ich mag diesen ... männlichen Geruch, wissen Sie? Aber um auf Ihre Frage zu antworten; mein Mann hat den Tod meines jüngeren Bruders nur mit Mühe verkraftet. Die beiden mochten sich sehr. Sein Name ist ... war Peter Griffith. Wir nannten ihn immer Pedrog."

„Der als echter Waliser seinen Nachnamen sicherlich Gruffud schrieb?"

„Wie sonst, Mister Holmes, wie sonst! Aber nun ist Pedrog tot." Sie griff in ihre Tasche, entnahm ihr ein Taschentuch und wischte sich, unter den Schleier fahrend, eine Träne ab. „Meine Familie stammt aus Merthyr Tudful. Wir sind die Gruffuds von Griffith Steel Incorporated. Mein Mann ist einer der Direktoren. Pedrog zog es immer schon fort von daheim. Er war unser Reisender. Wir verkaufen unseren Stahl wirklich in alle Welt. Nach Russland und sogar in den Fernen Osten bis nach Ostindien. Überall werden Eisenbahnen gebaut, und die Züge rollen auf Schienen aus unserem Stahl."

Sie hielt einen Moment inne und fuhr fort, als sie sich Holmes' ungeteilter Aufmerksamkeit gewiss wusste. „Pedrog liebte Ostindien und Indochina. Immer wieder reiste er dorthin und verstand es, das beruflich Nützliche mit seiner Liebe zu Ostasien zu verbinden. Genauer gesagt, seiner Liebe zu einer kleinen asiatischen Frau, die jedoch leider bei einer Überschwemmung in einem Fluss ertrank, obwohl Pedrog unter Einsatz seines eigenen Lebens versucht hatte, sie zu retten. Wenig später erkrankte er. Er schrieb, ein Fluch laste auf ihm und er begänne, sich in einen Baum zu verwandeln. Wir verstanden das zunächst nicht und dachten, er meine das im übertragenen Sinne. Mein Mann beschwor ihn inständig, nach Hause zu kommen, doch Pedrog wollte nicht. Er wollte in der Nähe seiner kleinen Min-Kai sein, wo immer sie sein mochte. Er war so anhänglich … Dann merkten wir, dass er tatsächlich krank war, sogar so krank, dass die Korrespondenz von seinem Freund und ärztlichen Betreuer Doktor Allinston Barthorpe übernommen und fortgeführt wurde. Zwei Jahre lang erfuhren wir nur wenig. Doktor Barthorpe schrieb uns, Pedrogs Haut würde zunehmend von Warzen überwuchert, die ihn schließlich bewegungsunfähig gemacht hätten. Er könne daher nicht einmal mehr eine Feder halten, um uns zu schreiben."

„Offenbar hat sich Ihr Herr Bruder eine seltene tropische Infektionskrankheit zugezogen“, versuchte ich zu erklären. „Die Medizin ist da häufig machtlos.“

„Ja, das wurde uns auch klar. Aber plötzlich brachte Doktor Barthorpe meinen Bruder nach Hause. In einem verschlossenen Wagen, unter größtmöglicher Geheimhaltung.“

„Was war der Grund für den plötzlichen Sinneswandel?“

„Pedrog spürte, dass sein Leben zu Ende ging. Er wollte zu Hause in Wales sterben. Doktor Barthorpe erfüllte seinen Wunsch und blieb bei ihm bis zu seinem Tod. Wir konnten mit niemandem darüber reden, dass Pedrog wieder zu Hause war, durften seine Freunde nicht benachrichtigen und nicht in der Öffentlichkeit von ihm sprechen. Als er gestorben war, mussten wir ihn in aller Heimlichkeit beisetzen.“

„Wobei es Ihnen sicherlich besonders wichtig war, die englischen Behörden außen vor zu lassen?“

Obwohl der Thronfolger kraft seines Amtes stets den Titel eines Prince of Wales führt, mochten die Waliser die Londoner Zentralgewalt nicht. Holmes war das ebenso bekannt wie mir.

„Die Behörden durften nichts von der Krankheit meines Bruders erfahren“, räumte Mrs Trewhella vorsichtig ein. „Aber nun fingen die Merkwürdigkeiten erst an.“

„Wir sind gespannt!“

„Doktor Barthorpe war, was Pedrog betraf, ein arger Geheimniskrämer. Wir mussten schon im eigenen Interesse Pedrogs Anwesenheit in unserem Haus auf das Strengste geheimhalten. Seine Krankheit hätte uns womöglich selbst zu … zu Aussätzigen gemacht, wenn man davon erfahren hätte. Womöglich hätten die Behörden Pedrog von uns fortgenommen und in einer Anstalt eingesperrt, oder in eine Leprakolonie nach Indien oder auf Molokai gebracht, wo gerade dieser Pater Damien an der Krankheit gestorben ist.* Diesen … Politikern in London ist alles zuzutrauen!"

Sie unterbrach sich kurz, als wollte sie ihren Zorn hinunterschlucken. „Wir selbst hätten uns natürlich in keiner anständigen Gesellschaft mehr blicken lassen dürfen. Das war es jedoch nicht … Uns machte vielmehr stutzig, dass Doktor Barthorpe stets einen geladenen Trommelrevolver mit sich führte. Ständig sorgte er dafür, dass die Fensterläden der Räume, die er und Pedrog bewohnten, geschlossen waren. Wenn es möglich war, ging er nur nachts aus, und Medikamente mussten unsere Bediensteten bei verschiedenen Apothekern besorgen. Und immer wieder fragte er unsere Bediensteten, ob ihnen vielleicht Fremde aufgefallen wären, die nicht hierher gehörten. Fast schien es, als litte er unter Verfolgungswahn."

„Haben Sie nicht mit Ihrem Mann darüber gesprochen?"

„Doch, selbstverständlich. Aber mit einem Trommelrevolver herumzulaufen, das hält er für normal. Er besitzt selbst so ein Mordinstrument. Er hat es sich in Russland gekauft. Smith und Wesson, nur mit kyrillischen Buchstaben geschrieben."

*Pater Jef de Veuster, Ordensname Damian, 3.1.1840 in Tremelo/Belgien - 15.4.1889 in Kalawao auf der Insel Molokai, Hawaii, wo er eine Leprakolonie gründete und leitete, bis er selbst an einer Infektion starb. Seligsprechung 1995, Heiligsprechung 2009. Gilt als Schutzpatron der Leprakranken sowie neuerdings auch der Aids-Infizierten.

„Smita i wessona oruschejnaja fabrika",* erläuterte Holmes fachkundig. „Sitz in Tula."

„Genau von dort stammte sie. Männer können in manchen Dingen wie Kinder sein. Aber meinem Mann lag natürlich wie uns allen daran, dass Pedrog unentdeckt blieb und in Ruhe und Würde sterben durfte."

„Wo liegt nun das Problem, Misses Trewhella?"

„Das Problem liegt darin, dass Doktor Barthorpe eines Nachts, kurz vor Pedrogs Tod, tatsächlich auf jemanden schoss, den er glaubte im Garten gesehen zu haben. Wir fanden am nächsten Morgen Fußspuren, mehr aber auch nicht."

Holmes hörte gespannt zu. „Was sagte Doktor Barthorpe dazu?"

„Er erklärte, er hätte jemanden durch die Nacht schleichen gesehen und sofort geschossen. Weitere Erläuterungen gab er nicht."

„Und Ihrem Mann genügte das?"

„Meinem Mann genügte das. Er denkt militärisch. *Umzingeln, die Nachschublinien abschneiden, die Festung sturmreif schießen, Feind vernichten*, so drückt er sich immer aus, wenn vom Umgang mit der Konkurrenz die Rede ist. Er kennt sich ausgezeichnet in Militärgeschichte aus. Zum Beispiel weiß er wirklich alles über die Schlacht Hannibals gegen die Römer bei Cannae im Punischen Krieg."

„Dem zweiten, 216 vor Christus", ergänzte ich unhöflicherweise wie ein vorlauter Klassenprimus, denn ich liebe

*Gab es tatsächlich!

römische Geschichte. „Die sagenumwobene Umfassungsschlacht, der Hannibal seinen Sieg verdankte."

Mrs Trewhella nickte, kam aber gleich wieder zur Sache. „Die langen Jahre in der Armee haben meinen Mann hart gemacht. Aber eigentlich bewundere ich gerade das so sehr an ihm."

„Und wie ging es weiter?"

„Das ist das Merkwürdige. Pedrog starb, wir legten ihn in den Sarg, nagelten diesen zu und setzten ihn heimlich bei. Den Verwandten, Freunden und Bekannten teilten wir lediglich seinen Tod mit und gaben an, er sei in Indochina gestorben. Da Indochina französisch ist, war die Gefahr relativ gering, dass irgendjemand dort Nachforschungen anstellen würde. Am Abend der Beerdigung verschwand Doktor Barthorpe spurlos. Er hat nicht einmal seine Sachen mitgenommen. Er war einfach mir nichts, dir nichts verschwunden. Das war vor drei Tagen. Er ist bis heute nicht mehr aufgetaucht."

„Verzeihen Sie, wenn ich unterbreche", bat Holmes. „Um was für Sachen handelt es sich?"

„Seine Kleider. Jede Menge Bücher, meist medizinischer Art. Den *Lancet.* Handschriftliche Aufzeichnungen. Wir haben alles in Kisten gepackt und auf den Dachboden geräumt, schließlich sollte niemand versehentlich daraufstoßen und unangenehme Fragen stellen."

„Einleuchtend."

„Aber …"

„Aber?"

„Also, Doktor Barthorpe war außerordentlich penibel.

Mein Mann hat ihn ein paarmal in seinem Zimmer aufgesucht. Dabei fiel ihm auf, dass er seine Bücher alle genau der Größe nach geordnet hatte. Die Buchrücken schlossen exakt mit den Regalbrettern ab. Mein Mann hat einen Blick für so etwas. Nach dem Verschwinden des Doktors standen die Bücher unordentlich im Regal ... nicht mehr der Größe nach sortiert und mal vorne, mal ganz zurück geschoben. Robert maß dem zwar nicht allzu große Bedeutung bei, bat mich jedoch ausdrücklich, Sie darauf hinzuweisen."

„Womit ich ihm zu außerordentlichem Dank verpflichtet bin, obgleich die Unordnung in der Bibliothek durchaus auf nichts weiter als einen überhasteten Aufbruch hindeuten könnte. Sagen Sie, Misses Trewhella, einen Abschiedsbrief hat Doktor Barthorpe nicht hinterlassen?"

„Nicht dass ich wüsste."

„Ist ihm der Tod Ihres Bruders persönlich sehr nahegegangen?"

„Nicht mehr als uns auch. Wir konnten uns ja aufgrund der langen, schweren Krankheit, die Pedrogs Äußeres zunehmend entstellte, auf das Ende einstellen. Sein Tod kam nicht überraschend, und er nahm ihn gefasst entgegen. Nein, Doktor Barthorpe schien nicht über die Maßen überwältigt."

„Mmh."

Mein Freund wollte offenbar nachdenken, doch Mrs Trewhella sprach weiter. „Wir konnten uns schlecht an die Polizei wenden. Man hätte womöglich gefragt, was Doktor Barthorpe bei uns wollte, und vielleicht wäre dann Pedrogs Anwesenheit und seine scheußliche Krankheit ans Licht gekommen. Das aber mussten wir, wie gesagt, vermeiden."

„Sie möchten also lieber einen beratenden Detektiv hinzuziehen?“

„So ist es. Jemanden, der die Angelegenheit mit Diskretion zu behandeln weiß und nicht gezwungen ist, offiziell einzuschreiten, wenn ... Unregelmäßigkeiten ans Licht kommen sollten. Es soll auch Ihr Schaden nicht sein, Mister Holmes.“

„Davon bin ich überzeugt. Erlauben Sie noch eine weitere Frage, Misses Trewhella, erwähnte Doktor Barthorpe einen anderen Patienten? Einen mit einer ähnlichen Krankheit?“

„Nicht dass ich wüsste, Mister Holmes. Wie gesagt, er war ein ziemlicher Geheimniskrämer. Außerdem pflegte er mit Pedrog auf dem Zimmer zu speisen. Es gab wenig Gelegenheiten, mit ihm ins Gespräch zu kommen.“

„Ah so“, meinte Holmes nur. „Watson, reichen Sie mir doch bitte den Fahrplan herüber. Wir müssen morgen früh eine kleine Reise nach Cardiff unternehmen. Pardon, Misses Trewhella, nach Caerdydd selbstverständlich. Danke! Wir müssen unbedingt Doktor Barthorpes Nachlass durchsehen. Erwarten Sie uns bitte morgen im Laufe des Tages. Aber zuvor muss ich noch einige Dinge in Erfahrung bringen.“

Holmes erfragte noch verschiedene Details und schrieb die Adresse von Mr und Mrs Trewhella auf. „Soll Billy Ihnen eine Droschke zum Bahnhof holen?“, fragte er abschließend.

„Das ist sehr liebenswürdig, Mister Holmes, aber nicht nötig. Ich werde heute bei meiner Cousine übernachten und erst morgen zurückfahren. Meine Cousine ist hier in London verheiratet. Meinen Mann werde ich telegraphisch von Ihrem Besuch unterrichten."

Nachdem wir so verblieben waren, verabschiedete sich unsere neue Klientin.

„*Le jeu commence, cher ami!*", frohlockte Holmes. „Das Spiel beginnt! Ich werde jetzt versuchen, etwas mehr über Doktor Allinston Barthorpe herauszufinden. Bis später, Watson!" Damit nahm er seinen Hut vom Haken und war schon verschwunden.

Der Bluthund hatte Witterung aufgenommen. Am späten Abend – ich hatte schon gegessen – erschien er reichlich erschöpft wieder in der Baker Street.

„Selbst ohne Ihres sprichwörtlichen Scharfsinns teilhaftig zu sein, scheint mir offensichtlich, dass Ihr Ausflug nicht von Erfolg gekrönt war."

„Im Gegenteil, Watson, aber erst zum Schluss kam unerwartet der Erfolg. Wie so oft nach mühevoller Kleinarbeit. Ich war in der British Library. Einen Doktor Allinston Barthorpe schien es nicht zu geben. Misses Trewhella hatte von einem *Freund und ärztlichen Berater* gesprochen, und zunächst stellte ich diese Bezeichnung nicht infrage, zumal auch vom *Lancet* die Rede war. Ich ging also wie selbstverständlich davon aus, dass es sich bei Doktor Barthorpe um einen Arzt handeln müsse. Folglich schaute ich zunächst in den Verzeichnissen der praktizierenden Mediziner nach, in den Jahrbüchern der medizinischen Fakultäten und so weiter. Jedoch vergeblich. Wie Sie wissen, sammle ich bereits seit meiner Schulzeit Zeitungsmeldungen über die kleinen und großen Katastrophen des Alltags, die ich in meine

Scrapbooks klebe. Misses Hudsons *Daily Herald* ist in dieser Hinsicht eine wahre Fundgrube, aber das nur am Rande. Obzwar sie sehr kurz ist und kaum der Erwähnung wert scheint, verdanke ich einer Zeitungsmeldung ausgesprochen viel. Es ist eine Meldung, deren Inhalt meine Gedanken seinerzeit in eine sehr wesentliche Richtung lenkte. Es war die Meldung über einen verheerenden Brand in einer Werft in Liverpool. Damals wurde ein komplettes Schiff zerstört, das gerade seinen Anstrich erhielt. Den Brand hatte ein Arbeiter verursacht, der eine Zigarettenkippe in eine Pfütze geworfen hatte."

„Seit wann brennen Pfützen?", wollte ich wissen.

„Ja, das fragte ich mich damals auch. Der Mann wollte seine brennende Zigarette löschen. Manche Menschen treten sie aus. Er wollte es wohl besonders gut machen und warf sie in eine Pfütze. Was er nicht bedachte, war, dass die Pfütze gar nicht aus Wasser bestand, sondern aus dem Reinigungsmittel Terpentin, das irgendwie ausgelaufen war. Sein Fehler war es, Pfützen generell mit Wasser zu identifizieren."

„Und was hat das mit unserem Doktor Barthrope zu tun?"

„Barthorpe, Watson, Barthorpe. Ganz einfach. Die Sprache führt uns manchmal in die Irre. Wenn wir sagen, wir gingen zum Doktor, meinen wir, wir gehen zum Arzt, weil Ärzte, wie Sie, mein Freund, meistens den Titel eines *Medical Doctor* erworben haben. Den Titel *Doktor* assoziieren wir lediglich aus Gewohnheit mit einem Arzt. Doktor Barthorpe braucht jedoch nicht notwendigerweise ein Arzt zu sein. Es gibt ja auch beispielsweise den Grad eines *Philoso-*

phical Doctor. Nachdem ich mir diese Erkenntnis, wenngleich reichlich spät, vor Augen geführt hatte, begann ich noch einmal ganz von vorn, und dieses Mal wurde ich fündig. Doktor Allinston Barthorpe ist ein Biologe und Chemiker. Seinen Titel hat er an der Friedrich-Wilhelms-Universität in Berlin in Deutschland erworben. Übrigens bei August Wilhelm von Hoffmann, der bis 1864 auch als Professor am Chemischen Institut der Royal School of Miners hier in London lehrte."

„Dann ist Barthorpe ein Doctor rerum naturae?"

„Nein, seltsamerweise ein Doktor der Philosophie. Die Naturwissenschaften sind in Berlin und anderen Universitäten dem Reich der Philosophischen Fakultät zugeordnet. Verstehe einer diese Deutschen … Barthorpe hat, aber das nur am Rande, seinen Titel mit einer Arbeit über den Eisengehalt von Hämerythrin erworben."

„Sie sehen mich leider völlig ahnungslos."

„Der Blutfarbstoff mancher Ringelwürmer, ebenfalls rot wie unser Hämoglobin."

„Ringelwürmer? Igitt!"

„Ringelwürmer! Und dankenswerterweise kann man in unserer guten alten British Library die *Wissenschaftliche Zeitschrift der Friedrich-Wilhelms-Universität* einsehen. Darin fand ich unseren Mann und sogar ein Curriculum vitae. Seine Mutter war eine Deutsche, eine Frau Margarete Friedericke Freiin von Schoenefelder."

„Freiin?"

„Baronesse, wenn Ihnen das lieber ist."

„Und was lehrt uns das?"

„Vorerst leider sehr wenig, mein Freund. Immerhin scheint Goethes Diktum, dass Blut *ein ganz besond'rer Saft* sei, richtiger denn je. Aber das ist nur ein erster Anhaltspunkt. So, schlafen Sie wohl! Wir haben morgen einen langen Tag vor uns. Gute Nacht!"

*

Ich will den Leser nicht langweilen mit einem Bericht über die wenig aufregende Reise von London nach Cardiff und von da nach Merthyr Tudful, wo die Familien Trewhella und Gruffud ihren Sitz hatten. Ich will den Leser auch nicht mit einem Bericht über Sherlock Holmes' zweitägige vergebliche Suche nach Dr. Allinston Barthorpe ermüden, den am Ort niemand kannte, weil er sich sehr geschickt verborgen gehalten hatte.

Robert Trewhella war ein rotgesichtiger, lebenspraller Mensch mit festem Händedruck, ein Stahlbaron durch und durch, geschäftstüchtig, laut und effizient. Er unterstützte unsere Nachforschungen nach Kräften und sehr großzügig. Wir durften in seinem Haus wohnen, in dessen Eingangshalle ein Porträt des verstorbenen Peter Griffith hing. Er war ein blonder Mann mit weichen, fast weiblichen Gesichtszügen. Die Ähnlichkeit mit Mrs Trewhella war unverkennbar.

„Meine Frau hat es anfertigen lassen, bevor er für immer ins Ausland ging. Sie hing sehr an ihrem Bruder, obwohl auch ich … Wir waren mehr als Schwäger und Geschäftspartner. Wir waren Freunde. Er war meiner Frau sehr ähnlich."

„Ich verstehe." Holmes sah sich das Gemälde lange an. Er schien sich jeden Zug des Porträtierten einprägen zu wollen.

Holmes und ich konnten in aller Ruhe die wenigen Schriftstücke durchsehen, die Dr. Barthorpe in seinem Zimmer zurückgelassen hatte. Man hatte alles in drei Holzkisten verpackt und sie vor neugierigen Blicken in irgendeinem staubigen Teil des Hauses untergebracht. Ein kräftiger junger Bursche brachte sie auf unser Zimmer. In der einen Kiste befanden sich lediglich alte Kleider. Zunächst unterzog Holmes sie, zum Teil mit der Lupe, einer gründlichen optischen Untersuchung. Dann stülpte er die Taschen und Hosenumschläge um, doch ich konnte seiner Miene ansehen, dass ihn das Ergebnis seiner Untersuchung wenig befriedigte. Er kratzte sogar mit dem Taschenmesser ein wenig Schmutz aus den Sohlen der Stiefel.

„Wir haben wahrscheinlich lediglich Erdkrumen aus dem Garten gefunden", meinte er.

„Wahrscheinlich. Misses Trewhella sagte doch, Doktor Barthorpe sei kaum ausgegangen. Aber was halten Sie hiervon?"

Während Holmes sich der Wäsche widmete, hatte ich die schriftlichen Hinterlassenschaften durchgesehen. Schließlich war ich ja vom Fach.

„Da schau her! Watson, ich glaube, Sie haben mit sicherem Griff gleich das Wichtigste gefunden. Doktor Barthorpe hat ein Scrapbook geführt, ganz ähnlich, wie ich es tue. Holla! Was haben wir denn da?"

„Sie meinen die ausgeschnittenen Artikel?"

„Genau! Hochinteressant!"

Gemeinsam gingen wir die gesammelten Zeitungsausschnitte und Artikel aus medizinischen Fachzeitschriften durch. Die meisten handelten von seltsamen Erkrankungen und Todesfällen, die oft jene bizarren Aspekte aufwiesen, die Sherlock Holmes so schätzte. Die Verstorbenen waren mehrheitlich von seltenen Krankheiten dahingerafft worden, gegen die die Medizin in der damaligen Zeit noch keine Heilmittel kannte und vielleicht in den nächsten hundert Jahren auch keine entwickeln wird.

Der erste dokumentierte Fall handelte von dem tragischen Tod des jungen Diplomaten Collister Shay, über den auch die Presse berichtet hatte. Shay hatte sich aus dem aktiven Dienst in Indien zurückziehen müssen, als eine schwere Ichthyosis vulgaris bei ihm zum Ausbruch kam. Diese tückische Hautkrankheit führt zu einer starken Verschuppung der Haut, die allmählich das Aussehen einer Schlangenhaut annimmt. Der permanente Juckreiz treibt die Patienten schier zum Wahnsinn. Peinliche Sauberkeit, Schälkuren und penibles Einreiben mit Fettcreme können die Krankheit nur vorübergehend eindämmen und Erleichterung verschaffen. Der weitere Verlauf der Erkrankung führt zum Ertauben und Erblinden und zu allmählicher Skelettdeformation – Dinge, die dem Erkrankten das Leben in der Gesellschaft, vor allem aber jedwede Tätigkeit im diplomatischen Dienst früher oder später unmöglich machen. Collister Shay kam in Begleitung eines ausländischen Arztes aus Indien zurück nach London, weil er sich vom kühleren englischen Klima Linderung seines Leidens versprach. Er starb jedoch kurz nach seiner Rückkehr.

„Und jetzt kommt das Interessanteste, Watson. Der behandelnde Arzt, dessen Name hier leider nicht erwähnt wird, verschwand nach dem Tod des Patienten spurlos."

„Das wird doch nicht unser Doktor Barthorpe gewesen sein?"

„Wer kann das wissen? Wir wollen nicht raten, aber falls doch, wäre das schon ein wichtiger Hinweis. Dann wäre das Verschwinden vielleicht eine seltsame Angewohnheit des guten Doktors. Aber hier!"

Holmes hielt mir einen weiteren Zeitungsartikel hin. Gegen den verschwundenen Arzt war in Abwesenheit Anklage erhoben worden, weil seine Behandlung nicht den gängigen medizinischen Standards entsprochen hatte. Er hatte Collister Shay, der allerdings ohnehin unrettbar verloren war, in seiner Verzweiflung Tierblut injiziert. Ich hatte von dem Fall damals gehört.

„Das war ein glatter Mordversuch!", rief ich aus. „Menschenblut und Tierblut verträgt sich nicht. Das ist so!"

„Aber leider hat Sie niemand zu Rate gezogen, Watson. Wahrscheinlich erkannte der verantwortungslose Quacksalber, was er angerichtet hatte, und floh ins Ausland. Hier dürften wir sowieso zu spät kommen, um ihn zu fassen."

„Bedauerlich. Ich hätte ihm gerne einige medizinische Grundbegriffe erläutert."

Holmes brummte nur etwas Unverständliches.

Das nächste Konvolut handelte von Major Palmer Healey, der ebenfalls nach langer Krankheit aus dem Leben geschieden war, allerdings von eigener Hand. Er galt als aufstrebender junger Kolonialoffizier und diente zuletzt im zentralafrikanischen Nagonia.* Hier zeichnete er sich durch die Niederschlagung der kriegerischen Auseinandersetzungen des Stammes der Fulbe mit den übermächtigen Mandinkas aus.** Major Healey musste seinen Dienst quittieren, als ihn lepromatöse Lepra befiel, die schwerste Form dieser furchtbaren Krankheit. Sie verändert die Haut, besonders im Gesicht, durch zahllose Knoten und Flecken. So entsteht das sogenannte *Löwengesicht*. Danach werden Knochen, Muskeln und innere Organe von einem geschwürigen Zerfall zerstört. Normalerweise tritt der Tod nicht durch die Krankheit selbst ein, sondern durch sekundäre Infektionen.

Da Lepra nicht ansteckend ist, holte die Familie den Kranken heim nach England. Major a. D. Healey lebte noch einige Monate unter der Obhut seiner Schwester, ordnete seine Angelegenheiten und setzte seinem Leben mit einer Kugel ein Ende. Natürlich war die Familie bemüht gewesen, die näheren Umstände von Major Healeys tapferem Tod nicht publik werden zu lassen, doch es gibt genügend Klatsch- und Tratschpostillen, die sich nicht scheuen, auch solche privaten Tragödien in aller Öffentlichkeit breitzutreten.

„Offenbar hat Doktor Barthorpe Berichte über andere geheimnisvolle Krankheiten gesammelt. Ein sehr systematisch vorgehender Mann. Daher bin ich über sein Verschwinden äußerst beunruhigt. Es passt nicht zu ihm."

*Nagonia heißt ein fiktiver afrikanischer Staat in dem Agentenroman *TASS upolnomotschen sajawitj* (1979, dt. *Die Würfel fallen in Moskau*, 1982) von Julian Semjonow (1931-1993).

**Von den Stämmen her kann es sich bei Nagonia nur um Gambia handeln.

„Ist er tot?“

„Schauen wir erst einmal das hier an. Das muss seine Dissertation sein.“

„Und das die Doktorurkunde. Genau wie Sie sagten, aus Deutschland. Und hier: *Einfluss von Diäten auf die Zusammensetzung des Blutes.* Von Doktor Karl Landsteiner, Wien. Der schreibt Ihnen doch gelegentlich?“

„Oho! Sie überwachen meine Korrespondenz, mein Freund?“

„Sie selbst haben mir erlaubt, die Briefmarken meiner Sammlung einzuverleiben, Holmes. Erinnern Sie sich nicht mehr?“

„Doch, doch, echauffieren Sie sich nicht! Es war nicht so gemeint. Was noch?“

Wir sahen weitere private Papiere und Urkunden durch.

„Ich finde keinen Hinweis“, befand Holmes, „dass Doktor Barthorpe einen weiteren Wohnsitz besessen hätte. Weder hier noch im Ausland. Er scheint alles aufgegeben zu haben, um Mister Gruffud zu betreuen.“

Ich klappte das Heft zu, in dem ich gerade gelesen hatte. „Er hat lediglich in Stichworten eine Art Tagebuch über den Gesundheitszustand seines Patienten geführt. Hier, in diesem Schreibheft. Blutdruck, Temperatur, Stuhl, ärztliche Maßnahmen. Jeden Tag eine Notiz, aber nichts, was einen Hinweis auf den Grund für sein Verschwinden geben würde. Er war ein hervorragender Zeichner. Hier!“

Ich gab Holmes das Heft, damit auch er die Zeichnungen ansehen konnte. Sie zeigten den Verstorbenen und wirkten sehr lebensecht. Barthorpe hatte die Veränderungen durch die Krankheit penibel festgehalten. In ihrem Anfangsstadium verunzierten erst wenige Warzen das Gesicht, doch im weiteren Krankheitsverlauf überwucherten sie es immer mehr. Die Warzen fraßen ihn regelrecht auf. Auch die Hände und Füße wurden befallen und verwandelten sich allmählich in unförmige, nutzlose Gewebeklumpen. Wahrscheinlich hatte Peter Griffith sich kaum mehr bewegen können und Höllenqualen gelitten. Mir schauderte.

„Nehmen Sie das Heft mit“, ordnete Holmes an.

Ich schob es in die Jackentasche.

„Vielleicht sagt uns das Grab noch mehr. Wir sollten den Leichnam einmal inspizieren.“

„Holmes!“

„Es geht nicht anders, Watson.“

*

Unser Gastgeber trug seine Frau, die inzwischen wieder zu Hause eingetroffen war, förmlich auf Händen, und Mrs Trewhella schaute begeistert und voller Leidenschaft zu ihrem Mann auf, obwohl schon zwanzig Ehejahre hinter den beiden lagen. Fast erfüllte mich ihre offensichtliche Zuneigung mit ein wenig Neid.

Gemeinsam begaben wir uns zum Grab des unglücklichen Bruders und Schwagers. Es befand sich auf dem riesigen Grundstück der Familie und lag inmitten eines kleinen, rechteckigen Zypressenhains. Er musste sich hier schon sehr, sehr lange Zeit befinden, denn die Bäume ragten hoch empor und boten von allen Seiten Schutz vor Sonnenlicht und unerwünschten Blicken. Nachdem wir durch eine schmale Lücke in der grünen Wand eingetreten waren, erblickte ich zu meiner Überraschung mehrere eingesunkene Gräber. An den Kopfenden lagen umgestürzte hölzerne Kreuze, deren Inschriften nicht mehr zu lesen waren. Als ich genauer hinsah, entdeckte ich verrostete Helme und Säbel. Hier hatten Kameraden ihre letzte Ruhe gefunden.

„In der Nähe befand sich nach dem Krimkrieg für einige Jahre ein Hospiz für schwer verwundete Soldaten", erläuterte unser Gastgeber. „Dies sind die Gräber derer, die ihren Verletzungen erlagen. Gott schenke ihren armen Seelen Frieden! Sie sind für unser Vaterland gestorben. Jetzt befindet sich in dem Hospiz ein Waisenhaus. Hier rechts liegt er." Er wies auf einen frischen Grabhügel. Eine einfache Holztafel war dem Toten zu Häupten errichtet worden. Darauf stand ein walisischer Spruch, den ich nicht verstand.

„Reich ist, wer ohne Schulden, glücklich, wer ohne Krankheit",* übersetzte Mr Trewhella, als er meinen fragenden Blick bemerkte. „Pedrog hat sich diesen Spruch vor seinem Tod selbst ausgesucht. Natürlich konnten wir seinen Namen nicht hinzuschreiben und mussten uns mit den Initialen P. G. begnügen. Ich hoffe, Pedrog wird uns das verzeihen."

„Mmh", brummte mein Freund nachdenklich. „Hat sich an dem Grab jemand zu schaffen gemacht?"

„Wie kommen Sie denn darauf, Mister Holmes' Das ist unmöglich!"

„Wenn das unmöglich ist, Mister Trewhella, dann wun-

*Ein mongolisches Sprichwort.

dern mich einige Dinge sehr. Ich habe Sie und Ihre liebe Frau Gemahlin in den wenigen Stunden, die wir bisher Ihre Gastfreundschaft genießen durften, als sehr sorgfältige Menschen kennengelernt. Sicherlich mussten Sie bei der Beerdigung Ihres Schwagers mit einiger Eile zu Werke gehen, aber ich bin überzeugt, dass Sie die Zeremonie trotzdem mit Würde durchgeführt haben. War ein Geistlicher anwesend?"

„Selbstverständlich! Einer, dessen Diskretion wir sicher sein können."

„Und als Totengräber fungierten einige kräftige männliche Bedienstete, auf deren Verschwiegenheit Sie sich ebenfalls verlassen können?"

„Unser Butler Harris und der Kutscher Dick. Sie stehen seit Jahrzehnten in unseren Diensten und arbeiten sauber und zuverlässig. Außerdem konnten wir mehr Zeugen nicht verantworten."

„Sehen Sie, und deswegen verwundert es mich, dass hier Männer mit Erdklumpen an den Stiefeln durch das Gras gegangen sind." Holmes wies auf zwei Stellen auf dem Boden. „Hier und hier ist das deutlich zu sehen. Und verwunderlich ist es auch, dass keine Blumen auf dem Grab liegen."

„Sie haben recht, Mister Holmes! Meine Frau hat einen dicken Strauß weißer Lilien auf das Grab gelegt. Als letzten Gruß. Der ist in der Tat verschwunden."

„Nicht ganz, Mister Trewhella, nicht ganz ..."

Holmes bückte sich und zog mit spitzen Fingern ein weißes Blütenblatt aus der frischen Erde. „Lilien. Wie Sie sagten. Jemand muss sie untergewühlt haben. Hier ist noch ein Blatt, und dort ein ganzer Stängel."

„Ja, da soll mich doch der ...!"

„Wäre es möglich, Mister Trewhella, das Grab noch einmal zu öffnen?"

„Pedrog exhumieren? Das würde meine Frau niemals zulassen! Und ich muss zugeben, auch mir ist diese Vorstellung äußerst unangenehm. Die Störung der Totenruhe ist in meinen Augen eines der schlimmsten Verbrechen. Und warum wollen Sie das überhaupt tun?"

Ich will den Leser nicht mit den Verhandlungen langweilen, die mein Freund mit Mr Trewhella führte, bis dieser letztendlich doch noch in sein Vorhaben einwilligte. Um Mrs Trewhella nicht in unnötige Aufregung zu versetzen, teilte Holmes ihr nicht mit, was er plante, sondern setzte sie von seinem angeblichen Scheitern in Kenntnis. Er habe zwar herausgefunden, dass Dr. Allinston Barthorpe gar kein Medical Doctor sei, doch selbst er, Sherlock Holmes, sei außerstande, ihn in der Kürze der zur Verfügung stehenden Zeit zu finden. Kurzum, beschied er, er verzichte auf das ausgehandelte Honorar und werde in meiner Begleitung noch am Nachmittag nach London zurückreisen.

Trotz ihrer offensichtlich großen Enttäuschung verabschiedete Mrs Trewhella uns mit großer Höflichkeit, ja Herzlichkeit. Ihr Mann brachte uns selbst zum nächsten Bahnhof, wo wir allerdings mitnichten den Zug bestiegen. Vielmehr warteten wir bei Braten und Ale in einem Inn in der Nähe des Bahnhofes, bis uns der Kutscher Dick, den wir schon kannten, wieder abholte und bei Einbruch der

Dunkelheit zu dem kleinen Heldenfriedhof begleitete, wo Trewhella uns mit Butler Harris bereits erwartete. Beide trugen Jagdkleidung; Spaten, Spitzhacke und weitere Werkzeuge. Einige kräftige Stricke lagen auf einem Bretterboden bereit, auf den der Erdaushub geschippt werden sollte.

Harris und Dick machten sich sofort ans Werk, und Mr Trewhella selbst ließ es sich nicht nehmen, mit anzupacken. Ich selber beschränkte mich darauf, mit der Laterne dorthin zu leuchten, wo die Strahlen des Vollmondes nicht ausreichend Licht gaben. Es war eine unheimliche Szenerie, und wenn jetzt noch Raben gekrächzt oder Käuzchen gerufen hätten, hätte man sich in einen Schauerroman versetzt gefühlt. Zum Beispiel in meinen geliebten *Dracula*.

Da sich die Erde noch nicht gesetzt hatte, war die Arbeit nicht allzu schwer und dauerte nicht länger als etwa eine Stunde. Dann war der Sarg freigelegt. Dick sprang ins Grab und befestigte die Stricke. Mit vereinten Kräften beförderten wir den Sarg nach oben und verharrten einen Moment.

„Mögen Pedrog und der Herr uns verzeihen!“, bat Mr Trewhella.

„Amen“, beschlossen wir alle, einschließlich meines Freundes, seine Bitte. Dann hob Holmes das Brecheisen, um es Mr Trewhella zu reichen. Als dieser abwinkte, setzte Holmes das Instrument selber an.

Ich habe schon mehrfach berichtet, dass mein Freund über außerordentliche Kräfte verfügte, die man seiner hageren Gestalt auf den ersten Blick überhaupt nicht zutrauen würde. Holmes stemmte sich mit einem kurzen Ruck auf das Brecheisen. Sofort hob sich mit lautem Krachen der

Sargdeckel ein Stück. Holmes wiederholte den Vorgang auf der anderen Seite des Sarges, und schon konnten wir vorsichtig den Deckel abheben. Aus dem geöffneten Totenbehältnis stieg ein Schwall fauliger Luft empor, der uns förmlich den Atem nahm.

Mr Trewhella blickte als Erster hinein. „Nein!", rief er. „Das ist unmöglich!"

Der Schein meiner Laterne fiel nicht auf einen von Krankheit entstellten Toten, sondern auf einen vollbärtigen Mann von vielleicht siebzig Jahren in einem Anzug. Seine Zunge hing aus dem Mund, seine Augen waren aus den Höhlen gequollen. So sehen Menschen aus, die erwürgt wurden.

„Barthorpe!", rief Trewhella. „Das ist Doktor Barthorpe! Holmes, Sie sind ein Genie! Aber wo ist Pedrog?"

Ich leuchtete tiefer in den Sarg hinein. Da lag niemand sonst.

„Das müssen wir herausfinden, Mister Trewhella", entgegnete Holmes. „Die Abwesenheit seiner sterblichen Überreste überrascht mich selbst. So viel scheint mir bis jetzt klar; Doktor Barthorpes Versuch, Ihren Schwager zu schützen, war vergeblich. Ich fürchte, jemand hat den Leichnam geraubt. Möglicherweise sah Doktor Barthorpe den Grabräuber oder kannte ihn und wurde als lästiger Zeuge beseitigt. Und da Sie die Beisetzung ohnehin unter konspirativen Bedingungen vornehmen mussten, konnte der Grabräuber Doktor Barthorpe bequem töten und in den Sarg legen."

„Aber wer tut so etwas?"

„Auch das werden wir herausfinden, Mister Trewhella",

gab Holmes zur Antwort. „Allerdings fürchte ich, Sie werden um ein offenes Wort mit Ihrer Gattin nicht herumkommen. Doktor Barthorpe starb ganz offenkundig keines natürlichen Todes. Ich brauche Ihnen sicherlich nicht zu erklären, dass ein Mord ein Offizialdelikt ist. Sie müssen ihn der Polizei melden, sonst machen Sie sich selbst strafbar. Ich selbst – und ich glaube, ich darf auch für meinen Freund Doktor Watson sprechen – werde den Mantel des Schweigens über alles Gesehene breiten, aber den Behörden gegenüber kann Ihnen nur noch schonungslose Offenheit helfen. Bedenken Sie, Doktor Barthorpe hat vielleicht Angehörige, die über sein Schicksal im Unklaren zu lassen nicht rechtens wäre."

„Nein, nein. Ja, Sie haben recht, Mister Holmes. Ich werde sofort mit meiner Frau sprechen."

„Das Problem ist, dass Sie möglicherweise selbst in Tatverdacht geraten. Wenn dies geschehen sollte, wenden Sie sich bitte vertrauensvoll an mich."

Mr Trewhella erbleichte. Daran hatte er offenbar gar nicht gedacht.

*

Wir erfuhren nicht, was Mr Trewhella und seine Frau besprachen, denn wir reisten umgehend nach London zurück.

„Hier konnten wir nichts mehr herausfinden", meinte mein Freund im Zug.

„Aber ist Ihnen aufgefallen, wie oft wir es in letzter Zeit mit seltenen tropischen Krankheiten unter mysteriösen

Umständen zu tun bekommen? Erst Collister Shay, dann Major Palmer Healey, und nun Pedrog Gruffud. Das kann doch kein Zufall sein!"

„Nein, Watson, das kann kein Zufall sein", murmelte Holmes. „Und die drei werden auch nicht die letzten Toten dieser Art sein, fürchte ich." Er versank in grüblerisches Schweigen und schaute während der gesamten Rückfahrt, in Gedanken versunken, nur noch aus dem Fenster.

*

Am Tag nach unserer Rückkehr sah ich Holmes kaum länger als ein paar Minuten. Wie immer, wenn ich ihn nicht begleiten durfte, ließ er mich über seine Absichten und Ziele im Unklaren. So beschloss ich enttäuscht, trotz des nebligen, ungesunden Wetters vor dem Schlafengehen noch einen kleinen Spaziergang zu unternehmen.

Unten auf der Straße warf ich noch einmal einen Blick nach oben. Unsere Wohnung lag im Dunkeln. Nur aus Mrs Hudsons Wohnzimmer im Erdgeschoss drang noch Licht. Als ich mich wenige Schritte weiter nochmals umsah, hatte der Nebel seinen milchigen Schleier gänzlich vor das Haus gezogen.

„*The ghostly gaslights fail at twenty feet*",* zitierte ich leise nur für mich.

Ich ging durch die Straßen, scheinbar der Welt entrückt.

*Eine Zeile aus Vincent Starrets unvergleichlich stimmungsvollen Sherlock-Holmes-Gedicht *221B*.

Niemand war unterwegs. Verschwunden schienen die Gartenzäune, versunken die Bäume, in der grauen Gischt ertrunken die Häuser. Kein Windhauch regte sich. Eine modrige Feuchtigkeit legte sich auf die Kleider.

Nichts stimmt trauriger und melancholischer als London im Nebel, in jenem Nebel, der entsteht, wenn eine tagelang währende Sommerhitze die Feuchtigkeit aus den ungesunden Niederungen der Themse aufsteigen lässt und diese sich mit dem Ruß aus all den Tausenden und Abertausenden von Schornsteinen verbindet, die von Londons Dächern in den grauen Himmel ragen, Schornsteine von Kaminen, an denen fröstelnde Menschen abends in zugigen Stadtvillen ihre klammen Füße wärmen, und Schornsteine von Fabriken, in denen die Dampfkraft Webstühle, Schmiedehämmer oder Walzen antreibt. Neuerdings tragen auch die Abgase der Automobile zu der ungesunden Luft bei.

Vielleicht lag es an der unangenehmen Witterung, vielleicht waren die düsteren Eindrücke beim heimlichen Öffnen des Grabes von Peter Griffith daran schuld, dass ich mich nach Wärme sehnte. Das Wort *Mexiko* ging mir im Kopf umher, ich konnte mich gar nicht dagegen wehren. Irgendetwas in mir wollte zwei Gedanken zueinanderbringen, die beide mit Mexiko zu tun hatten, doch ich vermochte diese beiden Dinge partout nicht beim Namen zu nennen. Sie weigerten sich, zur Oberfläche meines Bewusstseins emporzusteigen.

Die schrägen, hohen Säulen des Portikus der Nationalgalerie, an denen ich vorbeikam, zeichneten sich schwach ab wie verfaulte Baumstämme, die in trübem, schlammigem Wasser versunken waren. Man konnte auch hier nur ein paar Yard weit sehen und hörte manchmal ganz nahe Schritte. Doch der Mensch selbst blieb unsichtbar oder huschte als kaum wahrnehmbarer Schatten vorbei. Dann wieder fuhr ein Wagen daher, der aussah wie ein Ungeheuer von einer Krabbe, die mitten durch eine unergründliche Tiefe schwimmt, und verschwand, man konnte nicht sagen, wohin. Gedämpfter Widerhall von Schritten, dumpfen Worten und ersterbenden Tönen, von denen man nicht wusste, wohin sie flossen, irrte im Nebel umher und flatterte mit klanglosem, beunruhigendem Geräusch.*

Ich ging langsamer, um mich in dieser Wüstenei nicht zu verlaufen. Täuschte ich mich? Spielten mir meine überreizten Sinne einen Streich? Folgte mir jemand? Ich blieb stehen und schaute mich, meinen Stock fester packend, um. Augenblicklich trat Stille ein. Unsinn, sagte ich mir, die Häuser werfen den Klang deiner Schritte zurück, niemand ist hinter dir. Als ich weiterging, war das Gefühl, verfolgt zu werden, sofort wieder da.

„Jetzt jagt dir schon dein eigener Schatten Angst ein", versuchte ich mich zu beruhigen. Ich hielt den Atem, fast das Herz an.** Sprang da nicht eine Gestalt aus dem Licht der Gaslaterne blitzschnell zur Seite in den Schutz eines dunklen Hauseinganges? Nichts und niemand war zu sehen. Oder doch? Ein kaum wahrnehmbares Kratzen drang an

*Wenn ich nicht irre, handelt es sich hier um eine Passage aus *Vampyr* (1911) von Stanisław Władisław Reymont (1867-1925).

**Möglicherweise die deutsche Fassung von *Let my heart be still a moment* aus Edgar Allan Poes *Raven*.

mein Ohr, der Hauch eines Geräusches, die Ahnung einer sich geschmeidig fortbewegenden Kreatur, ein ungewisser Schemen, den meine von der Lektüre des *Dracula* gereizte Phantasie mit schrecklichen Details ausfüllte. Ich lauschte angestrengt. Irgendwo raschelten Blätter – sicher der Efeu an einer Hauswand, bewegt von einem zufälligen Lufthauch, den ich nicht gespürt hatte. Mehr war da nicht.

Ich beschloss, nach Hause zurückzukehren. Mir fiel Coleridges* *Ballade vom alten Seemann* ein, die ich damals im Internat lernen musste:

Dem Wand'rer gleich, wenn er, vor Angst
Und Schrecken fast verzagt,
Nach seinem ersten Blick zurück
Den zweiten nimmer wagt.
Nun weiß er ja: Der Satan ist's,
Der Schritt auf Tritt ihn jagt!

Ich stand schon unter der Haustür, da legte mir jemand die Hand auf die Schulter, und eine männliche Stimme mit ausländischem Akzent flüsterte mir sehr nachdrücklich zu: „Drehen Sie sich auf keinen Fall um!"

Selbst wenn ich dies gewollt hätte, war ich doch so erschrocken, dass ich nicht dazu imstande gewesen wäre.

„Señor Holmes?", fragte die Stimme.

Ich schüttelte verneinend den Kopf. „Watson", flüsterte ich. „Doktor Watson."

*Samuel Taylor Coleridge (1772-1834), romantischer Dichter. *Der alte Matrose/Seemann* stammt aus dem Jahr 1798.

„Nicht umdrehen, um alles in der Welt!“, wiederholte die Stimme eindringlich. „Ich kann sonst für nichts garantieren. Ich habe lange auf so einen nebligen Tag gewartet, Doktor. Ich darf nicht gesehen werden. Die Folgen wären kaum auszudenken. Ich bin der Bote einer jungen Dame, die Ihre Hilfe braucht, genauer gesagt, die Hilfe von Señor Holmes. Die junge Dame hat alle Ihre Bücher gelesen, Doktor Watson, und sie ist überzeugt, dass nur Señor Holmes ihr helfen kann.“

Ich wollte mich umdrehen, aber die Hand auf meiner Schulter packte wieder fester zu. Der Mann trug trotz der sommerlichen Temperaturen Pelzhandschuhe oder einen Pelzmantel. Borstige Haare streiften mein Ohr.

„Bleiben Sie ganz ruhig, Doktor. Die junge Dame ist in Not. Oh nein, nicht in Lebensgefahr, jedenfalls nicht direkt. Sie hatte mir einen Brief für Señor Holmes mitgegeben. Seit Tagen bin ich mehrmals auf der Suche nach Ihnen gewesen. Immer wieder musste ich mich heimlich davonstehlen, damit meine Anwesenheit nicht bemerkt werde. Vor ein paar Tagen, bei der Suche nach Ihrem Haus, wurde ich entdeckt und war gezwungen zu fliehen. Ich musste sogar ins Wasser springen, um meinen Verfolgern zu entkommen. Dabei verdarb vermutlich der Inhalt des Briefes, ich weiß es nicht. Ich schrieb deshalb in aller Eile die Bitte darauf, man möge es so schnell und so unauffällig wie möglich zu Ihnen in die Baker Street *dossjentos be-intiuno* B bringen. Ich legte ihn vor der Tür eines vornehmen Hauses ab, läutete und versteckte mich neben dem Eingang im Gebüsch. Eine Hausangestellte öffnete, nahm den Umschlag mit ins

Haus und schloss die Tür. Dann hörte ich wieder Schritte und rannte davon. Das Haus muss hier ganz in der Nähe gewesen sein, man läuft nicht lange von hier aus bis dorthin. Meine Auftraggeberin schickte mich noch einmal hierher, als sie vom Verlust des Briefes erfuhr. Ich soll Sie bitten …"

Hinter uns fuhr eine schwere Motorkutsche ratternd die Straße entlang. Ihr Motorenlärm wurde immer lauter. Die Hand auf meiner Schulter lockerte ihren Griff. Offenbar wurde der Mann hinter mir nervös.

„Wer sind Sie?", fragte ich und drehte mich im selben Moment doch um. Was ich da, schwach beleuchtet von dem aus Mrs Hudsons Wohnzimmer fallenden Licht, erblickte, schien direkt meinem *Dracula*-Roman entsprungen zu sein. Ich sah ein Gesicht, wie ich es – außer auf dem Werbezettel für die Ausstellung Julia Pastranas – noch nie im Leben gesehen hatte und auch nie mehr zu sehen hoffe. Stirn, Wangen, Nase und Kinn waren wie bei einem Tier mit einem dichten, schwarzen Haarkleid überzogen. Die Augenbrauen hoben sich als dickere Büschel langer borstiger Haare ab. Die Lippen waren aufgeworfen und gaben den Blick auf zwei Reihen überlanger Wolfszähne frei. Kein Zweifel, das war ein Werwolf, einer jener Menschen, die sich durch bestimmte magische Verrichtungen oder durch die Zauberkraft eines auf ihnen lastenden Fluches in ein Tier verwandeln können! Gegen sie helfen bekanntlich nur silberne Kugeln, aber ich hatte lediglich Bleigeschosse in meinem alten Armeerevolver, und der lag dick eingeölt und gut verschlossen im Schreibtisch oben in unserem Wohnzimmer.

Zusammen mit dem langen, wirren Haupthaar, das auf die Schultern des Wesens fiel, und den zerrissenen Kleidern, aus deren Löchern an Brust und Armen überall der dichte schwarze Pelz hervorsah, hätte das Gebiss den Eindruck urwüchsiger Wildheit, ja Gefährlichkeit hervorgerufen, wären da nicht diese Augen gewesen. Es waren zwei menschliche Augen, und aus denen sprach die schiere Angst. Das Wesen schien erschrockener als ich darüber, dass ich mich doch umgedreht hatte.

„Caramba, Sie Idiot!“, stieß das Wesen hervor. „Ich sagte Ihnen doch …“ Dann drehte es sich um, weil sich Schritte näherten, stieß mich zurück und rannte davon.

Beim Versuch, das Gleichgewicht wiederzuerlangen, stolperte ich rückwärts über den niedrigen Zaun unseres Vorgartens und stieß mir irgendwo den Kopf an. Im Fallen sah ich noch, dass der Werwolf keine Schuhe trug. Aus den Beinen der ehemals weißen und viel zu kurzen Hose sahen schwarze Füße hervor, die Pfoten glichen.

„Zu Hilfe!“, wollte ich brüllen, doch mir versagte die Stimme. Dann wurde mir schwarz vor den Augen.

Wie lange mich die Ohnmacht umfing, bis mich Holmes' Stimme ins Leben zurückrief, konnte ich nicht sagen. Seine Worte drangen wie durch Watte an mein Ohr.

„Holmes! Gott sei Dank!“, rief ich. „Der Lykanthrop!“

„Jetzt fangen Sie auch schon an“, entgegnete mein Freund.

„Aber der Werwolf …“

„Ist ja gut, mein Lieber“, versuchte er mich zu beruhigen. „Wenn Sie nach Alkohol riechen würden, würde ich sagen, Sie hätten einen über den Durst getrunken. Da dies jedoch nicht der Fall ist, glaube ich einfach, dass Ihnen Ihre Nerven einen üblen Streich gespielt haben. Zu viel Vampir-Lektüre, und dann der Nebel, *n'est-ce pas*?"

Weil ich mich noch gar zu benommen fühlte, ließ ich mich ohne Widerstand unterhaken und in die Wohnung hinaufführen, wo Holmes mir einen doppelten Malt Whisky eingoss.

„Als ich durch die Hintertür nach Hause kam, traf ich Sie nicht in der Wohnung an. Wenig später klingelten zwei Passanten und meinten, im Vorgarten läge ein Toter. Sie können sich meinen Schrecken vorstellen, als ich Ihrer ansichtig wurde. Und meine Erleichterung, als ich feststellte, dass Sie lediglich ohnmächtig waren. Gut, dass die beiden zufällig des Wegs gekommen waren, sonst hätte Sie womöglich erst der Milchmann in der Frühe geweckt. Erzählen Sie von Anfang an!"

Ich folgte seiner Aufforderung, so gut ich es vermochte, aber Holmes tat meine Geschichte als Wahnvorstellung ab. Ich begann schon selber, an meinem Verstand zu zweifeln. Erst als ich die Worte des Werwolfs, möglichst detailliert wiederzugeben versuchte und berichtete, dass der Werwolf unsere Hausnummer in einer fremden Sprache aufgesagt hatte, begann mein Freund, mir Glauben zu schenken.

„Schade, dass ich nicht persönlich bei Ihrem Gespräch mit dem ... *Wesen* anwesend war. Aber ich vertraue auf Ihr phonetisches Gedächtnis. Wiederholen Sie noch einmal, wie er die Zahl aussprach."

„*Dossjentos be-intiuno* ... glaube ich."

„Nicht *duetschento*?"

„Nein, nein, ganz bestimmt nicht *duetschento*. Es war kein Italienisch."

„Also Spanisch. Wiederholen Sie noch einmal!"

„*Dossjentos be-intiuno*. Was ist denn daran so wichtig?"

Holmes ging nicht auf meine Frage ein. „Wiederholen Sie die Zahl noch einmal!"

Ich tat es, aber Holmes' Neugier war damit noch nicht befriedigt. „Sprach er das *dossjentos* so aus wie wir Engländer *Firth of Forth* aussprechen, mit ti-ejtsch?"

„Nein, mit Sicherheit nicht. Er sagte *dossjentos*."

„Nicht *dossjentosch*?"

„*Dossjentos!* Mit ‚s'! Nicht wie die Portugiesen, bei denen es überall am Wortende zischt. *Dossjentos!* Und wenn Sie mich steinigen!"

„Das wird heute Abend sicherlich nicht nötig sein. Noch einmal den letzten Teil, bitte!"

„*Be-intiuno.*"

„Mit *b*? Nicht *ve-inte i uno*?

„*Be-inte!* Also hören Sie, Holmes, warum ist das so wichtig?"

„Erstens ist es auffällig, dass Menschen, selbst wenn sie eine Fremdsprache nahezu perfekt sprechen, oft weiterhin in ihrer Muttersprache zählen und rechnen. Das war auch hier sicher der Fall. Und an der Art der Aussprache erkenne ich, dass wir es hier offenbar mit einem lateinamerikanischen Werwolf zu tun haben."

„Jetzt wollen Sie mich aber auf den Arm nehmen, Holmes, nicht wahr?"

„Nichts läge mir ferner! Es ist aber eine Tatsache, dass

Spanier das *c*, dem ein *e* oder ein *i* folgt, behaucht aussprechen. Wie Ihre geliebten Griechen das Wort *thalatta* oder wir das erwähnte *Firth of Forth*. Lateinamerikaner tun das in der Regel nicht. Und aus *veinte* wird oft *be-inte*. Ein typischer Fall von divergierendem Spanisch. So, wie es auch divergierendes Englisch gibt. Sprechen Sie mal Englisch in Amerika. Sinnlos!"*

„Ach! So, wie Sie es sagen, klingt es ganz einfach."

„Grundstufe der Phonetik, Watson. Grundstufe! Fragen Sie einmal Professor Henry Higgins. Die absolute Koryphäe auf seinem Gebiet."**

„Ja, ich erinnere mich an ihn. Ein eingebildeter Mensch!"

„Wie auch immer. Aber ich weiß jetzt, was ich zu tun habe."

„Und das wäre?"

„Zunächst muss ich dem Apotheker Mister Colthroy einen Brief schreiben und mich entschuldigen. Ansonsten werde ich mich Routineaufgaben widmen, lieber Watson. Langweiligen Routineaufgaben."

„Holmes, ich glaube, ich weiß, was Sie tun müssen. Mexiko! Der Briefumschlag aus Doktor Barthorpes Hinterlassenschaften stammte von dort. Julia Pastrana, die entstellte Frau aus dem Panoptikum, stammte von dort. Und nun spricht

*Na, na, Mr Holmes? Zitieren wir hier etwa Henry Higgins' Song „Kann denn die Kinder keiner lehren, wie man spricht?" aus *My fair Lady*?

**Holmes und Watson kannten Henry Higgins, inzwischen Sir Henry Higgins, 1897 bereits seit zehn Jahren. Sie lernten ihn kennen in dem seltsamen Fall der „Herzensdame" (Fair Lady). Vgl. *Sherlock Holmes und Old Shatterhand* (BLITZ, 2011).

ein Werwolf lateinamerikanisches Spanisch. Wenn das kein Zufall ist!"

„Nein, Watson, das kann kein Zufall sein", bestätigte Holmes. „Ich denke, ich sollte das schöne Land Mexiko einmal ins Visier nehmen."

Er sprach es nicht englisch aus, sondern spanisch. *Mechiko.* Mehr war jedoch aus ihm nicht herauszuholen. Er schrieb eine Weile einen Brief, steckte ihn in ein Couvert, adressierte ihn, klebte eine Briefmarke darauf, steckte ihn ein und verließ wie immer wortlos die Wohnung, ohne mich über sein Ziel zu informieren. Nun, das war ich gewohnt. Wenn Holmes die Zeit für reif erachtet, dachte ich, wird er mich schon rechtzeitig einweihen.

Ich wollte gleich zu Bett gehen, doch dann wurde ich zu einer Gebärenden gerufen, deren Kind, eine Steißlage, ich nach Stunden nur mit Mühe retten konnte. Als ich mich endlich ins Bett fallen lassen konnte, schlief ich sofort ein und erwachte erst am frühen Vormittag wieder. Holmes war bereits unterwegs, als ich gähnend aufstand, und ich wollte gleich nach dem Frühstück noch einmal nach Mutter und Kind schauen.

*

Am Nachmittag fand ich mich wieder in unserem Wohnzimmer ein. Ich hatte in der Stadt gegessen, Holmes war immer noch nicht da. Erst in der Nacht erschien er wieder, aber – mein Gott, in welchem Zustand!

Ich war gerade dabei, die Lichter zu löschen, um zu Bett

zu gehen, als mein Freund ins Wohnzimmer gewankt kam, ein Wasserglas Whisky hinunterstürzte und sich mit zusammengebissenen Zähnen Mantel und Jacke vom Leib riss.

„Wohin würden Sie jemanden mit einer Eisenstange schlagen, Watson, wenn Sie ihn ganz sicher umbringen wollten?"

Ich habe während meiner Militärzeit in Afghanistan so manchen unglücklichen Mohammedaner gesehen, der nach dem grausamen islamischen Recht wegen irgendeiner Lappalie unter den Augen einer johlenden Menge mit Stockschlägen auf den Rücken bestraft worden war. Ich hatte mich sogar an diesen Anblick gewöhnt, aber es besteht ein himmelweiter Unterschied darin, ob man den dick geschwollenen, von schwarzen Blutergüssen und klaffenden Platzwunden überzogenen Rücken eines wildfremden Muselmanen vor sich hat oder den seines besten Freundes. Das Blut war beim Gerinnen mit dem Stoff des Hemdes verklebt.

„Wenn ich nicht wüsste, dass Sie politischen Demonstrationen grundsätzlich fernbleiben, würde ich sagen, dass Sie unter den Gummiknüppel eines höchst übellaunigen Polizisten geraten sind."

„Wenn es nur ein Polizist gewesen wäre ... Au!" Beim Ausziehen des Hemdes riss der Schorf wieder auf. Frisches rotes Blut lief in schmalen Rinnsalen über die Landschaft aus Beulen, Rissen und Blutergüssen.

Holmes legte sich mit entblößtem Oberkörper auf unser Sofa, und ich kniete mich davor, um seinen malträtierten Rücken zu verarzten. Ich betupfte erst einmal alles mit Eiswasser. Dann holte ich das Jod aus meiner zugegebenermaßen etwas unordentlichen Arzttasche und machte mich ans Verbinden. Einige ganz besonders tiefe Wunden musste ich nähen. Dabei fielen ein paar Ausdrücke, die ich mit Rücksicht auf die zarten Gefühle meiner weiblichen Leser hier nicht wiederzugeben wage.

„Und wie geht es Mutter und Kind?", fragte Holmes unvermittelt. Keine Wunde konnte so tief, kein Schmerz so bohrend sein, dass Sherlock Holmes die Gelegenheit auslassen würde, seinen alten Hausgenossen mit einer unerwarteten Frage zu verblüffen.

„Woher in aller Welt wissen Sie, dass ich mich als Geburtshelfer betätigt habe?"

„Weil Sie als Erstes ein Spekulum und Ihre Geburtszange aus Ihrer Arzttasche nahmen, bevor Sie das Jod herausholten. Normalerweise liegen die gynäkologischen Instrumente bei Ihnen ganz unten. Aus der Tatsache, dass sie obenauf lagen, schließe ich, dass sie auch benutzt wurden. Bei einer Geburt, wo auch sonst? Eine andere Anwendung dafür gibt es nicht. So einfach ist das."

„Also wirklich … Aber danke der Nachfrage, Mutter und Kind sind wohlauf, wenngleich etwas geschwächt. Es war eine Steißlage. Um jedoch auf Ihre Frage von vorhin einzugehen, ist vom medizinischen Standpunkt aus der einfachste Weg folgender: Ich würde meinem Opfer mit aller Wucht mitten auf das Cranium schlagen, da, wo der Knochen ganz dünn ist. Ich bin bestimmt nicht mehr der Jüngste, aber ich bin sicher, wenn ich weit genug ausholen könnte ..." Ich deutete mit der Rechten an, was ich meinte. „Zack!"

Holmes brummte, sagte aber nichts, weil er die Zähne zusammenbiss.

Dann legte ich ihm einen festen Verband um Brust und Rücken. „Geht es so?“, wollte ich wissen.

Holmes nickte und setzte sich vorsichtig auf die Vorderkante seines Lehnstuhls, angelte sich ein Kissen, das er sich ins Kreuz schob, und lehnte sich mit einem leichten Ächzen zurück.

„Nun?“, ermunterte ich ihn.

„Nun was?“, knurrte er.

„Nun, was Ihnen zugestoßen ist, möchte ich wissen. Ich meine, falls die Frage nicht zu indiskret ist. Sie kommen hier herein, den Rücken übersät mit Wunden, die so dicht rechts und links der Wirbelsäule liegen, dass selbst Lestrade sofort fragen würde, wer versucht hat, Sie umzubringen. Ich weiß nur, dass es offenbar kein Polizeiknüppel war. Und was soll die Frage, wie man am besten jemanden totschlägt?“

„Ich wollte mich eben vergewissern, ob das Totschlagen mit einer Eisenstange wirklich so umständlich vonstatten gehen muss wie in diesem meinem Fall oder ob es nicht auch rascher, präziser geht. Es geht präziser, wie Sie mir freundlicherweise aus ärztlicher Sicht bestätigt haben. Aber behalten Sie Ihr Wissen besser für sich, bis die Burschen gefasst sind, die mich so zugerichtet haben. Sonst wissen sie am Ende das nächste Mal besser Bescheid.“

„Den Teufel werd ich tun.“

In der nächsten Viertelstunde erfuhr ich endlich, was geschehen war. Mein Freund hatte sich ein wenig in der Hafengegend umgesehen. Vor allem hatte ihn interessiert, was in letzter Zeit so alles aus Spanisch-Amerika herübergekommen war. Natürlich war er zweckdienlich verkleidet gewesen und hatte einen kurzen Peacoat angehabt, wie ihn viele britische Seeleute tragen.

„Schon auf dem Weg bemerkte ich, dass ich verfolgt wurde. Es waren zwei Männer, offenbar geübt im Beschatten. Wäre ich nicht vom Fach, sie wären mir nicht aufgefallen. Aber auch ich habe meine kleinen Tricks, und so konnte ich sie immer wieder abschütteln. Man soll sich jedoch nie zu sicher fühlen. Ich dachte gar nicht mehr an sie, als ich durch den Hafen schlich. In einer dunklen Ecke warteten sie dann auf mich. Einer wuchtete mir die Faust in den Magen, sodass ich zusammenknickte. Im nächsten Augenblick erhielt ich einen fürchterlichen Schlag in den Rücken und wurde nach vorn geworfen. Ich drehte mich nach hinten um, dadurch traf mich der nächste Hieb nicht in den Unterleib, sondern ins Kreuz. Nun lief alles um mich herum ganz langsam ab, wie die Bilder eines Kinematographen, an dessen Kurbel zu langsam gedreht wird. Ich sah einen wuchtig geführten Schlag mit einer langen Stange auf mich zukommen, tauchte darunter hindurch und hörte einen Mann aufschreien. Offenbar hatte mein Angreifer seinen Komplizen getroffen."

Holmes trank noch einen Schluck. „Sie wissen ja, Watson", fuhr er fort, „dass ich mich in der Jugend ein wenig für das Boxen interessiert habe. Ich sprang also vor, platzierte ein paar schnelle Hiebe mit der Linken auf das Gesicht des Unbekannten und setzte mit der Rechten einen Aufwärtshaken nach. Der Mann ließ seine Stange aufs Pflaster fallen. In diesem Moment traf mich ein weiterer Schlag in den Rücken. Die Wucht warf mich nach vorn, aber es gelang mir, mich abzurollen, die Eisenstange mit beiden Händen zu ergreifen und sie zum Schutz waagerecht vor mich zu halten. Ich konnte in der Dunkelheit kaum etwas erkennen, und außerdem sah ich, ob Sie es glauben oder nicht, vor Schmerzen lauter kleine Sternchen vor meinen Augen auf und ab tanzen. Halb blind parierte ich noch zwei, drei Angriffe. Der Mann war ein geübter Stockfechter und enorm stark, außerdem stank er fürchterlich nach Tabak. Es muss sich um einen starken Raucher handeln. Russische Papirosy übrigens. Der Geruch war eindeutig. Wie auch immer. Ich spürte, wie mich unter den hammerharten Schlägen meine Kräfte verließen. Der nächste Schlag, spätestens der übernächste, hätte mir die Stange aus den Händen gerissen, und es wäre um mich geschehen gewesen. In meiner Not ging ich zum Gegenangriff über und wechselte den Griff. Nun hielt ich das Eisen wie ein Schwert, das ich verzweifelt nach vorn stieß. Mein Gegner schrie leise auf. Ich hatte den Mann im Gesicht getroffen. Der Schmerz machte ihn wild, er schlug nun mit verdoppelter Kraft zu. Ich konnte mich kaum mehr wehren. In hohem Bogen flog mein Eisen in die Dunkelheit. Ich warf die Arme schützend um den Kopf und wich zurück. Zwei fürchterliche Schläge trafen meine Rippen, einer links, einer rechts. Einmal konnte ich mich noch bücken, denn ich ahnte, dass nun der seitliche Hieb auf meinen Kopf folgen würde. Und richtig. Ich hörte das Pfeifen des Stockes und spürte den Luftzug in den Haaren. Ein Stoß vor die Brust warf mich zurück. Ich fiel in einen Haufen Kisten und anderen Abfall, der da aufgestapelt war.

Mir drohten schon die Sinne zu schwinden. Mein Gegner lachte leise auf, seine Schritte kamen näher, er trug genagelte Schuhe. Jetzt würde er mir den Gnadenstoß geben! Ich hatte keine Wahl mehr, ich musste die Spielregeln durchbrechen. Schnell riss ich meinen Entenfuß aus der Tasche und schoss irgendwohin, wo ich den Kerl vermutete. Dann wurde ich für einen Moment ohnmächtig."

Während er erzählte, holte er eine merkwürdig geformte Pistole aus seinem Peacoat, den er vorhin einfach über den Sessel geworfen hatte, und legte sie vorsichtig auf den Tisch. Ich hatte gar nicht gewusst, dass mein Freund so ein Schießeisen besaß. Ich wagte nicht, es anzufassen, denn das Gerät hatte vier Läufe, die aber nicht in eine Richtung zeigten, sondern in verschiedene. Eben wie die Zehen bei einem Entenfuß. Ich kannte so etwas nur aus Seeräuberromanen. Kapitäne benutzten so etwas, um bei Meutereien eine größere Zahl von Menschen zu bedrohen oder sogar kampfunfähig zu schießen. Richtig angewandt, mochte so ein Schießeisen eine verheerende Wirkung haben.

„Alle Achtung!"

„Nicht wahr?" Holmes schien fast stolz auf seine Tat zu sein. „Wie auch immer, die Trillerpfeife eines Constable ganz in der Nähe riss mich aus meiner Ohnmacht. Nachdem ich mich vergewissert hatte, dass die beiden Angreifer geflohen waren, rappelte ich mich auf und rannte davon. Das Geschrei der Leute, die nach dem Schuss zusammengelaufen waren, die Trillerpfeifen der Polizisten, die Schritte und Rufe wurden immer leiser. Mit letzter Kraft erreichte ich die Baker Street."

„Eines möchte wissen“, schloss er seine Erzählung. „Es wäre den beiden ein Leichtes gewesen, mir in der dunklen Gegend den Schädel einzuschlagen, ohne Vorwarnung, einfach so.“

„Vielleicht sollte es eine Warnung sein“, wandte ich ein.

„Dann hätten sie mich wahrscheinlich in diesem Sinne angesprochen. Und dann hätten sie mich möglicherweise mit bloßen Fäusten, allenfalls mit einem Knüppel oder einer Peitsche, aber nicht mit einer schweren Eisenstange zusammengeschlagen.“

„Vielleicht sollten Ihre Gesichtszüge gut erkennbar bleiben?“

„Dann hätte man mich nur zu erstechen brauchen, Watson.“

„Auch wieder wahr.“

Für eine weitere Erörterung des Falles war ich nach den Strapazen und Schrecken des Tages zu müde. Ich wollte ins Bett. So besann ich mich auf meine Aufgaben als Arzt.

„Holmes“, sagte ich, mich aufraffend, mit erhobener Stimme, „aus ärztlicher Sicht sollten Sie schlafen gehen. Heute können wir nichts mehr tun. Morgen sehen wir weiter.“ Ich zog aus meiner Arzttasche das Fläschchen mit dem leichten Schlafmittel hervor und reichte es meinem Freund. „Zwanzig Tropfen kurz vor dem Einschlafen, wie immer.“

Holmes lächelte spöttisch. Ich konnte nicht anders, als ebenfalls zu lächeln. Holmes war unverwüstlich.

„Morgen begeben wir uns auf die Suche nach den Kopfjägern“, meinte er, als ich sein Schlafzimmer verließ.

„Kopfjäger?“ Offenbar hatte der Gute doch einen Schlag

auf den Kopf bekommen. Fast jeder – und vorzugsweise der Intelligente – hat im Kopf irgendeine Schraube locker; das heißt, seine Klugheit vermag sich bei einer gewissen Konstellation in die unwahrscheinlichste Idiotie zu verwandeln. Er selber merkt es nicht, wenn dies geschieht.*

„Gute Nacht, Holmes!“, antwortete ich kopfschüttelnd und schloss die Tür hinter mir.

Bevor auch ich mich zur Ruhe begab, nahm ich mit spitzen Fingern den Entenfuß vom Rauchtisch und verschloss ihn in meiner Schreibtischschublade. Nicht auszudenken, wenn beim Staubwischen von Mrs Hudson der Schießprügel versehentlich losging. Oder wenn sie sich das Plätteisen wiederholen wollte, das ebenfalls einsatzbereit, aber unbenutzt auf dem Rauchtisch stand.

*

Am nächsten Morgen, noch vor dem Frühstück, sah ich mir Holmes' Blessuren an. Die Wunden machten einen guten Eindruck. Keine war infiziert, aber sein hagerer, sehniger Körper war überzogen von Schorf und Hämatomen. Er würde noch eine Weile bei jeder Bewegung Schmerzen haben.

So wandte sich mein Freund dem Heft zu, das immer noch auf dem Labortisch seiner Behandlung harrte. Fortwährend kochte er Wasser, um Dampf zu erzeugen. Damit versuchte er vorsichtig, das oberste Blatt aus dem Block

*Zitat aus dem Roman *Die Wolfshaut* (1960/1991) von Hans Lebert (1919-1993) (S. 412).

herauszulösen, doch es gelang ihm nicht wirklich. Immer wieder drohte das Papier vom Rand her einzureißen. Die glühende Kohle, mit der Mrs Hudsons Plätteisen gefüllt wurde, musste immer erst abkühlen, damit die Hitze das Papier nicht beschädigte. Es war ein mühsamer Prozess, und gegen Abend hatte Holmes lediglich zwei Blätter herausgelöst, trockengebügelt und zwischen Glasplatten gelegt.

„Das ist der falsche Weg", meinte er schließlich. „Ich zerstöre mehr, als ich gewinne. Ich muss mir etwas anderes ausdenken. Aber wir sollten unserer verehrten Vermieterin doch einmal eines dieser modernen Bügeleisen schenken, die man nur mit heißem Wasser statt mit Holzkohle befüllt", schlug er vor. „So ein Monstrum kann nur jemand erfinden, der noch nie im Leben gebügelt hat und es auch niemals wird tun müssen. Das Gerät ist mit Füllung mindestens drei Kilo schwer. Ich ziehe meinen Hut vor all den Hausmädchen, die damit umgehen können, ohne die Wäsche zu verderben."

„Holmes, Sie werden doch auf Ihre alten Tage nicht noch zum Anhänger der Suffragetten avancieren?", spöttelte ich milde.

„Ich will nur über mir keinen Herrn sehen und unter mir keinen Knecht. Und die Benutzung dieses Bügeleisens ist zu Technik geronnener Ausdruck von Knechtschaft. Sie können es gern einmal probieren, falls Ihnen Ihre Lektüre Zeit dazu lässt."

„Öffnen Sie lieber das Fenster. Ihr Pfeifenrauch und das Kohlenmonoxyd von der Kohle aus dem Bügeleisen haben allen Sauerstoff verbraucht."

„Sie haben recht, mein Freund!" Holmes, offenbar versöhnlich gestimmt, öffnete das Fenster und arbeitete weiter. Ich griff wieder zu *Dracula*, kam aber nicht recht voran. Holmes rauchte Pfeife auf Pfeife, holte Bücher, blätterte darin herum und ließ sie neben seinen Sitzplatz poltern. Dabei ächzte er vor Schmerzen, grunzte ärgerlich oder gab Laute der Verwunderung von sich. Ich konnte mich überhaupt nicht konzentrieren. Da ich noch einige Dinge in der Stadt zu erledigen hatte, verabschiedete ich mich. Holmes brummte einen Gruß, ließ sich aber nicht unterbrechen.

Als ich nach Hause zurückkehrte, war Holmes nicht mehr da. Ein flüchtiger Blick auf seinen Labortisch ließ mich das geheimnisvolle, zusammengebackene Heft vermissen. Neben einem hohen Stapel Glasplatten lagen die beiden fertig aus dem Heft extrahierten Blätter. Sie steckten in jeweils zwei Glasplatten, die von zwei kräftigen Gummibändern zusammengehalten wurden.

Donnerwetter, dachte ich, denn was ich auf dem einen Blatt in verflossener Schrift las, schien mir der Ausschnitt aus einem jener Bücher, wie sie manche Gentlemen in den Tiefen ihres Schreibtisches oder Bücherschrankes aufbewahren und nur hervorholen, wenn sie ganz gewiss sind, allein im Haus zu sein. Es war eine Art Nachtstück, das mich fast erröten ließ (fehlende Wörter habe ich in einer späteren Niederschrift ergänzt).

Heute stehe ich wieder vor dem Spiegel. Ich schlüpfe aus meinem Nachtgewand und nehme die Pose meiner Mutter ein. Die Hände umfangen meinen sich rundenden Bauch, in dem mein Kind heranwächst, das sicher ein Wolfskind sein wird. Es kann nur ein Wolfskind sein. Schließlich ist seine Mutter eine Wolfsfrau und der Vater war ein Wolfsmann. Obwohl ich es unter Schmerzen und in Scham und Schande empfing, beginne ich, es zu lieben. Es wird mein Kind sein und meine Einsamkeit teilen. Und sicherlich auch den Hass gegen den Vater.

Ich spürte, wie mir das Blut in die Ohren schoss. Das war ja der reinste Hetärenroman! Nicht dass ich solcher Lektüre abhold gewesen wäre, aber ich fühlte mich beim Lesen von etwas Verbotenem ertappt. Schließlich kannte ja auch Holmes den Inhalt der Blätter.

Heute Nacht flutet das Mondlicht über mein Bett, heute Nacht kann ich nicht einschlafen. Heute Nacht gleite ich mit der Hand, erst mit der einen, dann mit der anderen, dann mit beiden zugleich, von einer Brust zur anderen. Ich spüre in der Wirbelsäule, in den Schenkeln, wie die Brustwarzen, wie schwarze Pfahlmuscheln, heute Nacht prickeln, wie mich ein Schauer zwingt, die Beine unten heranzuziehen, mich zu krümmen, um mich gegen die Süße zu wehren, nach der ich so sehr verlange. Heute Nacht gleite ich mit den Rändern der gestreckten Daumen und den Handballen nach unten, über den Bauchnabel bis zur Scham, dringe in die eigene Feuchte ein, beiße in leichter Ohnmacht das Kissen, über das sich mein Haar ergossen hat, und über das Haar, über mich, über die Einrichtung des Zimmers flutet das Mondlicht, klafft meine Weiblichkeit, deren Lippenmuskeln, in der silbrigen Ausscheidung des Schauers, die wie Meerseide von selbst emporsteigt, im Mondlicht züngeln, nach Luft schnappend wie eine Steckmuschel, wie eine Anadonta, wie eine Perlmuschel, wie eine Schwanenmuschel … heute Nacht kann ich nicht einschlafen …

Mir war peinlich, so etwas gelesen zu haben. Das Beste war, so zu tun, als hätte ich nichts bemerkt. Aber interessant war es schon. Und ... sehr anregend! Besonders für einen männlichen Leser.

Ich war gerade mit der Lektüre fertig, da brachte ein Bote ein Telegramm für Holmes. Ich riss es auf. Die Absenderin war Mrs Trewhella.

Mein Mann wurde unter Mordverdacht festgenommen. Erbitte umgehend Ihre Hilfe. Mrs Robert Trewhella.

Auch das noch, dachte ich. Wie sollte Holmes das alles schaffen?

Als er wiederkam, war er guter Stimmung.

„Gibt es etwas Neues?“, fragte ich harmlos.

„Ich sage nur: stille Kühlung.“

„Ich kenne nicht einmal laute Kühlung.“

Holmes lachte auf. „Gut gegeben! Eine Erfindung aus dem Reich, wie ich, vermutlich zu Ihrem Bedauern, sagen muss, Sie wackerer Patriot. Der Deutsche Carl von Linde hat eine Kühl- beziehungsweise Gefriermaschine auf Ammoniakbasis erfunden. Ohne sie würde das ganze schöne Fleisch, das aus Amerika und Australien per Schiff zu uns kommt, verderben, lange bevor es auf unseren Tellern liegt.“

Beinahe hätte ich mich verplappert. Der Text scheint mir aber ganz schön verdorben, hatte ich sagen wollen, bremste mich aber in letzter Sekunde. „Sie wollen doch nicht etwa das Manuskript einfrieren?“

„Verdorben ist es schon.“

Aha, dachte ich, Holmes hat es also auch schon gelesen.

„Fast jedenfalls. Nein, ich will versuchen, ihm die Feuchtigkeit durch das Gefrieren zu entziehen. Vielleicht kann ich dann die Blätter leichter trennen."

„Genial!"

„Nicht wahr? Ich komme eben von meinem Bruder aus dem Diogenes Club. Er ließ beim Zollamt feststellen, wohin in letzter Zeit Doktor von Lindes Gefriermaschinen aus Deutschland geliefert wurden."

„Nun, wohin?"

„Zum Beispiel zu *Myers and Spellbinder*, Fleischgrossisten. Sie lagern gefrorenes Fleisch aus Australien bis zum Weiterverkauf. Und in ihren Kühlhallen wird jetzt das Heft ein paar Stunden lang tiefgefroren."

„Ich ziehe meinen Hut vor Ihrem Erfindungsreichtum, mein Freund!"

„Wir sollten erst einmal abwarten, ob es funktioniert. Aber Sie können selbst einmal zu lesen versuchen, was fertig ist. Mit etwas Mühe wird es Ihnen sicherlich gelingen, obwohl die Tinte etwas verlaufen ist. Es handelt sich um ein sehr phantasievolles Werk, möglicherweise mit einem wahren Kern, ich weiß es nicht. Aber es dürfte Ihrem derzeitigen Lesegeschmack entsprechen."

Um nicht als neugierig zu erscheinen, nahm ich den Inhalt der Blätter noch einmal zur Kenntnis, tat aber so, als würde mir der unanständige Inhalt nichts ausmachen. *Nihil humani a me alienum puto,** wie ich immer sage.

Währenddessen las Holmes das Telegramm. „Natürlich werden wir Mister Trewhella helfen. Wir müssen herausfin-

**Nichts Menschliches scheint mir fremd* (lat.). Das Wort stammt von Seneca.

den, wo die Leiche seines Schwagers abgeblieben ist, ansonsten sieht es schlecht für ihn aus. Niemand kennt Doktor Barthorpe, und Pedrog Gruffud wurde sorgfältig vor aller Augen verborgen gehalten. Eine missliche Situation!“

Er schickte sofort ein Telegramm nach Merthyr Tudful, um seine Hilfe zu versprechen.

*

Als ich am nächsten Morgen nach dem Frühstück gerade zu meiner Lektüre greifen wollte, bekamen wir Besuch.

„Mister Holmes, Doktor Watson“, meldete Mrs Hudson. „Inspector Lestrade wünscht Sie zu sprechen.“

„Soll hereinkommen!“

„Aber er befindet sich in einem äußerst fragwürdigen Zustand, wenn ich das so sagen darf.“

„Inspector Lestrade befindet sich *immer* in einem äußerst fragwürdigen Zustand“, entgegnete Holmes. „Jedenfalls geistig. Das sind wir gewöhnt.“

„So seltsam sah er aber noch niemals aus. Und so gerochen hat er auch noch nie. Soll ich ihn trotzdem heraufbitten?“

„Aber nur ausnahmsweise, nicht wahr, Watson?“

„Ja, ausnahmsweise, Misses Hudson, wirklich nur ausnahmsweise!“

Lestrades Aufzug war in der Tat unbeschreiblich, er spottete geradezu jeder Beschreibung. Er brachte eine Wolke peinlichen Geruchs mit ins Zimmer, den Geruch einer Sache, nach der zu riechen man sich im Alter von etwa zwei oder drei Jahren abzugewöhnen pflegt. Von den Stiefeln und

Hosenbeinen angefangen, über die Hände und den ehemals weißen Vatermörderkragen bis hinauf zum Gesicht war Lestrade darüber hinaus mit einer fettig glänzenden Rußschicht bedeckt. Es bedurfte wahrlich nicht der detektivischen Fähigkeiten meines Freundes, um zu sehen, dass Lestrade in der Meinung, sich den Schweiß mit seinem Taschentuch abzuwischen, den Ruß über Stirn und Wangen verteilt haben musste. Er sah aus wie ein Indianer auf dem Kriegspfad.

„Aber, aber, Lestrade!", begrüßte Holmes unseren atemlosen Gast. „Sie werden doch nicht Ihren Jugendtraum wahr gemacht haben und unter die Lokomotivführer gegangen sein. Ts, ts, welch ein Verlust für die Polizei! Sodawasser?"

Lestrade warf erschöpft seinen Donegal-Tweedmantel über die Lehne meines Sessels. Holmes' Gehässigkeit überhörend, ergriff er, ohne zu antworten, das Glas, das dieser ihm hinhielt, und trank es mit einem gierigen Zug leer. „Ah, das tut gut!", stieß er mit einem tiefen Seufzer hervor und setzte sich neben seinen Mantel.

„Schön, Lestrade", begann Holmes, „es hat also am Sewer gebrannt. Aber warum glauben Sie, dass es Mord war?"

„Weil ich ..." Lestrade ließ sich in die Lehne zurückfallen. „Donnerwetter, Mister Holmes, woher wissen Sie denn das alles schon?"

„Dass es gebrannt hat und Sie von einer Brandstelle kommen, kann sogar ein Blinder erkennen. Und dass es an einem Sewer passiert sein muss, riecht man." Er wies auf mich. „Auch mein Freund Doktor Watson rümpft bereits die Nase über den zweifelhaften Geruch, der Ihren Kleidern entströmt. Sie sollten sie baldmöglichst verbrennen, sonst können Sie sich in Zukunft in keiner anständigen Gesellschaft mehr blicken lassen."

„Und wie kommen Sie, um einmal zum Thema zurückzukommen, darauf, dass ich wegen eines Mordes durch die halbe Stadt gejagt bin, nur um mich dann von Ihnen verspotten zu lassen?"

„Eben darum, mein Bester." Holmes lief langsam zur Hochform auf. „Wer außer Ihnen würde meinen Spott ertragen, wenn nicht etwas wirklich Wichtiges anstünde?"

„Holmes!", mahnte ich energisch.

Eine unwillige Kopfbewegung war die Antwort. „Nun denn! Jeder halbwegs aufmerksame Leser der heutigen Morgenzeitung dürfte darüber informiert sein, dass es in der Nacht in Barking in der Nähe des Sewers gebrannt hat. Betroffen war das Wärterhäuschen der Pumpstation, die einen Teil der weniger erfreulichen Hervorbringungen unserer sechs Millionen Londoner Mitbürger in ein Reservoir pumpt. Bei Ebbe werden diese Hervorbringungen, die auch an Lestrades Stiefeln zu kleben scheinen – darf ich Ihnen ein altes Stück Zeitung zum Abwischen anbieten? –, in die Themse geleitet, die beim Einsetzen der Flut den weiteren Transport ins Meer übernimmt. Ruß und Geruch, die wir beide an Ihrer Kleidung wahrzunehmen das zweifelhafte Vergnügen haben, lassen keinen anderen Schluss zu als den, dass Sie am Sewer ermittelt haben. Und wenn Sie nicht wollen, Lestrade, dass man Ihre Gedanken liest, sollten Sie sich abgewöhnen, Ihnen wichtig erscheinende Passagen in Zeitungen rot anzustreichen. Da, die Morgenzeitung, die aus

Ihrer Manteltasche ragt. *Der Tote im Feuer* steht da, einmal unterstrichen. *War es Mord?* Zweimal unterstrichen! Die Möglichkeit eines Mordes scheint Ihre Gedanken besonders zu beschäftigen. Wahrscheinlich neigen Sie sogar dazu, einen solchen anzunehmen, können es aber nicht beweisen. Richtig?“ Mit diesen abschließenden Worten lehnte er sich selbstgefällig an den Kaminsims, um sich am Staunen unseres Besuchers zu ergötzen.

„Da sieht man wieder, welche Adleraugen Sie haben, Mister Holmes!“, stieß Lestrade hervor, der sichtlich erleichtert darüber war, dass der Detektiv wieder einmal ohne übernatürliche Kräfte ausgekommen war und für alles eine logische Erklärung gefunden hatte.

„Und in diesem Fall sogar *welche Adlernase*“, scherzte mein Freund, wobei er mit dem Zeigefinger demonstrativ die imposante Krümmung seines Riechorgans entlangfuhr.

Der Polizist verstand diese Anspielung wieder nicht und blickte erneut fragend in die Runde.

„Also Mord?“, beharrte Holmes.

„Ehrlich gesagt, Mister Holmes ...“, druckste Lestrade. „Ich weiß es nicht. Mein Instinkt, meine Erfahrung, all das ruft *Mord! Mord!*, aber ich könnte nicht sagen, warum. Unter den Trümmern des Wärterhäuschens fanden wir die Leiche des Wärters. Es war ein einfacher Bursche, nicht sehr intelligent, eher weniger, aber zuverlässig und fleißig. Wir konnten ihn ohne Weiteres identifizieren, denn er litt an Agrar ... an Agromel ...“ Er begann verzweifelt in seinem Notizbüchlein nach dem Wort zu blättern, das ihm zweifellos der Polizeiarzt genannt hatte.

„Akromegalie“, verbesserte ich.

Sherlock Holmes merkte auf. Seine Lippen formten stumm das Wort *Akromegalie.*

„Wie ich sage, ja. Denn er war riesengroß und hatte gewaltige Hände und Füße, wahre Schaufeln. Obwohl er bis zur Unkenntlichkeit verbrannt war, konnte man ihn sofort daran erkennen.“

„Spuren von Gewaltanwendung?“ Jetzt war mein Freund ganz professionelle Sachlichkeit. „Eingeschlagener Schädel?“

„Nein, Mister Holmes, nichts. Alles in Butter.“

„Ja, warum denn dann trotzdem Mord?“

Lestrade blickte zu Boden. „Weil ich auch noch darauf gewettet habe. Ganze fünf Pfund!“ Er sank immer tiefer in sich zusammen, während Holmes mit jedem Wort zu wachsen schien. „Wenn ich verliere und meine Frau dahinterkommt ... Fünf Pfund! Ich war ein Esel!“

„Nun, ob Sie ein Esel *waren*, sei dahingestellt“, bemerkte Holmes mit maliziöser Betonung. „Und nun kommen Sie zu mir, damit ich Beweise für Ihre Voreiligkeit zusammenklaube. Bei dieser Hitze! Sie haben Nerven!“

„Ich denke, Inspector Lestrades Voreiligkeit bedarf keiner weiteren Beweise. Vielleicht genügt es, Beweise für seine voreiligen Schlüsse zu sammeln.“ Nun hatte ich Holmes auch bei einem Versprecher erwischt, aber er ging nicht darauf ein.

Lestrade verstand gar nichts, dachte aber wohl, Holmes hätte kein Interesse an dem Fall, und verlegte sich aufs Betteln. „Wenn ich nicht verliere, teilen wir den Gewinn. Einverstanden?“

Holmes zog die Mundwinkel nach unten. „Beim Jupiter, zwei und ein halbes Pfund! Ein wahrhaft fürstliches Honorar! Dafür soll ich sogar noch bei dieser Hitze zum Sewer hinausfahren."

Zum Schein machte ich mich zu Lestrades Anwalt, damit Holmes nicht länger auf diesen herumhacken konnte. „Denken Sie doch einmal an Lestrades vier unmündige Kinder, Holmes", gab ich zu bedenken. „Haben Sie Erbarmen! Wo ist denn Ihre Ritterlichkeit geblieben? Ihr Mitgefühl? Haben Sie ein Einsehen! Fahren Sie mit dem Inspector hinaus!"

„Nun gut, Watson, überredet. Wir übernehmen den Fall zugunsten von vier Not leidenden Polizistenkindern. Für zwei und ein halbes Pfund!"

Lestrade strahlte über sein ganzes negerschwarzes Gesicht. „Im Leichenschauhaus, Sir!", rief er vor Freude ein wenig zu laut, als ihn Holmes fragte, wo der Tote denn abgeblieben sei. „Wir konnten ihn nicht länger draußen lassen", setzte er hinzu. „Die Hitze, wissen Sie."

Holmes wusste längst. Er griff zu einem breitkrempigen Hut, stopfte Pinzette, Lupe und ein paar Papiertüten in die Tasche und öffnete uns die Tür. „Nach Ihnen, meine Herren!"

„Das Spiel nimmt gewaltig an Fahrt auf", flüsterte er mir beim Hinausgehen zu.

Unterwegs berichtete Lestrade, was wir noch nicht wussten. Der Name des Wärters war Peter Lushing, man hatte ihn auch *Big Pete* genannt. Er hatte völlig zurückgezogen in seinem Wärterhäuschen gelebt, denn sein Beruf hätte engere Freundschaften unerfreulich werden lassen. Seine geringe

Intelligenz hatte seine Einsamkeit zusätzlich vergrößert. Holmes' Frage, ob Lushing mit irgendjemandem Streit gehabt haben oder in dunkle Geschäfte verwickelt gewesen sein könnte, verneinte Lestrade.

„Wir haben alle Menschen, die mit ihm zu tun haben oder hatten, vernommen. Ohne Ergebnis. Es waren nur sehr wenige Menschen."

Ebenfalls ohne Ergebnis verlief die Untersuchung der Brandstelle. Spuren, die das Feuer noch übrig gelassen haben mochte, hatten das Löschwasser oder die Nagelstiefel der Feuerwehrleute vernichtet. Holmes kroch, des allgegenwärtigen Schmutzes nicht achtend, wie ein Trüffelschwein mit der Nase am Boden über die Brandstelle. Zoll um Zoll durchwühlte er die Gebäudereste, klopfte Balken ab, drehte noch feuchte, mit Ruß durchmischte Erdklumpen um, zerbröselte sie mit den Fingern oder besah sie sich durchs Vergrößerungsglas.

„Mörder", hatte Holmes einmal zu mir gesagt, „sind Geschichtenerzähler. Die Tatorte sind ihre Geschichten, ihre Kunstwerke. Unsere Aufgabe ist es, sie zu entschlüsseln. Je genauer wir die Signatur analysieren, desto mehr verstehen wir sie."*

Als er auf seine Frage nach der Lage der Leiche nur äußerst unpräzise Auskünfte erhielt, konnte man aus seinen Worten unverhohlenen Ärger heraushören. So würde er die Sig-

*Das kann Holmes zwar gesagt haben! Wenn doch, dann hat das britische Autorenehepaar Nicci French ihn zitiert, und zwar in *Until it's over* (*Bis zum bitteren Ende*, Original und dt. 2008) (S. 156).

natur des Mörders, so es ihn denn gab, nie analysieren können!

„Es dürfte Ihnen wohl bekannt sein, Lestrade“, schimpfte er, „dass ein von einer einstürzenden Decke Erschlagener anders zu liegen kommt als einer, der vor dem Einsturz der Decke im Rauch erstickt ist. War er aber gar schon tot, bevor man ihm das Dach über dem Kopf angezündet hat, kann seine Lage noch ganz anders sein. Leuchtet das ein?“

Lestrade hob schwitzend und hilflos die Arme.

Schließlich gab mein Freund auf. „Ich fürchte um Ihre fünf Pfund, Lestrade“, schloss er, die Lupe in die Jackentasche schiebend. „Mal sehen, ob uns die Leiche etwas zu sagen hat.“

Die Strecke zur Gerichtsmedizin legten wir schweigend zurück. Im Leichenschauhaus schlug uns der vertraute, durchdringende Geruch nach Karbol, Naphtalin und kaltem Kalbfleisch entgegen. Angenehme Kühle umfing uns, eine Wohltat nach der Fahrt in dem ungelüfteten, heißen Wagen. Lestrade verabschiedete sich unter einem Vorwand. Wir wussten, dass er schwache Nerven hatte und nur im äußersten Notfall Zeuge einer Obduktion sein wollte.

„Ich hole Sie, sagen wir, in einer Stunde wieder ab. Ist Ihnen das recht?“ Er wartete unsere Antwort kaum ab und war schon verschwunden.

Auch der diensthabende Arzt, Dr. Galsdale, sah ihm sichtlich erleichtert nach. „Das letzte Mal stand er mit geschlossenen Augen da, ein Taschentuch vor den Mund gepresst, blass wie der Tod persönlich. Ich rechnete jeden Moment mit einem Kollaps. Guten Tag übrigens, meine Herren!“

Nach der Begrüßung führte uns Dr. Galsdale in den Obduktionsraum. Die Wände waren bis zur Decke hinauf gekachelt, überall standen Rollwagen mit den mir wohlvertrauten ärztlichen Instrumenten, und auf den Tischen, unter Tüchern, lagen drei Leichen. Die *Ausbeute* des heutigen Morgens.

Unser Toter lag auf dem Rücken, alle viere von sich gestreckt. Man hätte sie sicherlich nur mit roher Gewalt an den Leib pressen können, hatte es aber im Hinblick auf die bevorstehende Obduktion unterlassen. Es war kein schöner Anblick. Das Feuer hatte Nase, Lippen und Wangen verbrannt, sodass die lückenhaften, kariösen Zähne freilagen. Es sah aus, als grinse der Tote. Die Augäpfel waren durch die Hitze verkocht, wir blickten in leere Augenhöhlen. Die Kleidung, eine rissige Arbeitshose, eine ebensolche Jacke und grobstollige Halbstiefel, waren mit der Haut zu einer schwarzen, unauflöslichen Masse verbacken. Auffällig war die enorme Körpergröße des Toten. Wenn ein Mensch verbrennt, entzieht die Hitze seinem Fleisch das Wasser, aus dem er zu neunzig Prozent besteht. Der Verbrennende schrumpft, bis er in extremen Fällen nur noch die Größe eines Zwölfjährigen hat. Dieser Tote, wiewohl verbrannt, war aber, wie die in die Kante des Obduktionstisches eingravierte Messlatte anzeigte, noch immer fast sechs Fuß lang. Seine Handteller waren fast doppelt so groß wie meine. Er musste zu Lebzeiten tatsächlich ein wahrer Riese gewesen sein. Anzeichen von Gewaltanwendung waren bei der ersten Inaugenscheinnahme nicht zu erkennen.

Holmes untersuchte zunächst den verkohlten Stoff der

Arbeitskleidung mit der Lupe und ließ den Toten von Dr. Galsdales Assistenten umdrehen. Als er nichts fand, was ihm weitergeholfen hätte, begannen Dr. Galsdale und ich mit der Obduktion. Der Gerichtsmediziner öffnete zunächst Thorax und Bauchraum bis hinunter zum Schambein und übergab den Mageninhalt einem Assistenten zur Untersuchung. Immerhin hätten ja Spuren von Gift in der letzten Mahlzeit des Verblichenen zu finden sein können.

In der Lunge fand sich kein Ruß. Das wäre der Fall gewesen, wenn Lushing erstickt wäre, er also rauchgeschwängerte Luft eingeatmet hätte. Die Lungenbläschen aber waren weiß und wiesen keinerlei Schaumbildung auf. Dies wiederum wäre ein Hinweis auf einen schweren Sturz nach Eintritt des Todes gewesen. Big Pete war aber offensichtlich schon tot gewesen, als er verbrannte. Plötzlich zeigte mein Freund Anzeichen gesteigerter Aufmerksamkeit. Er kratzte mit einem Skalpell am Brustbein herum, untersuchte den Knochen mit der Lupe und pfiff durch die Zähne. Weiß und glatt leuchtete der Knochen aus dem schwarz verbrannten Fleisch heraus.

„Wissen Sie, was das bedeutet, meine Herren?“, fragte Holmes mit dem Ton eines Lehrers, der die Antwort auf eine eben gestellte Frage längst kennt.

„Ich nehme an“, antwortete mein Kollege, „dass der Mann dem Feuer nicht lange genug ausgesetzt war. Die Knochen hatten keine Zeit, schwarz zu werden.“

Holmes kniff die Augen zusammen. Ich sah ihm an, dass er mehr wusste, als er sagen wollte. Ich musste einräumen, dass auch ich nicht schlauer war als Galsdale.

„Vielleicht, vielleicht auch nicht“, meinte Holmes kryptisch. „Ein kleines Experiment wird uns weiterhelfen. Ich teile Ihnen das Ergebnis mit, Doktor.“

„Einen Moment noch bitte, meine Herren! Ich möchte Ihnen etwas zeigen. Ist vor wenigen Stunden hereingekommen.“

Er ging zu einem Tisch, auf dem unter einem weißen Tuch ein weiterer Leichnam lag.

„Wurde heute Morgen als Wasserleiche eingeliefert“, erklärte Dr. Galsdale. „Er hatte sich im Netz einiger Flussschiffer verfangen, die ihn herbrachten. Sie waren heillos erschrocken und hätten ihn wahrscheinlich gleich wieder ins Wasser geworfen, wenn sie sich nicht eines Besseren besonnen hätten. Sie erhofften sich wohl eine Belohnung, die es dafür jedoch nicht gab. Deshalb brachten sie ihn her.“ Galsdale lächelte boshaft. „Sie hatten sich schon vorher Mut angetrunken, und ich bin sicher, dass sie inzwischen kapitale Räusche ausschlafen.“

Dann zog er mit theatralischer Geste das Tuch von dem Leichnam. Im ersten Moment dachte ich, es handle sich um einen toten Schimpansen. Der Tote war vom Scheitel bis fast zur Sohle in schwarzen Pelz gehüllt.

„Aber das ist doch ...“, stotterte ich. „Ich meine, äh, das war mein ... Werwolf! Der mit dem lateinamerikanischen Spanisch.“

Galsdale, der sicherlich eine andere Reaktion erwartet hatte, fand rasch zu seinem üblichen Sarkasmus zurück. „Ach, die Herren kennen sich bereits?“, fragte er ironisch.

Ich nickte, wusste aber nicht so recht, wie ich alles erklären sollte.

„Watson“, intervenierte Holmes, „ich schulde Ihnen weitere tausend Kniefälle. Ist das wirklich Ihre nächtliche Begegnung vor der Haustür?“

„So wahr ich John Hamish Watson heiße!“

„Sie verkehren in Kreisen stark Behaarter, Kollege?“

Statt meiner antwortete Holmes. „Ja, Doktor Galsdale, Doktor Watson wird bisweilen von ihnen heimgesucht. Wie ist der Ärmste denn gestorben?“

„Ertrunken, meine Herren, ertrunken. In unserer guten alten Mutter Themse. Aber wenn Sie bereits das Vergnügen hatten ... Sie wissen, warum er so aussieht?“

„Hypertrichose!“, antworteten Holmes und ich in perfekter Synchronisation.

Galsdale schien beeindruckt.

„Eine seltene Blutkrankheit“, ergänzte ich.

„Blut ...“, murmelte Galsdale nachdenklich. „Schon wieder!“

„Er sprach zu seinen Lebzeiten unter konspirativen Bedingungen, wenn ich so sagen darf, bei uns vor“, erklärte Holmes. „Und er hat meinem Freund und Mitbewohner hier den Schrecken seines Lebens eingejagt. Hätte ich ihm früher Glauben geschenkt, könnte er vielleicht noch am Leben sein. Ertrunken, sagten Sie?“

„Na ja, alles deutet darauf hin. Die Lunge ist voller Wasser.“

„Das ist seltsam“, entgegnete Holmes. „Doktor Watson gegenüber erwähnte der Unglückliche, schon einmal ins Wasser gefallen, aber wieder herausgekommen zu sein. Offenbar beherrschte er doch wohl bis zu einem gewissen Grad die

Kunst des Schwimmens. Warum also ist er ertrunken? Weist der Tote irgendwo Verletzungen auf? Wurde er vielleicht niedergeschlagen und dann in die Themse geworfen?"

„Ich schaue ihn mir noch einmal genau an", versprach Galsdale.

„Informieren Sie vorsichtshalber Scotland Yard!", warf ich ein, mit dem Daumen nach draußen weisend, wo ich Lestrade vermutete.

„Herr Kollege", entgegnete Galsdale trocken, „glauben Sie wirklich, dass Inspector Lestrade wegen eines Ertrunkenen, selbst wenn er aussieht wie dieser hier, auch nur einen Finger rührt? Da müsste schon ein Hackebeil mitten in seinem Kopf stecken! Lestrade ist ein ausgemachter Ignorant!"

„Da würde ich nur ungern widersprechen, Doktor", bestätigte Holmes. „Ihn zu unterrichten hat wohl derzeit tatsächlich keinen Wert. Benachrichtigen Sie mich bitte, wenn Sie noch etwas finden. Es ist sehr wichtig und steht möglicherweise sogar im Zusammenhang mit dem Fall des unglücklichen Sewer-Wärters." Er sah auf seine Uhr. „Wir müssen uns dringend verabschieden!"

Holmes eilte bereits durch den Flur, während ich mich noch rasch bei meinem Kollegen für seine Unterstützung bedankte.

Lestrade wartete draußen auf der Straße. Zu seinen Füßen lagen die Überreste von mindestens einem Dutzend Zigaretten, die er geraucht hatte, während wir Big Pete obduziert hatten.

„Halten Sie Ihre zweieinhalb Pfund bereit, Lestrade, mehr kann ich Ihnen nicht empfehlen. Kommen Sie, Watson!"

Er hakte mich unter und zog mich an dem verdutzten Polizisten vorbei, um auf der Straße eine Droschke anzuhalten.

„*Mea culpa, mea maxima culpa*, wie Sie als Lateiner und ehemaliger Katholik sagen würden. Und wenn ich wieder einmal das Offensichtliche übersehen sollte, weil ich es nicht sehen will, brauchen Sie mir nur das Wort *Werwolf* ins Ohr zu flüstern."

„Ich werde mich zu gegebener Zeit daran erinnern!"

Beim Abendessen unterhielt mich Holmes mit einem sehr anregenden Vortrag über das Moment des Heldischen in irgendwelchen Opernchören von Wagner und Verdi. Durch keinen Trick der Welt ließ er sich jedoch dazu verführen, preiszugeben, was er gesehen hatte oder was er beabsichtigte.

Als ich mich eben für die Nacht zurückziehen wollte, sagte er noch etwas Merkwürdiges. „Weiß, Watson."

„Weiß?", fragte ich. „Was ist weiß?"

„Weiß ist der Schlüssel", antwortete er kichernd. „Gute Nacht, mein Lieber!"

*

Im Hinterhof einer Geflügelhandlung, irgendwo in einem der ländlichen Vororte von London, hätte man an jenem Morgen, der auf die Obduktion des Toten aus dem Feuer folgte (und so man zugegen gewesen wäre), einen seltsamen, ja geradezu barbarischen Vorgang beobachten können, aber der einzige Beteiligte, ein unrasierter Mann im Anzug eines Tagelöhners, hatte keine Zeugen. Die Folge eines für einen

Angehörigen dieses Berufstandes nahezu fürstlichen Handgeldes für den Geflügelhändler. Dieser hatte einen Hauklotz in seinen Hof getragen, Frau und Kinder ins Haus gezogen und die Tür hinter ihnen versperrt. Gleich darauf war der Tagelöhner auf einem uralten Velociped, einem sogenannten *Knochenschüttler*, vorgefahren, hatte Letzteres wie einen kostbaren Besitz an den Zaun gelehnt und einen Gepäckbeutel abgeschnallt. Daraus entnahm er einige seltsame Utensilien: ein kurzstieliges Hackebeil, eine Kohlenzange, einen großen Haufen Kleinholz und Sägespäne sowie zwei Wachstuchbeutel. Er legte alles neben dem Hauklotz ab und begann, aus dem mitgebrachten Holz zwei Scheiterhaufen aufzuschichten. Als das geschehen war, trat der Geflügelhändler mit zwei an den Füßen aneinandergefesselten Hühnern aus dem Haus. Die Tiere hingen mit den Köpfen nach unten und gaben keinen Laut von sich. Schweigend hielt er sie seinem Besucher hin, dieser nickte zum Zeichen des Einverständnisses. Der Geflügelhändler nickte ebenfalls und übergab die Hühner, worauf er sich eilends ins Haus zurückzog, weil seine Kinder schon wieder aus den Fenstern zu schauen begannen.

Der Tagelöhner ergriff eines der Hühner, und bevor es auch nur einmal vor Angst gackern konnte, lag sein Kopf schon auf dem Hauklotz und wurde mit einem kurzen Hieb des kleinen Beiles vom Rumpf getrennt. Sehr sorgfältig ließ der Mann das Huhn ausbluten. Nachdem er das Tier gerupft hatte, legte er es zusammen mit dem abgetrennten Kopf, dessen Schnabel, einen stummen Schrei ausstoßend, noch offen stand, auf den einen Scheiterhaufen.

„Koscher“, murmelte er zufrieden.

Dem zweiten Huhn dagegen drehte er mit einem knappen, offenkundig wohlgeübten Ruck den Hals nach hinten, sorgfältig darauf bedacht, dem Tier keine Wunde zuzufügen. Dieses Tier wurde ebenfalls gerupft und auf den zweiten Holzstoß gelegt. Schließlich hockte sich der Mann auf einen umgedrehten Eimer, den er im Hof gefunden hatte, entzündete eine billige, kleinköpfige Tonpfeife, wie sie Leute seines Standes zu rauchen pflegen, und benutzte das dafür verwendete Streichholz, um die beiden Scheiterhaufen in Brand zu setzen. Gleichmütig wartete er ab, bis die Flammen nach und nach kleiner wurden. Dem Duft von gebratenem Huhn, der den Hof erfüllte, schenkte er keinerlei Beachtung. Als die Feuer in sich zusammengesunken waren, kratzte er die Glut auseinander und las mit der Kohlenzange die Gebeine des geköpften Huhnes in den einen Wachstuchbeutel, die des erwürgten in den anderen.

Die Beutel wie auch die Werkzeuge des Mannes wanderten zurück in den Gepäcksack am Veloziped. Der aus seinem Haus kommende Geflügelhändler erhielt nochmals ein Geldstück in die Hand gedrückt, dann schwang sich der Tagelöhner auf sein Gefährt und verließ den Hof.

Ich sah Holmes – denn natürlich war er es gewesen, der dieses seltsame Experiment durchgeführt hatte – erst wieder, als er schon frisch rasiert und umgezogen an seinem Experimentiertisch saß. Vor ihm lagen zwei Häufchen verkohlter Knöchelchen, denen verkrustete Haut, Sehnen und Fleischreste anhingen. Es sah aus wie ein total misslungenes Geflügelgericht. Holmes hielt tatsächlich auch die Geflügelschere aus Mrs Hudsons Küche in der Hand, mit der er offensichtlich einige der Knochen durchgeschnitten hatte, und vollführte damit eine grüßende Handbewegung.

„Guten Morgen, mein Lieber", begann ich, und eingedenk unseres gestrigen Streitgespräches fiel mein Gruß etwas spitz aus. „Sind dies die deplorablen Ergebnisse Ihres ersten Versuches als Koch?"

„Mitnichten, lieber Watson", gab Holmes mit derselben Ironie zurück. „Dies sind die deplorablen Überreste unseres heutigen Mittagessens. Misses Hudson ist über den Plausch mit der Nachbarin ein kleines Missgeschick unterlaufen. Ich hoffe, Sie haben Geld, uns stattdessen auszuführen?"

„Jederzeit, mein Freund, jederzeit. Aber im Ernst, was ist das Abscheuliches da auf dem Tisch?"

Statt einer Antwort hielt mir Holmes etwas hin, das einmal ein Hühnerbein gewesen sein musste. „Wofür würden Sie das da halten, Watson?" Triumph lag in seiner Stimme.

„Für Huhn. Oder Hähnchen."

„Richtig! Und das?" Er hielt mir den gleichen Knochen nochmals hin, zog ihn aber dieses Mal aus dem anderen Haufen.

„Dito", antwortete ich.

„Wieder richtig. Und nun betrachten Sie einmal die Knochen genauer. Was fällt Ihnen auf?"

Ich nahm die Stücke in die Hand. Auf den ersten Blick fiel mir nichts auf, doch dann bemerkte ich, dass die Schnittfläche des einen Knöchelchens weiß war, die des anderen schwarz.

„Und was schließen Sie daraus, Watson?", fragte Holmes, nachdem ich ihm meine Erkenntnis mitgeteilt hatte.

Ich zuckte die Schultern.

„Na schön. Die Frage ist im Grunde auch nicht fair gestellt, denn Sie können die Antwort durch das bloße Betrachten der Knochen nicht finden, und Sie wissen auch nicht, was ich an diesem wunderschönen heutigen Morgen mit den beiden Hühnern angestellt habe. Also, das Blut, dieser ganz besondere Saft, hat Schuld." Er lächelte überlegen. „Dies ist übrigens nicht die Meinung des geschätzten Grafen Dracula, sondern des deutschen Dichters Goethe."

„Man denke!"

„Ja, nicht? Doch fahren wir fort. Die Knochen ausgebluteter Wirbeltiere bleiben weiß, wenn sie verbrannt werden. Befindet sich das Blut noch dort, wo es hingehört, schwärzen sie sich."

„Dann hatte unser Toter vom Sewer also keinen Tropfen Blut mehr in den Adern, als er verbrannte. Selbst bei Verbluteten verbleibt noch gut ein Liter davon in den Blutbahnen."

„Ergo?"

„Ergo sind Sie um zwei und ein halbes Pfund reicher, guter Holmes, denn die Sache sieht ganz nach einem Mord aus."

„Ich habe nie mein Honorar mit größerer Genugtuung verdient, Watson, und schlage vor, es sinnlos zu verjubeln. Darf es ein Mittagessen bei *Simpson's* sein?"

„Mein Dank wird Ihnen gewiss sein. Aber mich würde interessieren, warum man Big Pete seines gesamten Blutes beraubt und ihn anschließend verbrannt hat. Wer tut denn so was?"

„Wir werden Lestrade raten, sich einmal unter den Touristen aus Transsilvanien umzuhören. Vielleicht hatte jemand von ihnen Appetit auf einen ganz besonderen Aperitif."

„Nun mal im Ernst, Holmes! Was glauben Sie? Ritualmord? Aus Russland hört man immer wieder solche Dinge."

Holmes' Gesicht zeigte Anzeichen echten Ärgers. „*Darum hüte dich vor den Juden und wisse, wo sie ihre Schulen haben, dass daselbst nichts anderes ist als ein Teufelsnest.*" Er zitierte, wieder auf Deutsch, ich weiß nicht, welchen Dichter.* „Die alte Geschichte von den bösen Juden, die aus Christenblut Mazze backen. Watson, ich bin entsetzt, die Fratze der Judophobie und des Obskurantismus aus Ihren Worten herausgrinsen zu sehen. Die mosaische Religion ist um einiges älter als die christliche. Womit zum Teufel hätten denn die Juden in vorchristlicher Zeit ihre Fladenbrote backen sollen? Und dann darf ich Ihnen die Stelle aus Mose ins Gedächtnis rufen, in der es sinngemäß heißt: *Es ist euch bei Todesstrafe verboten, das Blut von Tieren zu essen.* Den genauen Wortlaut bitte ich, selbst nachzuschlagen. Kein anderes Volk der Welt beachtet so genau einen ausführlichen, umständlichen Kanon von aus den Heiligen Büchern abgeleiteten Speisegesetzen. Koscher und solche Sachen. Eier mit Bluteinlagen werden zum Beispiel weggeworfen. Nein, ein jüdischer Ritualmord liegt bestimmt nicht vor."

*Aber wir! Dr. Martin Luther.

Dem hielt ich entgegen, dass man einen Ritualmord nur vorgetäuscht haben könnte, um ihn den Juden in die Schuhe zu schieben.

Holmes grunzte nur abfällig. „Dann hätten die Täter es grundfalsch angefangen. Sie hätten dafür sorgen müssen, dass sich irgendein Hinweis auf die jüdische Täterschaft am Tatort findet, eine Menorah, ein Davidsstern, ein paar hebräische Schriftzeichen, was weiß ich. Der Möglichkeiten sind viele. Und die Zeitungen hätten voll sein müssen von Spekulationen über einen jüdischen Ritualmord mitten in London. Wie sonst sollte sich politisches Kapital aus der Sache schlagen lassen? Es gibt genügend gesinnungslose Schreiberlinge in den Redaktionsstuben, die ohne Weiteres bereit wären, solche Gerüchte in die Spalten ihrer Blätter zu setzen. Aber schauen Sie doch mal in die Zeitungen, kein Wort, das in diese Richtung ginge. Nein, nein, mein Bester, das ist es nicht!"

„Vielleicht eine Sekte, ein Satanskult oder Ähnliches?"

„Sie denken an *Macbeth*?", fragte Holmes spöttisch. *„Mischt und rührt es, dass der Brei tüchtig, dick und schleimig sei; kühlt's mit eines Säuglings Blut, dann ist der Zauber fest und gut!* Vierter Aufzug, wenn ich nicht irre. Die Hexen-Szene."

„Ein Geheimbund? Die Hinrichtung eines Verräters?", gab ich, vorsichtiger geworden, zu bedenken.

Holmes grunzte nicht einmal mehr abfällig. „Verräter werden von Geheimorganisationen meist auf eine wenigstens für Eingeweihte abschreckende Weise zu Tode gebracht. Denken Sie doch einmal an die Methoden der *Mano negra*!

Nein, Watson, das Verschwinden des verewigten Mister Gruffud, die Ermordung des Doctor philosophiae Barthorpe, das Auftauchen Ihres haarigen Freundes und der Tod von Big Pete Lushing hängen zusammen. Erkennen Sie das Muster nicht?"

„Doch. Sie waren alle krank. Das heißt, äh, bis auf Doktor Barthorpe, der hat nur einen Kranken betreut. Aber was ...?"

Das Läuten der Hausglocke enthob mich der Peinlichkeit, erneut meine Ratlosigkeit vertiefen zu müssen. Lestrade erschien, aufgeregt wie immer, aber dieses Mal wenigstens sauber.

„Nun, Mister Holmes!", rief er ohne Gruß schon in der Tür.

Mr Holmes hatte sich schnell mit einem Buch am Kamin postiert und die Pose eines ganz in seine Lektüre vertieften Denkers angenommen. Mit gespielter Überraschung blickte er auf, als wüsste er im Moment gar nicht, wer der eben Eingetretene sei.

„Lestrade!", begrüßte er unseren atemlosen Gast. „Zu so früher Stunde. Was verschafft uns die unverhoffte Ehre?"

Lestrades rotes Gesicht wurde weiß und dann wieder rot. „Haben Sie ... haben Sie etwa meinen Fall vergessen?", stotterte er. „Meine fünf Pfund?"

„Fünf Pfund ...?", stellte sich Holmes überrascht und unwissend. „Ja, richtig ... mir war so etwas." Er schlug sich gegen die Stirn wie jemand, dem etwas Wichtiges einfällt. „Der Tote im Feuer! Wie konnte ich das vergessen?"

Lestrades Gesichtsfarbe veränderte sich ins Grünliche.

„Mmh … ja, ja, ja!“, brummelte Holmes, klappte sein Buch zu und warf es auf den Kaminsims. „Ich entsinne mich.“

Lestrade sank in den Besuchersessel. Seine Augen waren groß und rund wie die eines Kindes, das auf den Weihnachtsmann wartet.

„Also“, begann Holmes zu dozieren, „die enorme Größe der Gliedmaßen unserer Leiche schließt jeden Zweifel an der Identität des Toten aus. Es ist daher nicht anzunehmen, dass uns ein falscher Big Pete untergeschoben wurde und der echte noch, nach den Ausdünstungen des Sewer duftend, unter uns weilt. Der von Ihnen ausführlich geschilderte Geisteszustand Lushings macht dies unwahrscheinlich.“

Lestrade rutschte von einer Gesäßhälfte auf die andere und zerknetete seinen Hut zu einem unförmigen Knäuel Filz. Dann endlich schilderte Holmes sein Experiment mit den Hühnern und die Schlussfolgerungen aus der Untersuchung der Knochen.

„Es war also mit an Sicherheit grenzender Wahrscheinlichkeit Mord“, schloss er.

Lestrade strahlte, aber sein Strahlen war wie weggeblasen, als Holmes sein Honorar einforderte. Mit verkniffenen Lippen holte der Polizist Scheine und Münzen aus der Tasche und legte sie auf den Tisch. „Eins würde mich noch interessieren, Mister Holmes …“ Seine Stimme war kaum mehr zu vernehmen. „Wer hat's getan?“

Holmes riss mit theatralischer Geste die Arme auseinander, als fiele er aus allen Wolken. „Woher soll ich das wissen?“, rief er. „Danach hatten Sie mich nicht gefragt. Sie wollten wissen, ob es Mord war. Diesen Nachweis habe ich Ihnen erbracht. Mehr war nicht ausgemacht. Watson, sollten wir einen Mörder suchen?"

Ich schüttelte den Kopf.

„Aber ich will nicht so sein, Lestrade. Ich schlage Ihnen einen Wettkampf vor. Wir suchen jetzt beide den Täter. Wenn ich ihn zuerst finde, bekomme ich noch fünf Pfund. Wenn Sie mir aber zuvorkommen, erhalten Sie von mir zehn Pfund. Und ich lasse Ihnen sogar noch vierundzwanzig Stunden Vorsprung. Einverstanden?"

Lestrade strahlte wieder. Zehn ganze Pfund, die wollte er sich gern verdienen. Er strahlte wie ein Kind, dem der Weihnachtsmann zum ersten Mal im Leben Schokolade gebracht hat.

„Sie sind ein wahrer Gentleman, Mister Holmes. Aber die zehn Pfund sind Sie so gut wie los." Er schüttelte dankbar Holmes' Hand, die er mit beiden Händen ergriffen hatte, und war im nächsten Moment zur Tür hinaus, wo er beinahe Mrs Hudson über den Haufen rannte, die ihm erschrocken nachsah.

Auch Holmes war aufgesprungen. Mit einigen schnellen Schritten war er an ihr vorbei und rief dem die Stiege Hinabpolternden nach: „*Cherchez la femme*, Lestrade! Hören Sie? *La femme!* Die Frau hinter allem!"

Dann fiel die Haustür ins Schloss.

Holmes kicherte. „Jetzt stellen wir uns das Gesicht vor, das Lestrade macht, wenn Doktor Galsdale ihm den toten Wolfsmann zeigt. Er wird nie mehr wagen, seinen Kindern mit dem Schwarzen Mann zu drohen!"

„Holmes! Wie gemein! Wie abgrundtief gemein!"

Dieser ließ sich nicht aus der Ruhe bringen. „Ich weiß momentan allerdings noch nicht, wie das alles wirklich zusammenhängt. Zurzeit befinden wir uns noch im Stadium der Arbeitshypothesen. Und nichts verstellt den Blick auf die Wahrheit mehr als das vorschnelle Verkünden dessen, was man für fertige Resultate zu halten geneigt ist. Wir dürfen nicht vergessen, dass ein wichtiges schriftliches Dokument, das diesen Fall betrifft, noch immer unserem Zugriff entzogen ist und vielleicht für eine Weile völlig entzogen bleiben wird. Das hängt von meinem Experiment mit der Gefriermaschine ab."

Holmes ließ sich am Labortisch nieder und begann nachdenklich, seine Apparaturen anzustarren. Ich wurde wieder einmal nicht mehr gebraucht! Ärgerlich nahm ich Hut und Stock vom Haken und verließ die Wohnung. Mit Rücksicht auf unsere geplagte Vermieterin unterließ ich es, die Tür so fest zuzuwerfen, wie es der Situation angemessen gewesen wäre.

*

Tatsächlich gelang es Holmes in mühevoller Kleinarbeit, die eingefrorenen Blätter voneinander zu trennen, ohne die Schrift zu zerstören. Nachdem sie durch eine intensive Behandlung mit dem Plätteisen getrocknet, zwischen Glasplatten gelegt und mit Gummibändern fixiert waren, gab er mir zu lesen, was noch lesbar war.

Dieser Bericht wurde geschrieben in der Hoffnung, dass er

einmal jemandem überbracht werden kann, der mir, der uns – meinem Bruder Wolfert und mir – helfen kann. Vielleicht sogar Sherlock Holmes persönlich?

Ein gütiges Geschick hat es gefügt, dass ich im Ausland alle Bücher lesen und so von diesem größten Detektiv aller Zeiten erfahren durfte. Nur er kann mir helfen, und ich bin überzeugt, er wird es tun, wenn er meine Geschichte kennt. Mein Leben ist nicht eigentlich in Gefahr, aber ich fürchte, mein Vater, der mich über alles liebt, tut Dinge, die er selbst aus allergrößter Liebe zu seiner Tochter niemals tun dürfte. Aber ich will von Anfang an beginnen.

Mein Name ist Mariloup Antrennewski. Ein Name, den ich nicht ohne Grund trage. Mein Vater, Dr. Viktor Antrennewski (den ich nur noch dieses eine Mal an dieser Stelle Vater nennen werde, denn ich hasse ihn aus dem tiefsten Innersten meiner Seele heraus), ist ein Arzt und Forscher. Er ist grausam und zärtlich zugleich. Solange ich denken kann, leben wir in Mexiko, aber die Vorfahren meines Vaters stammen aus Europa. Wann und warum sie Europa verlassen haben, weiß ich nicht, aber ich fürchte, die Gründe liegen in Dingen, die in Gegensatz zu den Gesetzen eines jeden Landes stehen. A. schweigt, wenn ich ihn darauf anspreche.

Meine Mutter Maria Jesus Romero de la Escosura entstammt einer der ältesten und angesehensten Familien Mexikos. Sie war unglaublich schön. Das Ölgemälde, das früher im Speisezimmer hing, haben wir sogar nach England mitgenommen. Sein*

*Klingt ein bisschen nach Karl Mays bombastischem Pseudonym Capitán Roman Diaz de la Escosura.

*Schöpfer Casimiro Castro malte lieber Städteansichten, machte aber für die mächtigen Escosuras eine Ausnahme.**

Nachdem A. sie geheiratet hatte und mein Zwillingsbruder Wolfert und ich auf die Welt gekommen waren, wurde sie krank und starb bald darauf an einer Melancholie, die ausbrach, als man ihr ihre beiden Neugeborenen in den Arm legte.

Ich bin, müssen Sie wissen, genau wie mein Zwillingsbruder missgebildet. Unsere Krankheit nennt man Hypertrichose. Wir sind über und über mit schwarzen Haaren bedeckt, auch im Gesicht, auf der Brust, auf dem Rücken, überall. Unser Aussehen gleicht dem Aussehen von Wölfen, besonders weil die Krankheit mit Gingivitis und Parodontitis einhergeht. Sie bewirken, dass das zurückweichende, chronisch entzündete Zahnfleisch die Zähne viel länger aussehen lässt, als sie in Wirklichkeit sind.

Einer der Vorfahren meiner Mutter, so will es die Legende wissen, hatte eine Indiofrau geheiratet, auf der ein Fluch lastete. Deshalb habe sie als Erste ein solches Wolfskind geboren. Früher wurden diese Kinder einfach ausgesetzt oder umgebracht, manchmal sogar öffentlich auf einem Scheiterhaufen verbrannt. Meinem Bruder und mir ist dieses Schicksal erspart geblieben, weil A. uns in Sicherheit brachte und vor der Umwelt abschirmte.

Wir sind nicht einmal getauft, denn gerade die Kirche durfte nichts von unserer Existenz erfahren, der Gefahr der Scheiterhaufen wegen. Was wir wissen und können, brachte A. uns bei. Wir lesen und schreiben Latein, Griechisch, Deutsch, Eng-

*1826-1889. Stammte aus Mexico City, wo er auch starb.

lisch, Spanisch und Russisch, aber wir können mit niemandem reden, der diese Sprachen spricht, weil jeder bei unserem Anblick laut schreiend davonlaufen würde. Bücher bildeten für meinen Bruder und mich daher den einzigen Kontakt zur Umwelt. A. lässt sie aus der ganzen Welt schicken.

Als Naturforscher glaubt A. nicht an einen Fluch. Für ihn gibt es nur die Krankheit, unter der wir leiden, und er versucht, sie zu ergründen. Was lebten und leben für furchtbare Kreaturen in unserem Haus! Alles Wesen, deren besondere Anlagen oder Krankheiten er studieren und verstehen wollte. Auch Tote, die ganz offensichtlich an schrecklichen Krankheiten gelitten hatten, wurden in sein Labor gebracht, wo er sie sezierte. Manche hob er sogar auf, indem er sie einbalsamierte oder ihre Körperteile in Spiritus konservierte.

Im ganzen Land schickte er Boten umher, die nach Wolfskindern und anderen abnormen Wesen fragten. Seine Agenten kauften sie den Eltern ab, aber meist waren diese Kinder schon tot, als sie bei uns eintrafen. Andere waren im Wald bei wilden Tieren aufgewachsen und benahmen sich auch so. Die hielt er in einem Zwinger. Sie waren nackt, fraßen rohes Fleisch und paarten sich, wann immer ihnen danach war.

Eines davon, ein Männchen, riss eines Nachts aus und drang in mein Zimmer ein. Ich stand gerade ausgekleidet vor dem Spiegel. Was das Wolfsmännchen mir angetan hat, ist unbeschreiblich, ich wage es nicht in Worte zu fassen. A. jagte den Eindringling einfach hinaus und hetzte die Hunde auf ihn.

Ein paar Wochen später bemerkte ich, dass ich guter Hoffnung war, und als meine Zeit gekommen war, brachte ich einen Sohn zur Welt, dem ich meiner geliebten Mutter zu Ehren den

Namen Jesus Maria gab. Wir lebten schließlich in Mittelamerika. Jesus Maria war ebenfalls über und über behaart und starb wenige Tage nach der Geburt. A. hatte versucht, seine Haare mit Thallium zu beseitigen. Sie fielen tatsächlich aus, doch Thallium ist ein Gift, und mein Sohn starb, wenngleich ohne Haare.

A. hat ihn nicht beerdigt, sondern in sein Laboratorium mitgenommen und einbalsamiert. Sein kleiner Leichnam liegt in einem Schrank, und manchmal stehle ich mich dorthin, um ein paar Minuten bei meinem Sohn zu sein. Er hat keine Haare mehr und sieht aus, als ob er schliefe. Ich kann A. nicht verzeihen, was er meinem Kind angetan hat. Jesus Maria war kein Kind der Liebe, aber es war mein Kind, und ich habe es geliebt, wie eine Mutter nur jemals ihr Kind lieben kann. Wenn es doch noch am Leben wäre!

Sie werden verstehen, Dr. Watson, dass ich einem Mann gegenüber nicht so frei sprechen würde, wären Sie nicht Arzt, wüsste ich nicht um Ihre Einfühlsamkeit und hätten Sie nicht Ihren klugen Freund Sherlock Holmes, der schon so vielen Menschen auf der Welt geholfen hat. Bitten Sie Mr Holmes, auch mir zu helfen! Ich flehe Sie auf Knien an!

A. suchte immer neue Mittel gegen unsere Krankheit, doch keines half wirklich. Mein Bruder schien einmal geheilt, das heißt, er verlor für einige Zeit seine Haare. Unter dem Pelz kam ein wunderschöner junger Mann zum Vorschein, in den ich mich, wäre er nicht mein Bruder, mein Fleisch und Blut, verlieben würde. Jedoch, er wurde nicht wirklich gesund. A. hatte sein krankes Blut durch künstliches ersetzt, aber das funktionierte nicht, wie es sollte. Wolfert litt schreckliche Schmer-

zen und Atemnot. A. gab ihm Unmengen von Ochsenblut zu trinken, und mein Bruder trank es, wenngleich widerwillig. „Sonst sterbe ich“, sagte er.

A. hat später das Kunstblut wieder gegen echtes ausgetauscht. Ich wage nicht, mir vorzustellen, woher es stammte. Wolfert wurde nach dem Blutaustausch wieder krank, bald verschwand der schöne junge Mann, der er geworden war, wieder unter einem wölfischen Pelz.

Seither weigert er sich, sich A.s Willen zu beugen. Er lässt sich von ihm nicht mehr behandeln und will A. nicht mehr sehen. Leider weiß er nicht, wohin er gehen soll. Bei seinem Anblick würden die Menschen davonlaufen. Auch ich bin gezwungen, bei A. zu bleiben, denn ich wüsste nicht, wo ich Zuflucht suchen sollte. Ich muss bei dem Mann bleiben, den ich hasse wie niemanden sonst auf der Welt. Aus diesem Grunde schreibe ich auch Ihnen, Mr Holmes. Ich habe niemanden, an den ich mich sonst wenden könnte, auf den ich sonst meine Hoffnungen setzen könnte. Jeder Tod ist besser als ein Leben wie dieses!

Nachdem Wolfert sich geweigert hatte, noch einmal Opfer der medizinischen Versuche A.s zu werden, unterzog er mich vielen, zum Teil schmerzhaften Prozeduren. Er fand ein Mittel, das meine Haare zum Ausfallen bringt. Er stellte es selbst aus irgendwelchen Pflanzen, die von weither geschickt werden, her und injizierte es mir. Am ersten Tag wurde ich von großer Unruhe befallen. Mein Körper schien gegen das Mittel zu rebellieren. Am zweiten Tag begannen einzelne Haare auszufallen. Am dritten Tag behielt ich, wenn ich über die Haut strich, ganze Büschel in der Hand zurück. Am Morgen *des vierten Tages war mein Bett übersät mit ausgefallenen Haaren.*

Vor dem Spiegel schlüpfte ich aus meinem Nachtgewand und ließ es auf meine Füße sinken. Wo mir gestern noch ein haariges Ungeheuer entgegengeblickt hatte, stand nun ein wirklicher Mensch. Ein weiblicher Mensch. Das lange Haupthaar, das mir meine selige Mutter vererbt hat, fiel mir bis weit über meinen Rücken hinunter und hüllte mich ein wie ein Schleier. Zwischen meinen Schenkeln wuchs üppiges Haar, aber sonst war ich haarlos, sah man von einem zarten Flaum ab, der meine schneeweiße Haut bedeckte. Mein Gesicht war rein und weiß wie meine Brust. Ruhe erfüllte mit einem Mal meine Seele. Alles Leid schien so unendlich fern.

Ich vermochte mein Glück kaum zu fassen, wollte mich gar nicht sattsehen an mir selbst. Sollte es wirklich wahr sein? War ich das? Durfte ich endlich Schaut her, das bin ich! *sagen?*

Ich durfte es, ich war zu einer ganz normalen Frau geworden. Schon malte ich mir aus, wie schön es wäre, einen Liebsten zu finden, ihn zu heiraten und ein Kind zu bekommen, das kein Wolfskind wäre. Schon gab ich die quälende Beschäftigung mit den Hanteln auf, mit denen abzumühen ich mir angewöhnt hatte. Schon wollte ich mich den zärtlichsten Träumen hingeben, doch ach, meinem Glück war nur eine kurze Frist beschieden.

Denn es bestätigte sich: Ich war eine ganz normale Frau. Das heißt, ich blieb dem Zyklus des Mondes unterworfen. Kaum dass meine Unpässlichkeit vorüber war, begannen die verfluchten Haare wieder zu sprießen. Erst bildete sich nur ein Flaum auf meinem Gesicht, doch am Abend hatte er sich schon in fes-

te, borstenartige Haare verwandelt. Am folgenden Morgen war meine Haut wieder mit feinem, dunklem Flaum überzogen, und nach drei Tagen sah ich wieder so aus, wie ich zuvor ausgesehen hatte, als hätte es die wenigen Tage mit reiner, zarter, glatter Haut niemals gegeben, als hätte ich nur von ihnen geträumt. Dies erleben zu müssen, war so grausam, dass ich jeglicher Wiederholung dieser abscheulichen Behandlung widerstand. A. bedrängte mich nicht weiter.

Jeder Arzt weiß es, und auch Ihnen, Mr Holmes, wird es gewisslich bekannt sein, dass man Menschen unter keinen Umständen Tierblut übertragen darf; ein grausamer Tod wäre die unausweichliche Folge. Auch die Blutübertragung von Mensch zu Mensch galt den Medizinern bislang als zu riskant, weil sie meist tödlich endet.

Nun jedoch ist es A. gelungen, das menschliche Blut zu klassifizieren. Nicht jede Klasse kann mit einer anderen vermischt werden. Die passenden Klassen aber können, wenn man das Geheimnis kennt, übertragen werden. Transfundieren nennt A. dies.

Anfangs fragte ich mich nie, wo das Blut herkam, welches mich für einige Zeit heilte. Dann aber kam mir ein furchtbarer Gedanke! Vielleicht waren die Menschen, von denen es stammt, gar nicht mehr am Leben? Dann wäre A. – ich kann diesen Gedanken nicht aussprechen! – verworfen und verflucht, und es wäre recht so! Er könnte nicht mehr Glied der menschlichen Gemeinschaft sein. Leider schweigt er sich aus, wenn ich danach frage.

Der Herr im Himmel hat, das ist meine feste Überzeugung, A. bereits für seine Freveltaten bestraft. A. wurde immer selt-

samer, je weiter er seine Forschungen vorantrieb. Er erkrankte bei seinen Untersuchungen selber, denn ein Parasit befiel ihn und frisst ihn förmlich von innen auf. Er wird nicht mehr lange zu leben haben. Seine Kräfte lassen mehr und mehr nach, er verfällt von Tag zu Tag mehr, er verwest regelrecht bei lebendigem Leibe. Ein bestialischer Gestank geht von ihm aus, der ihn selbst von der Gesellschaft seiner Kinder fernhält. Nicht einmal sein Hund hält es mehr in seiner Nähe aus! A. wäre längst tot, wenn er nicht so ein genialer Naturforscher und Konstrukteur wäre. Er hat aus dem Reich einen Kühlapparat kommen lassen. Dieser Kühlapparat senkt die Temperatur der Räume, in denen A. sich aufhält, so sehr ab, dass sich der Verlauf der Krankheit verlangsamt. Seine Umgebung ist nun so kalt wie sein Herz! Mich fröstelt in seiner Gegenwart.

Retten kann die Kühlung sein Leben nicht, aber A. arbeitet daran, vor seiner Krankheit, wie soll ich sagen, in einen anderen, einen neuen Körper zu entfliehen. Dazu hat er ein schreckliches Wesen geschaffen, das einmal sein neues Ich werden soll, aber der Erfolg ist ihm bisher versagt geblieben. Das Wesen zerfällt immer wieder von selbst, es hat keinen Bestand. Er hält es in einem Verlies im Keller gefangen.

A.s Helfer ist ein furchtbarer Russe, Alexej Nikolajewitsch Trichinin. Er war einmal Arzt, durfte seinen Beruf aber in seiner Heimat nicht mehr ausüben. Einmal, als er zu viel getrunken hatte, erzählte er Wolfert, dass er sich bei betäubten Patientinnen das Recht eines Ehegatten herausgenommen hätte. Um einer Verurteilung zu entgehen, sei er aus Russland geflogen. Ein andermal behauptete er, den Mann einer Patientin, deren Gunst er dadurch zu erlangen hoffte, erschlagen zu haben. Ich weiß nicht, was stimmt. Ich weiß nur, dass er oft sehr viel trinkt. Wolfert trinkt aus Verzweiflung manchmal mit ihm. Trichinin fängt dann häufig an zu weinen und singt sentimentale, traurige Lieder. Ich höre ihm dann manchmal zu, und dann denke ich an meine verstorbene Maman.

Es gibt übrigens noch einen weiteren Grund für unsere Übersiedlung nach England. Natürlich ist das Klima der Britischen Inseln dem Verlauf seiner Krankheit förderlich und durch die Kultur seiner Wissenschaft zuträglicher als Mittelamerika. Es war jedoch nicht nur die Hitze, die uns zur Auswanderung nach Europa bewog. In Mexiko geschahen Dinge, die es A. geratener erscheinen ließen, das Land zu verlassen. Irgendwo musste er das viele Blut herbekommen, mit dem er seine Forschungen betrieb, und ich fürchte, er hat dafür Menschen umgebracht.

Nur Mr Holmes kann A. finden und ihn hindern, weiterhin Dinge zu tun, die kein Mensch auf Erden tun darf, und seien seine Kinder oder er selbst noch so krank. Ich habe keine Angst um mein Leben, denn ich werde nie ein normaler Mensch sein, aber ich habe Angst um A. Schließlich ist er doch mein Vater. Weil ich keine Briefe schreiben und absenden kann, habe ich Wolfert, meinen Bruder und treuen Freund, der den Tod nicht scheut, gebeten, diesen Brief zuzustellen. Gott segne Sie und entlohne Sie für Ihre Hilfe. Mariloup A.

*

„Da schau her!“, meinte Holmes. „Hier schreibt eine junge Frau, die sehr exakt zu beobachten versteht und über ein profundes medizinisches Wissen verfügt.“

„Ob sie überhaupt weiß, wovon sie spricht?" Ich konnte mir eine medizinisch gebildete Frau gar nicht vorstellen. „Frauen können doch nicht Medizinerinnen sein. Stellen Sie sich vor, Holmes, sie müsste einen Mann untersuchen! Ich sage nur: Prostata. Wie soll das gehen?"

„Nun, ich denke, das kann sehr gut gehen, Watson. Von den Frauen verlangen Sie doch auch, dass sie sich klaglos vor einem Mann entkleiden, sich befühlen und ebenfalls an den intimsten Stellen untersuchen lassen. Ich sage nur: Spekulum. Und wenn ich an den Grobian denke, der meine Blinddarmreizung zu behandeln versuchte, dann wäre mir eine feinfühlige Dame tausendmal lieber gewesen!"

Ich konnte wirklich nichts erwidern. Der Kollege, ein Professor Hyste, hatte damals offenbar nach der altschottischen Veterinärfelddienstordnung (wenn nicht schlimmer) ordiniert und meinen Freund so außerordentlich roh behandelt, dass ich eher von Misshandlung sprechen würde.

„Eine Frau, die so geläufige Fachausdrücke wie *Gingivitis* und *Parodontitis* verwendet, wäre geradezu ein Schmuckstein für die medizinische Zunft, Watson. Welche Höhen könnte die Medizin erklimmen, würden Frauen erst zum Studium zugelassen! Sie werden noch an meine Worte denken!"

„Ich bin da skeptisch, mein Lieber. Der Arztberuf ist schwer. Glauben Sie, dass eine Frau die Kraft hätte, lange Operationen durchzuführen? Von den Belastungen der Seele ganz abgesehen."

„Nun, Watson, bei allem Respekt, Ihre Schwiegermutter, die Sie normalerweise höflich *Maman* zu nennen pflegten, aber in einem Anflug allerhöchster Verzweiflung einen *Tornado aus Stoff und ächzendem Fischbein** genannt haben, könnte ich mir jederzeit als Feldchirurgin vorstellen, und ich bin sicher, das massenweise Amputieren von Gliedmaßen ohne Betäubung nach der Schlacht hätte ihr außerordentliches Vergnügen bereitet, zumal es sich bei den Patienten ausschließlich um Männer gehandelt hätte. Und ich bezweifle, dass sie bei dieser Tätigkeit irgendwann auch nur die geringsten Anzeichen von Überdruss oder Ermüdung an den Tag gelegt hätte."

„Maman war … etwas ganz Besonderes", stotterte ich. „Eine Ausnahme, die die Regel bestätigt!"

„Vor allem bestätigte sie meinen Entschluss, unbeweibt mein Leben zu verbringen. Allein der Gedanke, sich mit einer Ehefrau, so angenehm sich diese auf das Leben eines Mannes auch auswirken mag, gleichzeitig einen, verzeihen Sie, Schwiegermutterdrachen einzuhandeln, war für mich abschreckend genug."

„Lassen Sie's gut sein, Holmes! Über Verstorbene soll man nur Gutes reden."

„Sie haben recht, Watson. Kommen wir zu unserem Bericht zurück."

In diesem Augenblick betrat Mrs Hudson den Raum.

*Ein weiterer Beweis für den Fälschungscharakter des Werkes: Exakt dieser Ausdruck findet sich in Eric Larsons Roman *Thunderstruck* (2006, dt. *Marconis magische Maschine. Ein Genie, ein Mörder und die Erfindung der drahtlosen Kommunikation*, 2007); diese Doppelbiographie zeigt die schicksalhafte Verknüpfung einer Erfindung – der drahtlosen Telegrafie – mit einem Frauenmord (dem des Dr. Crippen).

„Entschuldigen Sie, Mister Holmes, ich glaube, das wird Sie interessieren. Wo doch dieser Mister Colthroy hier war und Doktor Watson von einem Werwolf erzählte." Sie hielt Holmes ihre Zeitung hin.

„Haben Sie wieder einmal am Lüftungsrohr gelauscht, Misses Hudson?", fragte er, jedoch ohne bösen Unterton.

„Wenn die Klappe offen ist, hört man einfach alles, was in Ihren Räumen gesprochen wird, Mister Holmes. Ganz unabsichtlich."

„Ganz unabsichtlich. Sicherlich, Misses Hudson, sicherlich. Zeigen Sie doch einmal her!"

Es war Mrs Hudson Lieblingssensationspostille *The Daily Herald*, den Holmes fast nie las und über den er einmal meinte, er enthalte zu viel Dichtung und zu wenig Wahrheit.

„Na, da schau her! Hören Sie zu, Watson!", sagte er und las den neuesten Sensationsbericht des Blattes vor: „*Ein Werwolf in London?*, fragt die Überschrift. So weit sind wir also schon! *In der heutigen Nacht wurden die Londoner, die noch wach waren und sich zufällig im Stadtteil Marylebone aufhielten, Zeugen einer unheimlichen Jagd auf ein nicht minder unheimliches Wesen, das die Gestalt eines Menschen hatte. Sein Körper aber, der nur von einigen Lumpen bedeckt wurde, war mit einem schwarzen Pelz überzogen. Einer unserer Zeugen, der Milchmann Mr P., wurde von dem Ungeheuer umgerannt, wobei einige Milchflaschen zu Bruch gingen. Dann liefen zwei Männer, der Sprache nach Ausländer, hinter dem Wesen her. Sie stießen den Milchmann noch einmal um. Das Ungeheuer floh rasch auf eine Platane im Vorgarten eines Hauses. Daraufhin zog einer der Verfolger ein Blasrohr aus der Jacke, blies hinein und traf das Geschöpf, das infolgedessen vom Baum fiel. Wenige Augenblicke später fuhr eine Kutsche vor. Die Männer warfen das bewusstlose Ungeheuer hinein und fuhren davon. Milchmann P., der nach dem Vorfall mit unserem Reporter sprach, schwört, nie im Leben einen Tropfen Alkohol* … und so weiter und so fort. Der Rest ist ohne Belang."

„Wir sollten einmal mit diesem abstinenten Milchmann sprechen, Holmes. Was meinen Sie?"

„Unsinn, Watson! Dank Ihrer guten Auffassungsgabe wissen wir mehr als dieser Milchmann. Ich muss mich noch einmal bei Ihnen entschuldigen. Doch, doch, winken Sie nicht ab. Ich habe mich über Sie lustig gemacht. Völlig ungerechtfertigt. Sie hätten allen Grund, mir böse zu sein. Aber ich fürchte, dieser Zeitungsbericht wird unsere Gegner noch mehr als bisher zum Handeln zwingen."

„Dann sollten wir sofort etwas tun, um die arme Mariloup zu retten. Sie ist in Gefahr. Wir müssen ... wir sollten ..."

„Nur ruhig Blut, Watson, um im Bilde zu bleiben. Nur ruhig Blut. Ich glaube nicht, dass der jungen Dame unmittelbare Gefahr droht, und es hat auch wenig Sinn, jetzt den edlen Ritter spielen und sich blindlings in den Kampf stürzen zu wollen. Womöglich attackieren wir wie weiland Don Quixotte lediglich Windmühlen. Wir haben es mit Antrennewski, denn der steckt zweifellos hinter allem, mit einem Täter zu tun, der mit großer Systematik und zum Teil mit sehr viel Aufwand vorgeht. Auch das Entführen von Leichen steht auf seinem Programm, jedenfalls wenn die Leichen von wissenschaftlichem Interesse sind. Darüber hinaus würde ich meinen, äh, Kopf darauf verwetten, dass die beiden Stockfechter am Hafen genau hinter ebendiesem her waren. Offenbar war er zur unfreiwilligen Teilnahme an einem abscheulichen medizinischen Versuch ausersehen, was ich meiner Gesundheit zuliebe gerade noch verhindern konnte. Antrennewski ließ Doktor Barthorpe ermorden, um an die Leiche von Pedrog Gruffud zu gelangen, von deren Untersuchung er sich sicherlich interessante Erkenntnisse versprach. Jedenfalls passt das ins Bild. Antrennewski stammt aus Mexiko oder hat jedenfalls viele Jahre in diesem Land gelebt und sich dort mit einer sehr exotischen Krankheit infiziert, die er heilen möchte. Außerdem möchte er seinen Kindern ein normales Leben ermöglichen. Dafür ist ihm jedes Mittel recht. Wir wissen jedoch noch nicht, wo Patientin und Arzt, sprich Mariloup und ihr Vater, zu finden sind. Der treue Werwolf, der uns hätte dort hinführen können, Mariloups Bruder, liegt auf Doktor Galsdales Tisch. Klar ist aber, dass ein Forscher mit seinen vielfältigen Sammlungen und Geräten, so sehr er sich auch bemüht, nicht völlig unbemerkt nach England einreisen kann. Er kommt mit unzähligen Kisten und Behältnissen. Ich werde mich also weiter ein wenig nach Gästen aus Mexiko mit großem Gepäck umsehen. Wie gefährlich das ist, durfte ich am eigenen Leibe bereits verspüren. Und das Ammoniak, das er braucht, um sich am Leben zu erhalten und seine Leichensammlung zu kühlen, muss er irgendwo kaufen. Bei der Suche nach dem Lieferanten soll mir mein Bruder helfen. Schließlich ist es sein Beruf wie meiner, Fakten aller Art zusammenzutragen und Schlüsse daraus zu ziehen, wenngleich er das in einem größeren Stil tut als ich."

*

Es dauerte nicht mehr als etwa sechsunddreißig Stunden, bis Holmes triumphierend neue Erkenntnisse mitteilen konnte. „Endlich, Watson, wissen wir mehr. Im vergangenen Jahr, am 29. Mai, kam die *Alvira* aus Amerika via Cork in Bristol an, an Bord Doktor Antrennewski sowie eine tief verschleierte Frau. Ich bin sicher, es handelte sich um Mariloup. Es war ein größeres Unternehmen, denn sie reisten mit riesigem Gepäck, darunter offenbar wilde Tiere, aber es würde mich nicht wundern, wenn er einige seiner, sagen wir, Patienten wie Bären in Käfigen reisen ließ. Ein oberflächlicher Zollbeamte jedenfalls hätte sie bei entsprechenden Vorkehrungen sicherlich nicht der eigenen Gattung zugerechnet. Wenn ihn Antrennewski mit ausreichender Autorität in der Stimme als abscheulichen Schneemenschen bezeichnet hätte, wäre der arme Zöllner sicherlich vor Schreck zwei Schritte zurückgewichen und hätte nicht weiter gefragt."

„Das ist graue Theorie", wagte ich einzuwerfen.

„Wir müssen uns in die Situation hineindenken, mein Freund. Aber weiter! Die Agentur *Spencer & Milewski* vermittelte Doktor Antrennewski eine Unterkunft und alles weitere, was er brauchte."

Es läutete.

„Wer mag das sein?"

„Das kann nur der Telegrammbote sein, Watson. Die quietschenden Bremsen seines Velocipeds, als er vor dem Haus anhielt, waren nicht zu überhören. Da ist er schon!"

Sekunden später überreichte ein Bote ein Telegramm, nahm sein Trinkgeld entgegen und verschwand wieder.

„Von Doktor Galsdale", murmelte Holmes befriedigt, als er den Umschlag aufgerissen hatte. „Er habe den Bericht im *Daily Herald* gelesen, teilt er mit. Daraufhin habe er den Wolfsmann noch einmal gründlich untersucht und eine Einstichstelle im Rücken entdeckt. Möglicherweise sei ein Pfeilgift wie Tubocurare verwendet worden. Der Wolfsmann weise Anzeichen von Muskellähmung auf. Darum sei er auch ertrunken, nachdem er ins Wasser gefallen war."

„Da schau her. Tubocurare!"

„Ja, Watson. Die Indios am Amazonas verwenden dieses Mondsamengewächs. Es wirkt nur bei Aufnahme über das Blut tödlich, nicht bei der Verdauung. Sonst könnten die Indios ihre Beute nicht essen. Mit dem Wort Tubo bezeichnen sie übrigens die Bambusbehälter, in denen sie ihr Pfeilgift aufbewahren."

„Ach was? Auf jeden Fall scheint der Kollege Galsdale ein Mann von außerordentlichen Fähigkeiten zu sein. Er muss ja Wolferts gesamte Behaarung buchstäblich durchkämmt haben, um die Pfeilwunde zu finden."

„Lestrade weiß sicherlich nicht, was die Metropolitan Police an diesem Arzt hat."

„Ich hätte die Pfeilwunde wahrscheinlich nie gefunden."

„Das hätten Sie, mein lieber Watson, wenn Sie gewusst

hätten, wonach Sie suchen sollen. Aber gut, lassen wir das einmal vorerst beiseite. Wo waren wir stehen geblieben?"

„Bei *Spencer & Milewski*", half ich aus und überging die leise Kritik an meinen Wahrnehmungsfähigkeiten.

„Richtig! *Spencer & Milewski* wollten zunächst die Adresse ihres Klienten nicht herausgeben. Ich musste zu drastischen Mitteln greifen, um sie herauszubekommen."

„Drastische Mittel?"

„Nun, ich ging fort und brachte den kleinen Arthur mit. Arthur Stanley Jefferson,* ein Mitglied der Baker Street Irregulars. Er ist erst sieben Jahre alt. Seine Eltern sind am Theater und haben ihr Talent auf den Jungen vererbt. Also, als Erstes schminkte ich den kleinen Arthur zweckdienlich, wobei ich eine ganze Menge Rosshaar verbrauchte. Ich schuf, ohne mich jetzt allzu sehr loben zu wollen, ein perfektes kleines Ebenbild Ihres Wolfsmenschen, zog ihm eine Kapuze über den Kopf, brachte ihn ins Büro von *Spencer & Milewski* und erklärte, Doktor Antrennewski sei ein Spezialist und nur er könne meinem kleinen Sohn helfen. Im entscheidenden Moment riss ich Arthur die Kapuze vom Kopf. Die Stenotypistin schrie auf vor Entsetzen und fiel fast in Ohnmacht. *Will die Tante nicht, dass mir geholfen wird, Papa?*, fragte Arthur mit tränenerstickter Stimme. Er hat wirklich schauspielerisches Talent und wird es auf der Bühne noch einmal weit bringen! Ich zog ihm die Kapuze

*1890-1965; geboren in Ulverston, besser bekannt unter dem Namen Stan Laurel respektive *Doof*; weltberühmt als Partner von Oliver Hardy (Dick und Doof); dass er 1897 in London lebte, war bislang nicht bekannt.

wieder über und tröstete ihn: *Nein, nein, Arthur, das will sie nicht. Ich bin sicher, sie wird uns gleich sagen, wo wir Doktor Antrennewski finden können, und der hilft dir dann. Du musst nicht weinen!* Die Sekretärin schrieb mir totenblass, mit zitternden Händen, die Adresse auf, und wir konnten uns verabschieden. Zum Abschied streckte Arthur der Stenotypistin die Zunge auf so kindlich-empörte Art heraus, dass selbst ich um ein Haar hätte laut auflachen müssen. Doktor Antrennewski hat Wenderfield Fairhouse gemietet. Das viele Ammoniak, das er benötigt, bezieht er von der reichsdeutschen Firma *H. und E. Albert*, die vor allem das sogenannte Thomasmehl, aber auch andere Chemikalien und Düngemittel herstellt und seit 1894 unter dem Namen *Chemical Works Late H. & A. Albert* in London ansässig ist. Und inzwischen weiß ich dank Arthur auch, dass die Londoner Firma *Wedland Medical Supply* Doktor Antrennewski mit medizinischem Bedarf beliefert. Er scheint ein guter Kunde zu sein. *Wedland Medical Supply* lässt nichts auf ihn kommen. Ich gab mich als Arzt aus, als ich dort vorsprach; etwas, was mir sehr leicht fiel, habe ich doch in Ihrer werten Person das beste Vorbild und Studienobjekt, das ich mir nur wünschen kann. Aber weiter! Also, ich behauptete, Doktor Antrennewski hätte mir die Firma empfohlen. Man sprach voller Hochachtung von ihm."

„Dann müssen wir ja nur noch nach Wenderfield Fairhouse fahren, um Miss Mariloup zu retten."

„Und was sollen wir ihm sagen? *Buenos días, Señor Doctor, wir sind Sherlock Holmes und Doktor Watson und interessieren uns für Ihre sinistren Machenschaften? Wunderbar*, wird er sagen, *kommen Sie herein, meine Herren, ich zeige Ihnen gerne alles! Hier in den Räumen zu Ihrer Linken meine Leichensammlung, und hinter der Tür zu Ihrer Rechten finden Sie mein Labor.* Glauben Sie das wirklich?“

Ich errötete, glaube ich, stark. „Vielleicht sollten wir doch zu einer Kriegslist greifen“, lenkte ich ab. „Wieder Arthur?“

„Einen verkleideten und geschminkten kleinen Jungen würde er als Arzt sicher sofort durchschauen. Aber im Prinzip ist die Idee nicht schlecht. Ich denke, wir brauchen, wie soll ich sagen, externe Hilfe. Machen Sie sich auf etwas gefasst! Können Sie morgen um ein Uhr in der Frühe aufstehen?“

Aus meiner gebrummelten Antwort schloss Holmes wohl, dass ich es konnte, und weihte mich in seinen Plan ein.

*

Wenn mir etwas schwerfällt, dann das Aufstehen um ein Uhr in der Frühe nach einer oder zwei Stunden unruhigen Schlafes. Meine Militärdienstzeit, als mir so etwas nicht das Geringste ausmachte, lag wohl doch schon zu lange zurück. Gut, wenn man zwei Wecker hat, die im Abstand von fünf Minuten klingeln. Außerdem war da für alle Fälle noch Holmes’ energisches Klopfen an meiner Schlafzimmertür.

„Ich bin schon lange wach“, flunkerte ich.

Und so verließ ich nach einem kurzen, noch schweigend verzehrten Frühstück mit meinem Arztkoffer in der Hand und meiner geladenen Webley in der Tasche neben Holmes in der Morgendämmerung das Haus, um mich in irgendeinem Hinterhof einzufinden, wo mehr als ein Dutzend kräftige Männer auf uns warteten. Als sie uns sahen, trat einer von ihnen vor und machte eine zackige militärische Meldung. Ich wunderte mich nur über sein Alter. Soweit ich sein von Falten und Narben durchzogenes Gesicht und die weißen Haare erkennen konnte, musste der Mann längst außer Diensten sein.

„Vierzehn Mann und ein Bootsmann wie befohlen angetreten! Fünfzehn Knüppel und fünfzehn Pistolen, geladen und gesichert am Mann, sowie das gewünschte Gerät. Ich freue mich, Mister Holmes, wenn ich das so sagen darf, wieder für Sie zu tun zu haben."

„Danke schön, Tiggle. Darf ich Ihnen meinen Freund Doktor Watson vorstellen? Sozusagen unser Schiffsarzt. Ich hoffe aber, dass wir seine Dienste nicht in Anspruch nehmen müssen. Watson, das ist Warrant Officer a. D. Sergeant Tiggle."

„Freut mich, Warrant Officer!", knurrte ich.

„Warrant Officer Tiggle und seine Kameraden sind Veteranen der Royal Navy und fürchten weder Tod noch Teufel", erläuterte Holmes. „Jeder von ihnen hat schon einmal einen Schiffsuntergang überlebt und ist mindestens einmal von einem Hai gefressen worden."*

„Aber nicht ganz", erwiderte Tiggle, mit dem Auge zwinkernd, und hielt mir seinen linken Arm vor die Nase, der in einem eisernen Haken endete.

*Möglicherweise ein Zitat aus einem Lied aus der russischen Jules-Verne-Verfilmung *Die Kinder des Kapitän Grant*, in dem es heißt: *ras pjatnadzatj on tanul, pogibal sredi akul no ni rasu dashe glasom ne machnul – ungefähr fünfzig Mal ging er unter, fiel unter die Haie und zuckte kein einziges Mal mit der Wimper*.

Holmes ließ sich nicht beirren. „Gelegentlich, Watson, erhalten sie von meinem Bruder inoffizielle Aufträge, die die normale Polizei nicht übernehmen kann oder darf. Dieses Mal arbeiten sie für mich. Gut, genug der Vorrede. Wenn niemand mehr Fragen hat, können wir loslegen. Auf ins Gefecht!“

Wie auf Kommando fuhren vier große Kutschen vor. Drei nahmen je fünf Mann mit ihrem Gepäck auf, Holmes und ich teilten uns die vierte Kutsche mit Tiggle. Nun hatte ich Gelegenheit, dem Warrant Officer ins wettergegerbte Gesicht zu blicken. Er mochte fast sechzig Jahre alt sein, aber als ich ihm vorhin die Hand geschüttelt hatte, war ich fast in die Knie gegangen. Der einhändige Mann hatte noch immer einen Griff wie ein Schraubstock. Sicherlich konnte er Walnüsse mit der bloßen Hand knacken. Wenn nicht gar Kokosnüsse!

Die Fahrt dauerte nicht lange, obwohl unser Ziel, Wenderfield Fairhouse, etwas außerhalb lag. Wir hielten nicht unmittelbar davor, sondern ein gutes Stück entfernt, denn unser Besuch würde sicherlich unwillkommen sein. Die Männer, die während der Fahrt aufgeschnittene Strümpfe als Masken über ihre Köpfe gestreift hatten, verließen ihre Kutschen, die wegfuhren, ohne dass wir die Kutscher hätten bezahlen müssen. Sie standen alle auf Sir Mycrofts Gehaltsliste.

So erreichten wir zu Fuß einen großen Backsteinbau aus der Tudorzeit, der sich mächtig und schwer gegen den hellen Himmel abhob. Insgesamt machte er einen recht verfallenen Eindruck auf mich. Alles war still, nirgendwo brannte Licht. Die Bewohner schienen zu schlafen oder gar nicht da zu sein.

„Das Anwesen sieht ziemlich verlassen aus", meinte Holmes. „Ich hoffe, wir kommen nicht zu spät. Ob die öffentliche Aufmerksamkeit um den angeblichen Werwolf die Bewohner verscheucht hat? Das wäre misslich!"

„Klar zum Entern, Sir", meldete Tiggle nach kurzer Inspektion seiner Truppe.

„Dann los!", befahl Holmes, und im Nu waren die Männer in der Dunkelheit verschwunden.

Ich wartete schweigend neben meinem Freund, die Hände in den Taschen meines Sommermantels vergraben, meine Webley umklammernd. Vor uns standen zwei abgeblendete Laternen einsatzbereit auf dem Boden.

Nach wenigen Minuten erschien Tiggle wieder. „Wir sind drin, Sir. Aber es ist alles leer ... bis auf einige Holzkisten."

„Habe ich es nicht gesagt? Offensive oder Rückzug? Antrennewski hat den Rückzug vorgezogen. Wir sind zu spät gekommen, Watson. Der Gegner hat die Initiative behalten und die Flucht ergriffen. Kommen Sie rasch! Wir sollten wenigstens einen Blick in das Haus werfen."

Wir eilten durch die geöffnete Eingangstür. Im Haus blieb Holmes stehen und blendete seine Laterne auf.

„Der Geruch einer Wohnung verrät einiges über deren Bewohner", begann er zu dozieren und sog die Luft ein. „Die Zimmerordnung kann man rasch erstellen. Sie ist oft reine Fassade. Der Geruch hingegen ist charakteristisch. Er lässt auf Rauch- und Essgewohnheiten schließen, auf die persönliche Hygiene oder die Haltung von Haustieren.

Menschliche Ausdünstungen, Parfums, Reinigungsmittel, Lederbezüge, Stoffvorhänge und Teppiche – alles Faktoren, die diesen Geruch beeinflussen, der auch durch ausgiebiges Lüften nie ganz kaschiert werden kann. Aber man muss ihn mit den ersten Atemzügen wahrnehmen, in dem Moment, wo man die Wohnung betritt. Schon Sekunden später beginnt man sich daran zu gewöhnen, dann ist er nichts Spezielles mehr."*

„Und was riechen Sie, Holmes?"

„Dass die Gesuchten hier gelebt haben müssen. Ich nehme eine ganz spezifische Geruchsmischung wahr. Von Männern. Einer Frau. Ganz eindeutig nur einer. Tiere. Chemische Stoffe. Frisches Holz. Blut." Er leuchtete auf den Boden und hob etwas auf. „Holzspäne. Sie dürften von Kisten stammen, denn hier liegen auch noch einige Nägel. Da, der da ist krumm geschlagen, dieser abgebrochen. Stroh als Polstermaterial. Sieht alles nach sehr eiligem Einpacken aus."

Der Strahl meiner Lampe glitt über den Boden. Irgendetwas Gedrungen-Längliches bewegte sich da. Es krümmte und streckte sich wie ein dicker Wurm auf Wanderschaft. Ich wollte mich danach bücken.

„Moment!", zischte Holmes. Er griff in die Tasche nach seiner Pinzette und hob den vermeintlichen Wurm auf. Es war gar kein Tier.

„Grundgütiger Himmel!", entfuhr es mir.

An Holmes' Pinzette wand sich eine pechschwarze Zunge, die, von ihrem vermutlich menschlichen Besitzer durch

*Zitat aus Peter Hänni, *Samenspende*, Zürich 2009, S. 78

einen sauberen, glatten Schnitt getrennt, ein unheimliches seelenloses Eigenleben führte. Selbst in der Umklammerung der Pinzette führte sie ihre gleichmäßigen Krümm- und Streckbewegungen fort.*

„Watson", fragte Holmes, „Sie als Arzt … was ist das?"

„Fassen Sie es nicht an, Holmes! Der Verfärbung nach könnte es Schwarzbrand sein. Das ist hochansteckend!"

Statt meine Warnung zu befolgen, beroch Holmes den Fund ausgiebig und lachte dann. „Keine Sorge, Watson. Das gute Stück hier riecht nach Salmiak. Salmiak desinfiziert auf alle Fälle."

Zu meinem Entsetzen tupfte Holmes den Zeigefinger auf die Zunge und führte ihn zum Mund.

„Nicht, Holmes! Sind Sie des Wahnsinns?"

„Hochgradig versalzen, würde ich sagen."

Versalzen? Er musste bereits wahnsinnig sein!

„Wie ich dachte! Salzlakritz, auch Spunk genannt oder Salmiakki. Eine Spezialität skandinavischer Fischer. Sie kennen ja meine Affinität zu einem gewissen Sigerson.** Lakritz gehörte wegen seiner desinfizierenden, Husten lösenden Wirkung schon bei den römischen Legionen zum Marschgepäck. Skandinavische Fischer verbanden dies mit der heilsamen Wirkung des Salzes zu einem Heilmittel von zugegebenermaßen sehr gewöhnungsbedürftigem Aroma. Außerdem färbt es die Zunge schwarz. Wer auf zivilisiertes Aus-

*Dies spielt offenbar auf den der Wissenschaft unbekannten Wurm an, dessen Anblick in Conan Doyles Story *Das Problem der Thor-Brücke* einen Mann um den Verstand bringt.

**Holmes' gelegentlich benutzter Deckname bei Conan Doyle.

sehen Wert legt, wird dieses Heil- und Genussmittel meiden."

„Es ist Ihr Job, solche Sachen zu wissen", zitierte ich Holmes' eigene Worte und war einigermaßen beruhigt. „Aber warum lebt diese Zunge? Was hat das zu bedeuten?"

„Das bedeutet zunächst einmal, dass hier ganz ohne Zweifel ein hochbegabter Wissenschaftler von großer Neugier und Experimentierlust am Werke ist."

Holmes holte mit der freien Hand die Blechdose aus der Tasche, in der er seine Fisherman's Friends* aufzubewahren pflegte, öffnete den Deckel, schüttete die Lutschpastillen in seine Manteltasche, packte die zappelnde Zunge in die Dose und verschloss sie wieder.

Die Zunge ließ vor meinem geistigen Auge wieder die Erinnerung an abgerissene, aber noch zuckende Arme und Beine auferstehen, die ich auf den Schlachtfeldern Afghanistans hatte sehen müssen. Rasch schüttelte ich diese schrecklichen Bilder ab und wandte mich einer der offenen, mit Stroh gefüllten Holzkisten zu. Welch scheußliches Geheimnis würde aus ihnen ans Licht kommen? Ich griff hinein und holte ein großes, mit einer trüben Flüssigkeit gefülltes und mit Siegelwachs verschlossenes Becherglas heraus. Holmes leuchtete es an. Beinahe hätte ich das Glas fallen gelassen, denn darin befand sich etwas, was auf den ersten Blick wie ein Badeschwamm aussah, aber keiner sein konnte. Es war noch schlimmer als die zuckende Zunge von

*Kann durchaus sein. Die Halspastillen hatte James Lofthouse bereits 1865 an der Nordwestküste Englands erfunden.

eben! Es war eine menschliche rechte Hand, über und über mit Warzen überzogen.

„Das ist … das ist …“, stotterte ich, legte das Glas vorsichtig zurück und zog ein anderes heraus. Es enthielt ein warziges Stück Haut. Auch dieses legte ich gleich wieder hin und befreite einen größeren Glasbehälter daneben vom Stroh. Darin schwamm – ein menschlicher Kopf! Barthorpe war wirklich ein Künstler gewesen. Seine Zeichnungen waren von geradezu naturalistischer Präzision. Ich erkannte deshalb sofort, wessen Kopf das war.

„Ja, genau! Pedrog Gruffud“, bestätigte Holmes. „Die Präparate waren Antrennewksi wahrscheinlich auf der Flucht hinderlich, und so, wie es aussieht, brauchte er sie für seine Forschungen nicht mehr. Was er wissen wollte, weiß er jetzt.“

Ehe ich etwas erwidern konnte, unterbrach uns einer von Tiggles Leuten. „Mister Holmes, Sir! Kommen Sie schnell! Das müssen Sie sehen! Da unten! Lauter Tote! Männer und Frauen. Mindestens ein Dutzend. Liegen aufeinandergestapelt wie eine Ladung Langholz.“

„Wir kommen“, antwortete Holmes.

Ehe wir noch einen Schritt tun konnten, erschien Tiggle von der entgegengesetzten Seite. Seine Stimme klang alarmiert. „Sir! Wir müssen hier raus, Sir!“

„Was ist los, Tiggle?“

„Benjamin hat im Keller etwas angefasst. Es ist zerbrochen und brannte sofort. Das haben die hinterlassen, die hier gehaust haben. Wir sollten die Anker lichten und die Segel setzen, Sir, bevor jemand kommt!“

„Holmes!“, rief ich. „Sogar ich kann das riechen. Die Sache wird brenzlig. Wir sollten machen, dass wir hier rauskommen!“

„Lassen Sie abrücken, Tiggle! Treffpunkt wie vereinbart.“

„Aye, Sir!“

„Nehmen Sie das mit, Watson! Für die Angehörigen.“

Holmes legte mir rasch den schweren Glasbehälter mit dem Kopf des bedauernswerten Pedrog Gruffud in die Arme. Dann machten wir, dass wir davonkamen. Als wir das Gebäude verließen, stiegen schon schwere Rauchschwaden aus den unteren Stockwerken auf. Von draußen sah man die Flammen aus den Kellerschächten schlagen. Natürlich konnten wir nicht davonrennen, um keinen Verdacht zu erregen, aber wir schritten zumindest kräftig aus. Es trennten uns nur wenige Straßen von der Brandstelle, als wir die Trillerpfeifen der Bobbys hörten, die das Feuer bemerkt hatten. Wenige Sekunden später ertönten die ersten Feuerglocken, dann begannen hektisch die Glocken der Feuerwehrfahrzeuge zu bimmeln, die zum Brandherd ausrückten.

Als wir genügend Entfernung zwischen uns und den Ort des Einbruchs gebracht hatten, nahmen wir einen Hansom zum Frachthafen. Damit der Kutscher es nicht sah, hatte ich den Behälter mit Pedrog Gruffuds Kopf in meinen Arztkoffer gelegt und die Instrumente in meine Manteltasche gestopft.

„Das ist Robert Trewhellas Rettung! Wir müssen die Waliser Polizei informieren!“

„Soll ich den Fall schriftlich darlegen?“

„Das wäre nicht schlecht, Watson. Wir haben nämlich

keine Zeit, noch einmal nach Wales zu reisen. Lassen Sie aber den Kopf niemanden sehen! Ich kann mir lebhaft vorstellen, was der Kutscher erzählen würde, wenn er unserer Beute ansichtig würde. *Verrückter Arzt läuft mit präpariertem Kopf von Patienten durch London*, würde dann am nächsten Morgen in der Zeitung stehen."

„Oder noch lustiger wäre es, wenn mich Lestrade damit erwischen würde! Ich wage mir nicht vorzustellen, zu welch abenteuerlichen Schlussfolgerungen er gelangen würde."

„Ich könnte Ihnen einen Kuchen von Misses Hudson mit einer Feile darin ins Gefängnis bringen", scherzte Holmes.

„Sie sind ein wahrer Freund!"

„Nicht wahr? Also, Sie schreiben den Bericht, und mein Bruder wird dafür sorgen, dass er mitsamt dem Kopf der walisischen Polizei überstellt wird. Das wird ihr fürs Erste die Möglichkeit nehmen, Mister Trewhella zum Mörder zu stempeln. Wir sind übrigens da!"

Holmes meinte die Hafenkneipe, die sich zu Ehren von Sir Francis Drake *Golden Hinde* nannte. Hier trafen wir uns alle wieder. Ich fühlte mich reichlich fehl am Platze, aber Tiggles Mannen benahmen sich mir gegenüber genauso respektvoll wie zu Holmes. Mit einem Glas Rum wurde trotz des Misserfolgs auf die Nacht-und-Nebel-Aktion angestoßen.

Benjamin, ein noch junger Mann mit schütterem, blondem Bart und einer Augenklappe, rapportierte militärisch knapp. „Ich hatte den Auftrag, in den Keller vorzustoßen. Es war niemand mehr drin, aber eine Treppe führte weiter nach unten in einen offenen Raum am Fluss. Wahrscheinlich sind sie über diese Treppe abgehauen. Ich ging wieder nach oben. Überall nur leere Schränke und Tische aus Metall, an die Wand gerückt. Auf einem lag ein Haufen Wolle und Lumpen. Mittendrin stand ein Kasten mit einem Glaszylinder voll weißem Zeugs. Ich nahm das Glas aus Neugier in die Hand. Es brach sofort auseinander. Das weiße Zeugs fing blitzschnell Feuer und entzündete die Wolle und die Stofffetzen. Ich bin sofort raus und habe es Mister Tiggle gemeldet. Und dann sind wir auch schon abgerückt."

„Gut gemacht, Benjamin! Zweifellos handelte es sich um eine Brandfalle und bei dem weißen Zeugs um Phosphor. Sie haben recht getan, den Raum sofort zu verlassen, denn Phosphor ist hochgiftig."

„Er greift die Nerven an", ergänzte ich, um etwas aus der Sicht der Wissenschaft beizutragen.

„Dann nehm ich noch einen Schluck zur D*i*sinfiktion", meinte Benjamin gelassen und leerte sein Glas.

„Aye, Benjamin!", lobte ihn Holmes, und Tiggle schlug ihm auf die Schulter, dass es nur so krachte.

Der Mann, der die Toten gefunden hatte, berichtete ebenfalls ausführlich. „... waren arme Leute, Sir, so, wie ihre Klamotten aussahen. Flicken überall, dreckige Finger, verfilzte Haare. Mehr konnt' ich nicht sehen. Wollte Sie dann gleich holen, aber ..."

Auch auf diese Meldung wurde kräftig angestoßen.

Ich muss zugeben, auch ich sprach im *Golden Hinde* dem Rum ein wenig mehr zu, als mir gutgetan hat. Wegen dem, was die Iren *Murrughachs* nennen. Wegen der Meerjungfrauen. Das heißt, dem Meer mochten sie vielleicht entstammen, Frauen waren sie zweifelsohne auch, aber jung? Dicke Schichten von Schminke mochten diesen Eindruck erwecken, zumal die Beleuchtung in der Kaschemme nicht besonders hell war, aber ein Blick aus der Nähe verriet ihr wahres Alter. Wie ausgehungert nach weiblicher Nähe musste ein von großer Fahrt einlaufender Seemann wohl sein, fragte ich mich, um das zu übersehen?

Die Geschöpfe der Nacht lehnten sich gegen den guten alten Doktor Watson, um ihn geneigter zu machen, doch er hatte beschlossen, nicht zu fallen, und hielt sich an seinem Becher fest. Außerdem ließ er seinen Arztkoffer nicht aus den Augen.

*

Am nächsten Morgen hatte ich fürchterliche Kopfschmerzen. Trotzdem schrieb ich den von Holmes gewünschten Bericht über die Auffindung des Kopfes von Pedrog Gruffud.

Im Gegensatz zu mir war Holmes putzmunter. „Ich habe den Rum unter den Tisch geschüttet", erklärte er, „und keiner unserer wackeren Seeteufel hat es gemerkt. Sie haben Mycrofts Heuer allzu rasch in das lethische Getränk investiert."

„Und was machen wir jetzt? Wo ist Antrennewski? Und was ist mit der zappelnden Zunge?"

„So viele Fragen auf einmal, mein Guter. Was den letzten Punkt betrifft, so muss ich Ihnen voller Bedauern mitteilen, dass die Zunge, die gestern noch so munter kriechend zu entkommen suchte, offenbar ihren Geist aufgegeben hat. Heute Morgen lag sie leblos in ihrem blechernen Behältnis. Ich habe sie schon mit Eis aus Misses Hudsons Eisschrank zu konservieren versucht. Wir werden sie heimlich in Highgate beisetzen. Wenn wir auch nicht wissen, zu wem sie gehört hat, so soll sie nicht einfach in der Abfalltonne enden."

„Zweifellos eine gute Lösung. Und sonst?"

„Tiggle und seine Mannschaft hören sich im Hafen um, Mycroft lässt die Bahnhöfe durchkämmen. So einen Tross, wie Antrennewski ihn offensichtlich besitzt, kann man nicht einfach in den Koffer packen und wegtragen."

„Dann bleibt uns vorerst nur das Abwarten, nicht wahr?", entgegnete ich und setzte mich schweren Kopfes an den Frühstückstisch.

„Und das Teetrinken natürlich", lachte Holmes und schenkte mir eine Tasse ein. „Ich lese so lange Ihren Bericht."

Wir tranken nicht nur eine Kanne unseres Lebenselixiers, sondern insgesamt drei. Während der Wartezeit sorgte Holmes dafür, dass unser grausiger Fund nebst meinem Bericht Sir Mycroft zur Weiterleitung an die walisischen Behörden überbracht wurde.

„Hoffen wir das Beste für Trewhella, Watson", meinte mein Freund.

Allmählich rückte die Zeit des Mittagessens näher, und wir hatten noch immer keine Nachricht, weder von Mycroft noch von Tiggle. Schließlich – wir hatten Mrs Hudson schon um eine Platte Sandwiches gebeten – traf das erlösende Telegramm ein.

„*Vogel hat das Nest mit dem Circus Royal in Richtung Österreich verlassen*“, las Holmes vor. „*Beauftrage Verfolgung aufzunehmen. Kontakt Oberst Neundlinger, Wiener Evidenzbureau. Konserven nach Wales unterwegs. M.* … Bemerkenswert!“

„Was ist bemerkenswert?“, wollte ich wissen.

„Na, Antrennewskis Tarnung selbstverständlich. Wo könnte man seine haarige Tochter besser verstecken als unter Kraftjongleuren, Tierdresseuren, Dschigiten-Reitern und Clowns? Wenn Antrennewski Mariloup in einen Käfig setzt und außen ein Schild mit der Aufschrift *Vorsicht! Bissiges Wildtier!* dranhängt, wird kaum ein Zöllner der Welt es wagen, seinen Kopf durch die Gitterstäbe zu stecken. Wenn Sie nun noch so nett wären, mir den Fahrplan herüberzureichen …“

„Was ist denn ein Evidenzbureau?“, fragte ich, ihm das Gewünschte übergebend.

„Eine Stelle des Kriegsministeriums, ähnlich dem Amt, dem mein Bruder vorsteht. Danke!“

Bevor wir dazu kamen, unsere Reisevorbereitungen zu treffen, erschien Lestrade, wie immer aufgeregt und in höchster Eile. Kaum hatte Mrs Hudson die Tür hinter ihm geschlossen, begann er auch schon zu reden.

„Mister Holmes, Mister Holmes!“

„Hier! In höchsteigener Person. Doktor Watson kennen Sie ja bereits.“

Lestrade bemerkte die Kritik an seiner Unhöflichkeit nicht und fuhr einfach fort: „Der Mörder! Der mit dem Blut und den weißen Knochen!“

„Immer schön der Reihe nach, Lestrade! Nicht der Mörder, soviel ich mich erinnern kann, sondern sein verbranntes Opfer hatte weiße Knochen. Weil man ihm das Blut abgezapft hatte. Nicht wahr, Watson? So war es doch!"

Ich nickte mit scheinheilig unbeteiligter Miene.

„Ja doch, Mister Holmes! Sie müssen mir nicht jedes Wort im Munde herumdrehen. Wo war ich? Ach ja! Gestern ist ein alter Herrensitz an der Themse ausgebrannt. Wenderfield Fairhouse. Ich weiß nicht, ob Sie ihn kennen. Aber Sie werden nicht daraufkommen, was wir in einem Kellerraum gefunden haben!" Er schob sich selbstgefällig die Daumen unter die Achseln, wölbte den Bauch vor und wippte angeberisch auf den Zehenspitzen.

„Doch nicht etwa den Mörder?"

„Nein, den nicht, aber weitere Opfer. Zwölf Stück an der Zahl! Einige verbrannt, andere weniger. Die, die unten drunter lagen, waren weniger verbrannt, meine ich. Aber die ganz oben hatten weiße Knochen, wie dieser Sewer-Wärter. Doktor Galsdale hat sie schon untersucht. Ist das nicht phantastisch?"

„Überaus, Lestrade, überaus! Und wieso haben Sie nun den Mörder?"

„Na, weil wir den Mieter von Wenderfield Fairhouse ausgeforscht haben. Einen gewissen Antrewski oder so ähnlich. Einen Arzt, aus Russland. Jetzt müssen wir ihn nur noch finden, dann haben wir ihn! Warum kichern Sie so?"

„Später, Lestrade, später. Können wir die Toten aus Wenderfield Fairhouse ansehen?"

„Doktor Galsdale bittet sogar darum. Ich soll Sie gleich hinbringen."

Wenig später betraten wir erneut die bis unter die Decke

gefliesten Räume. Der Geruch nach Karbol, Naphtalin und kaltem Kalbfleisch hatte sich nicht verändert.

Nach einer kurzen Begrüßung betätigte Galsdale einen Schalter. Surrend sprangen elektrische Bogenlampen an. In der Mitte befanden sich sechs Obduktionstische, auf denen die Leichname unter grünen Tüchern lagen.

„Es sieht alles sehr unerfreulich aus, meine Herren", meinte er.

Lestrade nickte beifällig. Anscheinend wollte er dieses Mal dem Tod gefasst ins Auge sehen. Bleich und stumm, ein Taschentuch vor die Nase gepresst, stand er neben uns.

Nun zog der Obduktionsgehilfe der Reihe nach die Tücher weg. Darunter kamen Leichen in verschiedenen Stadien der Verbrennung zum Vorschein. Je zwei lagen nebeneinander auf einem Tisch, Kopf an Fuß. An den Resten der verkohlten Kleidung und Schuhe konnte man gut erkennen, ob es sich um Männer oder Frauen handelte. Eine rasche Zählung ergab acht Frauen und vier männliche Tote. Alle zeigten die charakteristischen Merkmale einer gerichtsmedizinischen Untersuchung, das heißt ihr Leib war zur Untersuchung Y-förmig aufgeschnitten, aber noch nicht wieder zugenäht worden. Aus dem schwarzen Fleisch der am meisten verbrannten Leichen schauten schneeweiße Knochen heraus. Die Kiefer der Toten waren geöffnet, weil Dr. Galsdale ohne Ausnahme ihre Zähne begutachtet hatte. Der Arzt war ein sorgfältiger Mann.

„Sie sehen, meine Herren", erläuterte Galsdale, „derselbe Befund wie bei dem Sewer-Wärter. Wir haben keinen Tropfen Blut mehr in ihren Körpern gefunden."

Holmes stand, die Lupe in der Hand, bereits über eine lediglich angesengte Tote gebeugt. Die Leiche befand sich noch in vergleichsweise frischem Zustand. Ihr Leib war nicht aufgedunsen. Die blonden, schmutzigen Haare ohne erkennbare Frisur zeugten ebenso von ihrem niederen Stand wie das unvollständige Gebiss und die schwieligen, schrundigen Hände mit den bis zu den Nagelbetten abgenagten Fingernägeln. Ihre schief gewachsenen Füße waren sehr, sehr schmutzig. Von dem verhärmten Gesicht her hätte ich das Alter der Frau auf etwa vierzig Jahre geschätzt, doch die Haut an Bauch und Oberschenkeln verriet, dass sie ihren zwanzigsten Geburtstag nur um wenige Jahre überlebt haben konnte. Wäre nicht der hässliche, blaurote Fleck auf der Stirn gewesen, man hätte geglaubt, eine Schlafende vor sich zu haben.

Sorgsam, Zentimeter für Zentimeter, untersuchte Holmes die Beuge des intakten Armes. „Ganz eindeutig", konstatierte er. „Eine Punktion der mittleren Ellenbeugen-Vene."

„*Vena mediana cubiti*", ergänzte ich etwas besserwisserisch. „Der ideale Ort zur Blutentnahme."

„Soweit das noch feststellbar ist, ist das bei allen der Fall", erklärte Galsdale und hob den Arm eines toten Mannes, der das Feuer ebenfalls fast unversehrt überstanden hatte.

„Aber wieso haben sich die Opfer das gefallen lassen?", wollte ich wissen. „Wieso leisteten sie keinen Widerstand? Ich meine, wer lässt sich schon freiwillig sämtlichen Blutes berauben?"

Galsdale wusste Bescheid. „Diese Frage haben wir uns natürlich auch gestellt, Doktor Watson. Sämtliche Opfer wurden mit einem harten, stumpfen Gegenstand aus Holz – wir haben kleine Splitter gefunden – auf die Stirn geschlagen. Nicht so, dass der Schlag tödlich gewirkt hätte, das nicht! Sie wurden lediglich betäubt und mussten die Qual bis zum bitteren Ende durchstehen. Ihr Herz pumpte weiter das Blut aus ihren Wunden bis zum Exitus."

„Widerlich! Wirklich widerlich!" Lestrade war sichtlich entsetzt. Sein Gesicht war noch bleicher als das der Toten auf Galsdales Tischen. „Wer tut so etwas?"

„Ganz davon abgesehen, Lestrade, dass es Ihre Aufgabe wäre, das festzustellen, würde ich behaupten, dass hier ein Wissenschaftler am Werk war, der seine Forschungen nicht vor den zudringlichen Blicken der Öffentlichkeit betreiben will. Diese Unglücklichen hier …" Holmes zeigte in die Runde. „… waren zwar arm, aber im Großen und Ganzen gesund. Jemand brauchte offenbar ihr Blut, nichts anderes. Nur kam man noch nicht dazu, sie so sorgfältig zu verbrennen wie den unglücklichen Big Pete Lushing."

Eine Regung meiner Bauchhöhle brachte mich auf meine nächste Frage. „Doktor Galsdale, was hatten die Toten denn im Magen?"

„Das ist eine interessante Frage, Herr Kollege! Alle hatten sich schon tagelang vor ihrem Tod von wässrigen Gemüsesuppen ernährt. Linsen, Erbsen, Graupen, Möhren, in unzureichender Menge. Das, was in Armenküchen und Armenspitälern gemeinhin so ausgegeben wird." Sein Tonfall wurde sarkastisch. „Ein Teller pro Nase und Tag. Und Nachschlag gibt's nicht. Wenn Sie Hunger haben, gute Frau, beten Sie. Beten Sie! Ich habe selbst als Medizinstudent in solchen Anstalten das Essen ausgegeben. Kaum einer, der davon satt geworden wäre. Ich musste Menschen wegjagen, die sich vor Hunger kaum mehr auf den Beinen halten konnten. Die Frauen boten sich mir oft für eine Kelle Suppe mehr an. Meist wollten sie diese nicht einmal für sich selbst, sondern für das verhungernde Kind auf ihrem Arm. Der Gedanke an den Schmutz ihrer Leiber, der Geruch ihrer Kleider … Sie können mir glauben, so tief hätte ich niemals sinken können, von diesen Angeboten Gebrauch zu machen."

„Dann ist doch völlig klar, wieso diese Menschen sich freiwillig Blut abnehmen ließen. Da spricht vor der Armenküche ein vornehmer fremder Doktor jemanden, der nach der kostenlosen Mahlzeit hungriger ist als vor ihr, freundlich an und bietet, sagen wir, ein ganzes Pfund für einen halben Liter Blut. *Für die Wissenschaft*, erklärt er. Und weil die hungrige Person von da an nur noch an das Geld denkt und an das Essen oder den Schnaps, den man dafür kaufen kann, geht oder fährt sie brav mit ihm und lässt sich ebenso brav eine Nadel in den Arm stecken. Das Blut fließt in Strömen. Nach einer Weile wird dem Opfer schwindelig. Vielleicht beginnt es zu protestieren oder will sich die Nadel herausreißen. Da ist der vornehme fremde Doktor auf einmal gar nicht mehr so freundlich. Er selbst oder einer seiner Begleiter schlägt dem Aufbegehrenden mit einem hölzernen Gegenstand vor die Stirn. Knockout. Das Blut fließt weiter, bis das Herz zu schlagen aufhört."

Manchmal konnte Holmes auch recht gut romancieren, das musste ich ihm lassen.

„Lestrade!“

Der Polizist erschrak regelrecht, als Holmes ihn ansprach. „Mister Holmes?“

„Sie haben es gehört.“

„Was gehört?“

„Armenküchen! Suchen Sie die einschlägigen Etablissements der Stadt ab. Die Angehörigen dieser Toten hier haben ein Recht darauf, zu erfahren, was aus ihren Lieben geworden ist.“

„Ich fange sofort damit an!“ Und damit enteilte er, erleichtert, einen Vorwand gefunden zu haben, die Leichenhalle zu verlassen.

Holmes zog seine Taschenuhr hervor. „Doktor, unsere Zeit ist wie immer knapp bemessen. Wir danken für die reichhaltigen Informationen und werden Sie auf dem Laufenden halten. Watson, auf nach Wien!“

Wir verabschiedeten uns von Dr. Galsdale.

„Gute Reise!“, rief er uns noch hinterher.

Ich begann mich auf die Fahrt nach Wien zu freuen.

*

Am nächsten Morgen betraten zwei Herren mit Schweinslederkoffern in den Händen die Victoria Station mit der roten Fassade. Die Uhr zeigte Viertel vor zehn. Ein Zug der *London, Chatham and Dover Railway Company*, der die beiden nach Dover bringen sollte, wartete bereits.

Der eine Herr hatte eine Deerstalker-Mütze auf dem Kopf, der andere einen weichen Homburg-Hut, wie ihn der Prince of Wales* gerne trug. Beide hatten ihre Mäntel der Sommerhitze wegen über den Arm geworfen. Um genau 9.55 Uhr bezogen die beiden Herren ihr Abteil, hoben ihre Koffer in die Gepäckfächer über ihren Köpfen, ohne auf die Hilfe des Schaffners zu warten, und nahmen ihre Plätze ein. Kaum hatten sie sich niedergesetzt, ertönte die Pfeife des Stationsvorstehers. Nun war es genau 10.00 Uhr. Der Mann mit dem Homburg-Hut überprüfte es auf seiner Taschenuhr. Mit einem anerkennenden Kopfnicken über so viel Pünktlichkeit ließ er sie wieder in seiner Westentasche verschwinden.

Der Zug setzte sich mit einem ersten schweren Schnaufer in Bewegung. Dann kamen weitere Schnaufer, erst langsam, dann immer schneller, immer leichter. Einige Mitreisende winkten noch zum Abschied ihren auf dem Perron zurückbleibenden Angehörigen zu, meist Frauen mit ihren Kindern. Manche öffneten sogar die Fenster, um ihren Lieben so lange nachzuschauen oder ihnen mit weißen Taschentüchern Lebewohl zu winken, bis sie aus ihrem Blickfeld entschwanden.

Die beiden Herren waren natürlich Sherlock Holmes und ich, sein getreuer Chronist, und niemand nahm tränenreichen Abschied von uns. Kaum hatte der Zug seine Reisegeschwindigkeit erreicht, griffen wir – wir hatten ein Raucherabteil genommen – zu unseren Pfeifen. Da Holmes, wie meist auf Reisen, nicht sehr gesprächig war, nahm ich einen Roman, den Jules Verne 1886 geschrieben hatte: *The*

*Queen Victorias Sohn und Nachfolger Edward VII. (1841-1910)

*Clipper of the Cloud.** Er war bereits 1887 bei *Sampson & Low* in London erschienen, aber ich kannte ihn noch nicht. *Dracula* hatte ich bereits ausgelesen, wollte aber Holmes nicht durch die Wiederholung der Lektüre schon wieder Anlass zum Spott geben. Vernes Buch war ein spannender Roman um einen Luftschiffer, dessen Gefährt aus gepresstem Spezialpapier bestand. Nicht uninteressant. Holmes hatte auf den Buchrücken geschaut, aber nichts gesagt; wahrscheinlich hätte er mir viel lieber wieder etwas – seiner Meinung nach – Lehrreiches empfohlen.

Nach einer ereignislosen Fahrt zu der Dampffähre und nach einer nicht minder ereignislosen Überfahrt über den spiegelglatten Channel setzten wir unsere Reise am Nachmittag um 16.11 Uhr mit dem Oostende-Wien-Express in Richtung Köln fort. Wir hatten Schlafwagenabteile, und es gab einen Speisewagen mit ausgezeichneten Gerichten. So fehlte es uns an nichts, nicht einmal an Schlaf. Vierundzwanzig Stunden später stiegen wir bester Stimmung in Wien aus.

Wien empfing uns mit der gelassenen Würde und Herzlichkeit einer großen, eleganten Metropole. Diese wohl liebenswürdigste aller Städte des Kontinents ist ein barockes Kind der Levante. Die Straßen heißen *Gassen*, auch wenn sie von stattlicher Breite und von regem Verkehr durchtummelt sind. Die Geschäfte sind *Ladln*, die Wirtshäuser *Beisln*, ausgewiesen durch stockfleckige Schilder und in einer vergangenheitsschwangeren Hülle und Fülle vorhanden, mit exklusiv muffigem Interieur. Nicht zu vergessen das Café-

*Im Original *Robur-le-conquérant*, dt. *Robur der Sieger*.

haus, rotsamten gepolstert, worinnen der Wiener Bürger mit seinem *Mascherl*, dem ewigen *kleinen Braunen* und der ewigen *Kronen Zeitung** festgewachsen zu sein scheint und das im Kleinen dieselbe Eigenschaft aufweist wie das urbane Gebilde, von dem es umgeben ist, nämlich die eines von Mottenkugeldunst durchzogenen Kleiderschrankes. Ich finde es ganz dem Stil der Stadt entsprechend, wenn die Ballerinen der Staatsoper wegen ihrer süßspeisenbedingten Leibesfülle bei schnelleren Schrittfolgen wie aufgescheuchte Mastgänse durcheinanderhasten.

Für den Weg zum Hotel benutzten wir die Pferde-Bahn, die die Wiener wegen der Glocken um den Hals der Zugtiere *Glöckerl-Bahn* nennen. Elektro-Trambahnen – sogenannte *Elektrische* – wurden erst im Jahr unseres Besuches eingeführt.

Nirgends ist man den Menschen einer Stadt näher als in gemeinsamer Selbstverfrachtung. So gesehen bieten öffentliche Verkehrsmittel vielfältige Einblicke in die Volksseele. Was sich, oberflächlich betrachtet, als sittsames Dasitzen und leutseliges Raunzen dartut, gewinnt bei näherem Hinsehen und Hinhören aufregende Dimensionen. Die zwei alten Weiberln zum Beispiel, die ich beobachtete, als sie sich, mit vollen Einkaufskörben vom Naschmarkt heimkehrend, über ein freudiges Ereignis ausließen. Zuerst dachte ich an das Enkelkind, an sein erstes Lallen, den neuesten Milchzahn, gelungene Gehversuche oder dergleichen. Als die Begeiste-

*Hier bringt Watson etwas durcheinander. Die Kronenzeitung wurde erst 1900 gegründet.

rung ihren Höhepunkt erreichte, entschloss ich mich aufzupassen. Ich erfuhr, dass ein armer Teufel, womöglich einer ihrer Bekannten, von einem Haifisch zerrissen worden war.

„Vollständig zammg'fress'n hodan! Nua a Bluadfleg is auf'm Wasser g'schwomman!", wiederholte die eine ausdauernd, wobei sich die andere in wachsendem Maße gaudiert auf die Schenkel schlug.

Wien präsentierte sich uns im Festtagskleid, denn der Kaiser Franz Joseph feierte 1897 sein goldenes Thronjubiläum, das unsere geliebte Queen bereits zehn Jahre zuvor hinter sich gebracht hatte. Aus diesem feierlichen Anlass hatte man Wien eine besondere und, wie ich sagen muss, liebenswürdige Attraktion geschenkt. Man hatte im Vergnügungspark, der zwar Prater hieß, aber von allen Wienern nur *Wurstl-Prater* genannt wurde, weil man dort heiße Würstchen isst, ein Riesenrad errichtet. Ich darf nicht ohne Stolz vermerken, dass sich hinter diesem *man* drei Engländer verbargen, nämlich der Chefkonstrukteur Hubert Cecil Booth und die Ingenieure Basset und Hitchins. Am 3. Juli 1897 hatte sich das Meisterwerk zum ersten Male gedreht. Wenn man den Annalen Glauben schenken darf, war dies ein sehr heißer Sommertag. Nun, unter heißen Sommertagen litt in jenem Jahr auch London.

Wir stiegen im Stadtzentrum im Hotel Rottensteiner am Kärntner Ring ab, der in den Opernring übergeht und daher für Holmes die erste Wahl darstellte. Hofburg und Stephansdom befanden sich ebenfalls ganz in der Nähe, sodass ich hoffen konnte, auch meine touristischen Wünsche befriedigen zu können. Außerdem waren es vom *Rottensteiner* aus, so verriet uns ein Handzettel, nur einhundert Meter bis zu der Kunstsammlung Albertina.

Unser Hotel war ein beeindruckender Bau an einem großen Platz mit dem unvermeidlichen Denkmal davor. In der Empfangshalle drangen Gesprächsfetzen in allen europäischen Sprachen an unsere Ohren. Man hörte Deutsch, Ungarisch, eine Sprache, die wie Russisch klang, aber womöglich Tschechisch oder Kroatisch war, und sogar ab und an Englisch. Der Rezeptionist, ein kleiner, weißhaariger Herr mit heftigen Gesten, der von seinen Kollegen als *Herr Franz* angesprochen wurde, beherrschte es fließend, wenngleich mit drolligem Akzent. Allerdings war er erfreut, als Holmes ihn in seinem eleganten Deutsch ansprach.

Nachdem wir unsere Zimmer bezogen und uns etwas frisch gemacht hatten, gingen wir wieder zur Rezeption.

„Wir sollten uns nicht gleich auf die Suche nach Viktor Antrennewski stürzen“, meinte Holmes. „Erst möchte ich meinem Brieffreund Doktor Landsteiner meine Aufwartung machen. Zuvorderst müssen wir aber feststellen, wo er wohnt. Unsere Korrespondenz lief immer über das Hygienische Institut, wo Doktor Landsteiner als Assistent wirkt. Sein Chef Max von Gruber hat vergangenes Jahr eine höchst interessante Eigenschaft des menschlichen Blutes entdeckt. Er nennt sie *Agglutination*. Übrigens dürfte es Sie erfreuen zu hören, dass er diese Entdeckung zusammen mit einem englischen Kollegen machte, Herbert Edward Durham.“*

*Herbert Edward Durham, 1866-1945. Auf der Entdeckung der beiden gründet die moderne Serologie.

„In der Tat, das erfreut mich zu hören! Die Reichsdeutschen müssen ja nicht alles erfinden oder entdecken.“

Ich freute mich weiter, als Holmes sich noch einmal an den Rezeptionisten Herrn Franz wandte. „Bitte schön, Herr Franz, wenn man in Wien jemanden aufsuchen will, dessen Adresse man nicht kennt, was tut man dann?“

„Do gengans entweder zur Polizei, Herr Professor, Elisabethpromenade, oder ins Fremdenamt. Dort schreiben S' den Namen auf an Zett'l und Sie bekumman die Adress. Oder wann S' wiss'n, dass der G'suachte in Wien wohnhaft is, schlagen S' eam im Lehmann nach.“

„Das ist ein Adressbuch, nehme ich an?“

„Ganz recht, Herr Professor. Es is des Wiener Adressbuch schlechthin. Kummt aber leider aus'm Leykam-Verlag in Graz, in da Steiermark.“*

„Und wo finde ich einen solchen Lehmann, Herr Franz?“

„Hier bei mir“, antwortete der Rezeptionist, machte aber keine Anstalten, uns das Buch auszuhändigen.

Einen Moment lang herrschte peinliche Stille, bis ich hinter Holmes leise den Namen *Colthroy Prentiss* murmelte. Nun verstand auch Sherlock Holmes, legte ein paar Heller auf den Tresen und erhielt das Buch. Wiederum wurde er seltsamerweise als *Herr Professor* tituliert. Mir wurde keine Rangerhöhung zuteil, ich blieb der Herr Doktor. Weiß der Teufel, warum.

„Landbrunner, Landgren, Landmann, Landner, Land-

*Die Szene ist ein Zitat aus dem 1928 spielenden Roman *Der Sohn des verlorenen Sohnes* (1935) von Soma Morgenstern (1890-1976).

owski, Landsmann, Landson, Landsprot", murmelte er. „Landsteiner, Karl, Doktor med. Das ist er! Lazarettgasse. Da wohnt er!"

Holmes blätterte noch eine Weile in dem Buch, um es dann scheinbar unverrichteter Dinge zurückzugeben, und erbat sich ein Telegrammformular, mit dem er uns für denselben Abend bei dem Herrn Doktor anmeldete. Dann bestellten wir in dem prachtvollen Speisesaal erst einmal ein opulentes Abendessen, um gewappnet unserem Auftrag in Wien ins Auge sehen zu können.

Das Essen bestand aus österreichischen Spezialitäten, einer deliziösen Leberknödelsuppe, ferner Wiener Salonbeuschel mit einem Semmelknödel darin – es handelte sich um ein Gericht aus Rinderherz und -lungen – sowie Kaiserschmarren als Dessert. Dazu ließ Holmes eine Flasche Veltliner Weißwein kommen. Wenn er wollte, konnte er ein exquisiter Weinkenner sein. Meistens jedoch trank er normales Wasser.

Noch während wir beim Kaiserschmarrn saßen, kam die telegraphische Antwort Landsteiners.

„*Verehrter Mr Holmes, lieber Collega Watson! Kommen Sie unbedingt gleich heute Abend und bringen Sie guten Appetit mit. Ich habe meine Haushälterin angewiesen, Tafelspitz zuzubereiten. Er wird Ihnen zusagen! Vergessen Sie Ihre Geige nicht! Mit vorzüglicher Hochachtung, Landsteiner.*"

Holmes lächelte etwas müde. „Noch einmal Abendessen, Watson! Das dürfte Sie mehr als mich freuen."

Er winkte dem Kellner, der hier *Herr Ober* gerufen wurde, und ließ uns den Rest des Weines einschenken. Dann bestellte er noch Marillenlikör, eine weitere österreichische Spezialität.

„Das wird der Verdauung guttun, Watson. Wenn Landsteiners Haushälterin genauso viel mit Mehl und Sahne kocht wie der Küchenchef des *Rottensteiner*, wird unser Wien-Aufenthalt zur schieren Mastkur!"

„Ihnen, mein Freund, könnten durchaus ein oder zwei Pfund mehr auf den Rippen nicht schaden."

„Ich gebe zu, die letzte Zeit war anstrengend, und ich entbehrte manch eine Nacht des Schlafes. Aber *in medias res*: Was halten Sie von dem Telegramm?"

„Ich würde sagen, der Herr Kollege schickt selten welche, sonst hätte er sich kürzer gefasst. Er hält sich wortreich bei seiner Haushälterin auf, und *Mit vorzüglicher Hochachtung* ... das ist kein Telegrammstil."

„Ausgezeichnet, Watson, Sie machen sich! Aber das Wesentliche scheinen Sie zu übersehen."

„Nämlich?" Mein Bauch war damit beschäftigt, die Mehlspeisen zu verarbeiten. Das machte den Kopf träge, und ich hatte keine Lust, mich über das alte Spiel zu ärgern, bei dem ich regelmäßig geschlagen wurde.

„Erstens ist er offenkundig unbeweibt, sonst hätte er ja wohl die Kochkünste seiner Frau erwähnt. Sicher geht er völlig in seinen Forschungen auf. Und zweitens liest er offensichtlich Ihre Berichte. Ich habe ihm gegenüber mit keinem Wort erwähnt, dass ich Geige spiele. Daher werde ich mir vom Stehgeiger des Hotelorchesters ein Instrument leihen müssen. Offenbar wünschen der Herr Doktor nach dem Abendbrot ein wenig zu konzertieren. Aber was erspart uns Doktor Landsteiners Telegramm außerdem?“

„Elementar, Holmes! Wir brauchen keine Blumen für die Frau des Hauses mitzubringen.“

„Summa cum laude, Watson!“

Und schon war es Zeit, aufzubrechen. Eine Kutsche, die hier *Fiaker* heißt, brachte uns in gemächlichem Tempo in die Lazarettgasse zum gewünschten Haus.

„Hier wurde eingebrochen“, stellte Holmes nach dem Aussteigen, noch auf der Straße, mit einem kurzen Blick auf die Fenster in der Beletage fest. „Am linken Fenster ist anstelle der eingeschlagenen Scheibe neben dem Griff eine Holztafel eingesetzt.“

„Vielleicht war es auch nur ein Missgeschick der Bedienerin … wie sagt man hier? … der *Lurchkatz.*“

„Guter Watson! Immer nur das Beste annehmend.“

„So bin ich eben, Holmes. Ist doch nicht schlimm, oder? Schließlich sind Sie der Detektiv und müssen misstrauisch sein. Hören Sie! Jemand spielt Klavier.“

Die Klaviermusik brach ab, als Holmes den Klingelzug betätigte. Ein hünenhafter Mann, etwa dreißig Jahre alt, mit durchdringenden Augen unter buschigen Brauen und einem Schnauzbart mit herabhängenden Enden, öffnete uns; der Hausherr selbst.

„Herzlich willkommen, meine Herren!“, begrüßte er uns. „Landsteiner heiß’ ich. Treten S’ ein!“

Sein Händedruck war von einer schmerzhaften Festigkeit, fast wie der von Tiggle. Landsteiner führte uns in einen Salon, in dem ein riesiger Bechstein-Flügel mit geöffnetem

Deckel stand. Zerfledderte Noten deuteten darauf hin, dass er selbst bis zu unserem Eintreffen gespielt hatte.

Im Raum stand ein Esstisch, gedeckt für drei Personen. Die Vielzahl der Teller und Bestecke verhieß nichts Gutes … beziehungsweise *nur* Gutes!

„Kommen S' herein, meine Herren, und nochmals herzlich willkommen!"

„Danke, Herr Professor", sagte Holmes und wies auf die notdürftig reparierte Fensterscheibe. „Auch für die Einladung. Wurde Ihnen etwas gestohlen?"

„Naa, net der Rede wert", winkte Landsteiner gelassen ab. „Sie haben meine Papiere durchwühlt, aber die kann eh' keiner lesen. Meine Bojana hat sie rechtzeitig g'stört. Da sind s' ausg'wixt … abgehauen", übersetzte er, als er merkte, dass wir den Dialektausdruck nicht verstanden hatten. „Aber das soll den gemütlichen Abend nicht stören. So! Die Geige geben S' mir, bitte schön!" Vorsichtig legte er sie auf den Flügel.

Kaum hatten wir uns zu Tisch begeben, drückte Landsteiner eine elektrische Klingel, die aus dem Leuchter über dem Tisch hing. Daraufhin erschien eine kleine, noch junge, aber durch ihre Umfänglichkeit sehr mütterlich wirkende Frau in schwarzem Kleid, mit weißer Schürze und einem Krankenschwesterhäubchen, knickste und fragte etwas, das mit dem Wort *moschem* begann.

Landsteiner nickte. „Bojana kommt aus Böhmen, wie alle guten Wiener Köchinnen. Sie war's, die die Eindippler … die Einbrecher verjagt hat. Lassen Sie sich's schmecken!"

Es gab eine Rinderbrühe. Der Knödel darin füllte die Suppentasse fast ganz aus. Darauf folgte der angekündigte Tafelspitz, bei dem es sich um ein wunderbar zartes Stück aus der Unterschale handelte, und zum Dessert servierte Bojana Strudel. Wieder eine Mehlspeise, aber was für eine! Eine wienerwalzerweiche Köstlichkeit. Als Getränk hatten wir die Wahl zwischen einem Krug Bier nach Pilsener Brauart und einem Wein, der den seltsamen Namen *Kalterer* trug. Ich hielt mich an das Bier. Landsteiner trank lediglich ein Glas Wein, ansonsten nur Wasser, und sprach nur das Nötigste. Nur einmal gestattete er sich eine Bemerkung, als er mir den Krug ein zweites Mal mit Bier füllte.

„Seit es diese Kühlmaschinen gibt, ist es kein Problem mehr, ein anständiges Pilsener zu brauen, selbst wenn man keine Katakomben zum Kühlen zur Verfügung hat. Haben natürlich die Reichsdeutschen erfunden. Carl von Linde. Typisch! Schmeckt aber trotzdem."

Da musste ich ihm recht geben. Ein Kaffee mit einem Sahnehäubchen darauf beendete das Essen. Ich befand mich nach meiner zweiten Mahlzeit innerhalb von zweieinhalb Stunden in einem geradezu komatösen Zustand. So war es mir sehr recht, als Landsteiner zum Flügel hinüberging und Holmes den Violinkasten reichte, während Bojana abtrug. Sie lächelte mir schüchtern zu, als sie meinen Teller nahm.

Dankbar lächelte ich zurück. „Ausgezeichnet!"

Sie verstand wohl nicht gleich, denn sie blickte ihren Herrn fragend an. Der sagte etwas auf Böhmisch, mit vielen tsch-Lauten. Erfreut knickste Bojana und ging mit einem Tablett voller leerer Teller hinaus.

„Was halten S' vom Violinkonzert Nr. 3, d-moll von Max Bruch?",* fragte Landsteiner nun.

Holmes nickte. „Ein schönes Werk!" Dann stimmte er die geliehene Violine und spielte das Stück virtuos vom Blatt.

Landsteiner begleitete ihn. Er brauchte keine Noten, sondern improvisierte die Begleitung, aber vollkommen unaufdringlich. Ganz offensichtlich verfügte er über das absolute Gehör. Es war so wundervoll, dass ich keine Sekunde geneigt war, meinem vollen Magen nachzugeben und die Augen zu schließen.

„Bravo!", entfuhr es mir, als die beiden fertig waren.

„Das Lob gebührt Sherlock Holmes, Collega, ich bin ja nur ein kleiner Klavierdibbler,** der ein bisserl akkompagniert hat. Ja, schön war's!", erwiderte er und klappte den Deckel über der Tastatur herunter. „Aber bevor wir uns jetzt noch eine schöne Zigarre gönnen, möchte ich Sie noch um etwas bitten, Collega."

Er trat zum Bücherschrank, öffnete die Tür und räumte ein ganzes Brett mit medizinischer Literatur leer. Dahinter kam eine Reihe Zeitschriften zum Vorschein, an deren bläulichen Umschlägen ich das *Strand Magazine* erkannte.

„Mein geheimes Laster, Collega. Braucht ja niemand zu wissen. Aber wenn Sie so freundlich wären. Hier!" Er hol-

*Max Bruch, 1838-1920; Sherlock Holmes liebte diesen Komponisten, vgl. *Sherlock Holmes und der stumme Klavierspieler* aus meinem Erzählband *Sherlock Holmes und Old Shatterhand* (BLITZ 2011). In dieser Geschichte spielt Holmes Bruchs Violinkonzert Nr. 1 g-moll.

**Klavierspieler, scherzhaft.

te ein zerlesenes Heft aus dem Schrank. „*Scandal in Bohemia.* Wenn Sie's mir signieren tät'n. Ist mein Lieblingsstück! Hier ham S' eine Feder."

Dr. Landsteiner zum Dank für ein vortreffliches Mahl und ein meisterhaftes Konzert, schrieb ich – wegen meiner unsicheren deutschen Rechtschreibung vorsichtshalber auf Englisch. Zum Schluss setzte ich noch meine Unterschrift und das Datum hinzu.

„Aber verzählen Sie es niemandem. Man wird sonst sehr schnell schief angesehen in Kreisen der Ärzteschaft."

„Was glauben Sie, wie schief ich oft angesehen werde, lieber Doktor", antwortete ich wiederum auf Englisch, weil auch mein gesprochenes Deutsch bei Weitem nicht so perfekt war wie das von Sherlock Holmes.

Als weltläufiger Mann verstand der Doktor mich. Danach entließ er die Haushälterin für den heutigen Tag. „Ich brauche Sie dann nicht mehr, Bojana. Dobrou noc!"

Bojana knickste und verschwand, nicht ohne mir noch einmal ein Lächeln zu schenken, mit dem eine Mutter ihren Buben lobt, der brav seinen Teller leer gegessen hat.

Landsteiner schenkte Cognac in große Schwenker. Der Rest des Abends bestand aus Fachsimpelei über Blut und Seren, die meistenteils von Sherlock Holmes und dem Doktor bestritten wurde. Ich hielt mich im Bewusstsein, nur geringe Kenntnisse auf diesem Gebiet zu besitzen, zurück. Einige Sätze schrieb ich mir am nächsten Morgen in mein Notizbuch.

„Leider ist es bis jetzt nicht möglich, Blutspuren eindeutig dem menschlichen oder tierischen Bereich zuzuordnen. Wildiers arbeitet dran, aber bis jetzt noch ohne Erfolg."

„Ja, der hat noch keinen Erfolg gehabt, der Wildiers. Aber eines Tages wird es möglich sein, eine Blutprobe einem bestimmten Menschen zuzuordnen. Und man wird Bluttransfusionen vornehmen können, wenn das Blut erst einmal kategorisiert ist."

„Das ist unmöglich", entfuhr es mir. „Ärzte, die einem Patienten aufs Geratewohl Blut von anderen Menschen oder gar von Schafen oder Schweinen injizieren, sind keine Mediziner, sondern Mörder. Nach dem heutigen Kenntnisstand ist allein der Versuch Wahnsinn!"

„Nicht ganz, Collega", erklärte Landsteiner. „Nicht ganz. Man kann natürlich nicht jedes Blut zusammenführen. Wenn's das falsche ist, agglutiniert's, und wir haben einen Patienten weniger. Wenn's aber das richtige ist ..."

„Wie wollen Sie denn wissen, wann es das richtige ist?"

„Ich stehe kurz vor dem Durchbruch, Doktor Watson. Einige Versuchsreihen müssen wir allerdings noch durchführen. Vorher können wir nichts veröffentlichen. Aber erzählen Sie's bitt'schön noch nicht 'rum."

„Ich bitte Sie, Herr Kollege! Ich würde mich ja lächerlich machen!"

„Ich muss meinem Freund widersprechen, Doktor Landsteiner", hob mein Freund an. „Ihre Forschungen werden die Gerichtsmedizin revolutionieren. Wie oft nahm die Polizei schon Menschen mit blutbefleckter Kleidung in Gewahrsam, konnte sich aber nicht sicher sein, ob sie in der Tat einen Mörder vor sich hatte. Das Blut konnte Tierblut sein, von dem Betreffenden selber stammen oder von einer anderen Person. Immer muss umständlich, durch Indizien, bewiesen werden, ob und welche Schuld hier vorliegt. Ein wissenschaftlicher Beweis wäre ein Segen."

„Sehen S', meine Herren, das denke ich auch. Deshalb habe ich mit diesen Forschungen angefangen. Aber von der Kriminologie einmal abgesehen; wenn man Kranken damit helfen kann, das wäre auch nicht schlecht. Eines Tages wird es dem Arzt nämlich möglich sein, dem Patienten zu sagen: *Zeige mir dein Blut, und ich sage dir, was dir fehlt.* Ich will nicht zu viel versprechen, aber dann wird es möglich sein, das menschliche Blut zu kartographieren, wie man den Ozean kartographiert oder die Wüste oder den Himalaya, und man wird sagen können: *Hier ist eine Abweichung von der Norm, die den Patienten krank macht.* Der Tag ist nicht mehr allzu fern, da bin ich ganz optimistisch! Es ist ein relativ einfaches serologisches Problem. Nur lösen muss man's halt noch."

„Ich fürchte, Professor, es gibt jemanden auf der Welt, der dieses Problem schon weitgehend gelöst hat. Aber er ist ein Verbrecher. Ich könnte mir denken, dass er auch hinter dem Einbruch in Ihr Arbeitszimmer steckt."

„Das ist der Lauf der Wissenschaft, Mister Holmes. Der eine forscht jahrzehntelang und bringt's zu nichts, und ein anderer braucht nur seine Nase in die Materie zu stecken und findet alles auf Anhieb wie von selbst heraus. Da kann man nichts machen. Aber erzählen S' doch! Wer ist der Glückliche?"

Ich war erstaunt über die Gelassenheit dieses großen Mannes.

Holmes skizzierte ihm unter dem Siegel der Verschwiegenheit in groben Zügen unseren aktuellen Fall und erwähnte auch die Methoden, mit denen Antrennewski – dessen Namen er allerdings nicht nannte – seinen Sohn und seine Tochter von der Hypertrichose zu heilen versuchte.

„An Ihrer Theorie ist etwas dran, Mister Holmes. Da scheint mir ein wahrhaftig Verrückter am Werk zu sein. Vielleicht waren die Einbrecher tatsächlich hinter meinen Forschungen her. Aber wie gesagt, lesen kann nur ich meine Schrift, und das auch nicht einmal immer. Und das meiste habe ich ohnehin im Kopf. Aber ich werde mich umhören. Wenn ich etwas erfahre, telegraphiere ich Ihnen. Nehmen Sie sich in Acht! Die Sache scheint mir gefährlich. Na, der Collega Watson hat ja sicherlich seinen Webley dabei."

Ich nickte, musste aber im Stillen daran denken, dass die Waffe wohlverschlossen im Koffer im Hotel Rottensteiner lag.

Es war spät in der Nacht oder besser früh am Morgen, als wir Landsteiners von Zigarren- und Pfeifenrauch geschwängerte Räume nach einem herzlichen Abschied verließen.

„Und tausend Dank für das schöne Konzertieren, Mister Holmes. Es war ein Genuss!"

„In der Tat", meinte Holmes charmant. „Wenn Sie nicht Wissenschaftler geworden wären, Doktor Landsteiner, welch ein Pianist hätte aus Ihnen werden können."

„Ein armer Caféhaus-Musikant wahrscheinlich. No, so ist es auch gut. Leben Sie wohl, Mister Holmes! Collega! Eine geruhsame Nacht zu wünschen. Und viel Erfolg beim Kriminalisieren!"

„Item“, antwortete ich. „Und danken Sie noch einmal Ihrer reizenden Hausdame für das exzellente Essen.“

„No, mir scheint, Ihnen hat es gar nicht geschmeckt, so viel wie Sie übrig gelassen ham!“

„Keineswegs, es war ausgezeichnet! Bojana scheint von Messer und Gabel gezeugt worden zu sein, wenn ich so sagen darf.“

„Ich werd's ihr ausrichten. Allerdings mit anderen Worten, sonst kündigt sie mir noch. Sie ist etwas eigen, die treue Seele. Meine Herren!“

Auf dem Heimweg dachte Holmes laut über den zurückliegenden Abend nach. „Der Einbruch bei Landsteiner scheint mir nicht von ungefähr zu kommen. Antrennewski scheint schon da zu sein. Er bildet eine klare und höchst präsente Gefahr.“

Ich antwortete nicht, denn das war mir wegen meines vollen Magens herzlich egal, und ich würde seinetwegen lange nicht einschlafen, das wusste ich schon beim Zubettgehen. Als ich endlich doch etwas Schlaf fand, träumte ich von Wölfen in Menschengestalt, die sich in unserem Wohnzimmer in der Baker Street herumtrieben und Mrs Hudson in Angst und Schrecken versetzten.

*

Ich hatte wenig Erholung gefunden, da musste ich auch schon wieder aufstehen. Holmes' energisches Klopfen weckte mich aus meinen wilden Träumen. Wie immer bester Laune, wollte er mich zum Frühstück abholen. Rasch erledigte ich die Morgentoilette. Ich musste meine zerzausten Haare nur mit etwas Pomade bändigen, dann konnte der Tag beginnen.

„Die Wiener verstehen einen exzellenten Kaffee zu kochen", informierte Holmes mich, während ein junger Kellner, der aber nicht *Herr Ober*, sondern *Schani* hieß, meine Tasse füllte.

Der Geschmack der Butterhörnchen und des Honigkuchens war angetan, mein Herz mit Vorfreude auf den Tag zu erfüllen.

„Wir haben noch etwas Zeit, Watson. Mycrofts Wiener Vertrauensmann, Oberst Neundlinger, erwartet die Herren Reeman und Moser aus London erst um zehn Uhr in der Hofburg. Das Evidenzbureau verfügt, wenn man meinem Bruder Glauben schenken darf, über keinerlei eigene Räumlichkeiten zum Empfang von Besuchern."

„Reeman und Moser?"

„Alias Holmes und Watson. Sie wissen doch um Mycrofts pathologische Geheimnistuerei."

„Wenn dieses Evidenzbureau über keine eigenen Räumlichkeiten verfügt, bleibt uns wenigstens ein so ungastliches Besucherzimmer erspart, wie es der Diogenes Club sein Eigen nennt. Und die Hofburg gehört zu den Sehenswürdigkeiten, die man gesehen haben muss."

Dann biss er in ein Butterhörnchen mit Marillenmarmelade, während ich mir ein Stück Schokoladenkuchen schmecken ließ.

Nach dem Frühstück brachte uns ein Fiaker zum Regierungsviertel. Unser Ziel, das Hofkriegsratsgebäude, lag *Am*

Hof, in unmittelbarer Nähe der Hofburg und aller wichtigen Ministerien, nur unweit vom Stephansdom. Wir waren erstaunt, dass wir einfach in den Hof eines solch wichtigen Gebäudes hineinmarschieren konnten. Erst an einem Portal stand ein Posten.

„Reeman und Moser", stellte uns Holmes, wie immer in bestem Deutsch, aber mit falschen Namen vor. „Zu Oberst Neundlinger, bitte schön."

Der Soldat salutierte nachlässig und zog an einem Klingeldraht. Irgendwo läutete eine Glocke. Wenige Augenblicke später erschien ein Offizier hinter der Tür.

„Die Herrschaften Reeman und Moser, Herr Leutnant", meldete der Posten. „Zum Herrn Oberst."

Der Leutnant nickte. „Kommen S' bitt'schön mit, meine Herren!", bat er mit einer einladenden Geste. „Der Herr Oberst erwartet Sie bereits."

Wir wurden über eine steinerne Treppe zu einer Tür geführt. Der Leutnant klopfte und meldete uns an. „Herr Oberst, die Herren aus England wären dann da!"

Oberst Neundlinger erhob sich. „Bitt'schön, treten S' näher!"

Der Leutnant wartete, bis wir eingetreten waren, und schloss die Tür hinter uns. Es war ein Dienstzimmer, das wie alle militärischen Dienstzimmer in der Welt aussah. Von einem Porträt an der Wand blickte streng und weise Seine backenbärtige Majestät Kaiser Franz Joseph I. auf uns hernieder. Die Tür zu einem Nebenzimmer stand offen. Ein Offizier marschierte murmelnd darin auf und ab. Er war beim Diktieren. Als er unserer ansichtig wurde, nickte er uns zerstreut zu. Neundlinger war ein kräftiger Mann mit scharf geschnittenen Zügen und einer Glatze. Seine Uniform stand ihm tadellos, sein Tschako hing an einem Kleiderständer hinter der Tür. Etwas irritierend war seine unmilitärische Haltung, denn er rauchte eine Zigarette. Offenbar war man in Wien – oder zumindest in den geheimen Ämtern der Stadt – etwas weniger streng, was das Verhalten der Soldaten Zivilisten gegenüber betraf.

Neundlinger begrüßte erst Holmes, dann mich auf Deutsch. Sein Händedruck war fest und trocken. „No", begann er, zu mir gewandt, „Ihnen gefällt es ja anscheinend bei uns in Wien. Sie scheinen ja heute Morgen ein inniges Rencontre mit einem Mohr im Hemd gehabt zu haben, wenn ich so sagen darf."

„Wie meinen Herr Oberst?", antwortete ich irritiert auf Deutsch. „Mohr? Neger?"

Neundlinger lachte. „Nein, Doktor Watson, nicht mit einem Neger. Wenn Sie bei uns *neger* sind, sind Sie pleite. Das wollen wir doch nicht hoffen! Ein *Mohr im Hemd* ist ein Schokoladenkuchen mit Schokoladensoße und Sahne, von denen ich noch Reste in Ihrem Schnurrbart, an Ihrem Kragerl und sogar am Stietzerl erkennen kann. An der Manschette Ihres Oberhemdes. Von der Weste ganz zu schweigen. Also, wenn es Ihnen nicht geschmeckt hat, dann weiß ich auch nicht. *Elementar!*, würde unser Mister Holmes hier sicher jetzt sagen!"

Holmes nickte anerkennend, und ich gab mich geschlagen. Offenbar verfügte auch die österreichische Armee über Beobachtungstalente vom Schlage meines Freundes.

„Famos, lieber Oberst! Sie haben ja Adleraugen." Etwas Dümmeres fiel mir nicht ein.

„Ein kleines Hobby von mir. Aber lassen wir das! Ich glaube, ich habe interessante Nachrichten für Sie, meine Herren." Er streckte den Kopf ins Nebenzimmer, wo sich der andere Offizier aufhielt, und rief: „Kommen S' rein, Pospischil!"

Der Offizier kam herum und stand stramm.

„Hauptmann Pospischil, meine rechte Hand. Sherlock Holmes und Doktor Watson aus England."

Der Hauptmann salutierte und schüttelte uns die Hände. „Sährr erfrräut", schnarrte er in noch seltsamerem Deutsch, als Neundlinger es sprach.

„Hauptmann Pospischil ist Böhme", erklärte Neundlinger. Anscheinend sollte das seinen Akzent erklären.

„Er hat wichtige Entdeckungen gemacht. Eigentlich sind wir ja nur für serbische Nihilisten und ungarische Diversanten in den Reihen der k und k Armee zuständig, aber der Name Ihres Herrn Bruders, Mister Holmes, ist so gewichtig, dass wir da eine Ausnahme gemacht haben. Net woar, Pospischil?"

„Gehorsamst, das ja!",* schnarrte der Böhme.

„Ja, dann rapportieren Sie! Nur keine Angst!"

„Gehorsamst, das ja!", schnarrte der Böhme noch einmal, bevor er sich räusperte. „Also, wir haben uns umgehört, vor

*Bevor jemand hier ein fehlendes s vermutet: Fritz Muliars Lebenserinnerungen heißen tatsächlich *Melde gehorsamst das ja* (2003), und deshalb meldet auch Pospischil so.

allem bei der Fremdenpolizei. Es sind in der Tat viele Personen von den Britischen Inseln in der Stadt. Viel zu viele, um genau zu sein. Kaum zu überschauen! Aber ein paar sind uns doch aufgefallen, wegen verschiedener Sachen, die auch in der Anfrage aus London gestanden haben. Chemikalien, Tiere und so weiter. Die von Ihnen gesuchten Personen sind mit dem Circus Royal aus England gekommen. Der Circus löste sich in Wien auf, und die Gesuchten zogen dann in das Palais Walderhoff, welches schon vor einiger Zeit gemietet und eingerichtet worden war.“ Er schlug sein Notizbuch auf. „Februar vorigen Jahres. Das Palais wurde von einem verdächtigen Subjekt aus Russland angemietet, das seither unter Beobachtung steht. Trichinin heißt der Bankert. Ein ganz schöner Halodri!“

„Schürzenjäger“, übersetzte Neundlinger.

„Klein.“ Pospischil gab mit einer Geste zu verstehen, dass ihm das verdächtige Subjekt lediglich bis zur Brust reichte. „Aber so breit.“ Mit einer weiteren Bewegung deutete er an, dass der Beschriebene das Format eines mittleren Schrankkoffers haben musste. „Und raucht wie ein Schlot“, ergänzte Pospischil. „Verzeihung, Herr Oberst!“

„Scho recht! Pospischil meint, dass ich selber qualme wie eine Esse.“

„Gehorsamst das ja!“, fuhr Pospischil fort, ohne sich irre machen zu lassen. „Einige der Artisten des Circus Royal treten jetzt im Etablissement Ronacher in der Inneren Stadt auf.“

Holmes hob fragend den Kopf.

„Zwischen Himmelpfortgasse, Seilerstätte und Schellinggasse“, erläuterte Neundlinger.

Pospischil berichtete noch einige Dinge von geringerem Belang, dann schaute er uns erwartungsvoll an.

„Ich denke“, begann Holmes, „dass ich mich zunächst einmal unter den Artisten des Etablissements umhören werde. Vielleicht werde ich mich selber als Artist ausgeben. Und dann werden wir uns des Palais Walderhoff annehmen.“

Neundlinger griff zu einem Queue, der an seinem Schreibtisch lehnte, und trat zu einem Stadtplan, der mit Reißbrettstiften an der Wand befestigt war. „Es befindet sich genau hier!“

„Können Sie es überwachen lassen, Herr Oberst?“

„Bedaure, aber dazu fehlen mir die Leute. Wir sind insgesamt nur zwölf Mann. Schreibstubenhengste, wenn S' verstehen. Innendienst. Seltenst operative Einsätze.“

„Ich verstehe. Aber wir können im Ernstfall auf Sie zählen?“

„No selbstverständlich, Mister Holmes! Rufen Sie einfach an. Meine Nummer ist leicht zu merken, dreimal die Sechs.“

„Ein fürwahr satanischer Einfall, Herr Oberst.“

„Net woar? War aber nicht meiner. Das Wiener Telephonamt scheint sich einen kleinen Scherz mit uns erlaubt zu haben. Mir is des allerdings wurscht … gleichgültig!“, setzte er erklärend hinzu, weil er sich denken konnte, dass Holmes und ich unter *Wurst* etwas Essbares verstehen würden.

„Dann dürfen wir uns bedanken und Ihnen ein herzliches *Serwas!* zurufen, Herr Oberst. Herr Hauptmann!“

Nachdem wir den Salut der beiden entgegengenommen hatten, verließen wir das Amt.

„Wie sollen wir denn anrufen, wenn Not am Mann ist?“, wollte ich wissen. „Wie stellt dieser Neundlinger sich das vor?“

„Wir müssen uns eben rechtzeitig bei unserem Herrn Franz über das Fernsprechnetz Wiens informieren“, antwortete Holmes. „Aber Neundlinger hat uns ja schon sehr weitergeholfen. Immerhin wissen wir genau, wo der Feind steckt.“

„Aber wie gelangen wir zu ihm?“

„Lassen Sie das meine Sorge sein, Watson. Warten Sie im Hotel auf mich“, beschied mir Holmes auf der Straße. „Übrigens, heute Abend dirigiert Gustav Mahler in der Hofoper Wagners *Lohengrin*. Interesse?“

„Holmes! Die Abende in Wien sind doch so schön. Soll man sie sich wirklich dadurch verderben, dass man zuhört, wie sich bärtige Heldentenöre und dicke Sopranistinnen vier oder fünf Stunden lang aus vollem Halse ansingen? Außerdem mag ich Wagner nicht. O Wotan, weiche von mir!“

„Wenn Sie erlauben, werde ich mir dieses Ereignis nicht entgehen lassen. Bis dahin werde ich mich ein wenig unauffällig unter die Artisten in diesem Etablissement mischen. Wir sehen uns dann im Hotel.“

„Sie brauchen mich also nicht? In diesem Falle macht das nichts. Ehe ich mich in ein Trikot zwänge und auf dem Hochseil balanciere, ziehe ich mich lieber vornehm zurück. Ich warte dann wie vereinbart im Hotel auf Sie oder hinterlasse Nachricht beim Herrn Franz.“

„So soll es sein. Good luck, old chap!“

*

Ich konnte mein Glück gar nicht fassen. Holmes hatte mir ein paar Stunden freigegeben! Frohen Mutes ging ich zu Fuß durch die schöne Stadt, nicht ohne noch in einem der vielen Caféhäuser einzukehren. Ich bestellte einen Mokka in einem Henkelglas, den mir der Herr Ober als *Einspänner* empfahl. Erst glaubte ich, er kenne mich, denn er sprach mich mit *Herr Doktor* an. Dann aber wurde mir klar, dass er das wahrscheinlich bei allen Herren meines Alters, meiner Statur und meiner Haltung tat. Seltsam, dieses Wien!

Der Mokka im *Einspänner* wurde durch eine dicke Sahnehaube hindurch getrunken. Sicherlich hing die ganze Sahne in meinem Schnurrbart.

Mein Naschkaterchen, hätte meine Mary jetzt gesagt, wenn sie mich hätte trinken sehen. Dann hätte sie mir die Sahne mit ihrem Taschentuch abgewischt. Wäre sie eine Wienerin gewesen, hätte sie mich bestimmt ihr *Zuckergoscherl* genannt. Ach, Mary …

Apropos Zuckergoscherl! Bald ertappte ich mich dabei, wie ich den üppigen Mamsells nachschaute, die zum Einkaufen gingen oder von dort kamen. Bei der Rückkehr ins Hotel übergab mir Herr Franz einen Brief, auf dem lediglich mein Name stand. Neugierig riss ich ihn auf.

Verehrter Dr. Watson, stand da in einer zierlichen, eleganten Frauenschrift, *bitte kommen Sie in einer lebenswichtigen Angelegenheit um 16.00 Uhr vors Café-Restaurant Frauenhuber in der Himmelpfortgasse. Sagen Sie aber um Himmels willen kein Wort zu Sherlock Holmes! Irene A.*

„Wer hat denn abgegeben Brief?“, wollte ich in meinem schlechten Deutsch wissen.

„Eine verschleierte Dame“, antwortete Herr Franz. „Sie schien sehr besorgt zu sein.“

„Hat sie genannt Namen?“

„Nein, leider nicht, Herr Doktor.“

Ich dankte und ging aufs Zimmer. Das war merkwürdig. Bei Irene A. konnte es sich nur um Irene Adler handeln, jene amerikanische Opernsängerin, von der Sherlock Holmes stets nur als *der Frau* sprach. Sie hatte 1888 den König von Böhmen, mit dem sie in einer Mesalliance verbunden gewesen war, zu erpressen versucht. Sherlock Holmes hatte das inkriminierende Foto wiederbeschafft, doch nur nach so vielen Mühen, dass er Irene Adler seither als ebenbürtige Gegnerin betrachtete. Ich habe unter dem Titel *Skandal in Böhmen* von dem Fall berichtet.

Mein erster Gedanke beim Lesen war: *Das ist eine Falle!* Dann aber beruhigte ich mich mit dem Gedanken, dass Irene Adler mit dem vorliegenden Fall absolut nichts zu tun haben konnte. Hier ging es um Medizin, nicht um Erpressung und Spionage. Außerdem stand es mir als Gentleman schlecht an, mich kurzerhand über den erklärten Wunsch einer Lady nach Diskretion hinwegzusetzen und meinem Freund den Brief zu zeigen oder ihn um Rat zu fragen. Andererseits wusste ich aus meinem Baedeker, dass das 1824 gegründete *Frauenhuber* sich rühmte, das älteste Caféhaus Wiens zu sein. Was sollte mir an einem solchen Ort schon passieren? Die Himmelpfortgasse, so entnahm ich meinem Stadtplan, befand sich ganz in unserer Nähe, in Richtung

Stephansdom. Befand sich nicht in der Nähe der Himmelpfortgasse auch das Etablissement, welches Holmes aufsuchen wollte?

Erst einmal widmete ich mich dem Mittagessen. Trotz der doppelten Portionen am Vorabend und trotz der vielen Sahne auf dem *Einspänner* plagte mich schon wieder mein Appetit, und ich ließ mir ein Wildgulasch mit Klößen und eine Flasche Wein schmecken. Während des Essens kam mir die Idee, wie ich das eine tun konnte, ohne das andere zu lassen. Ich würde Holmes ganz einfach eine Nachricht mit meinem Aufenthaltsort hinterlassen, Irene Adler aber nicht erwähnen. So würde er wissen, wo er mich notfalls finden könnte, aber das Geheimnis der Lady bliebe gewahrt.

Ich schrieb auf eine leere Seite meines Notizbuches die kurze Notiz. *Ab 16.00 Uhr auf einen Einspänner im Café Frauenhuber, Himmelpfortgasse. W.* Ich riss das Blatt heraus, steckte es in einen Umschlag mit dem Aufdruck unseres Hotels, schrieb noch Holmes' Namen darauf und übergab ihn Herrn Franz zu treuen Händen. Dann machte ich mich wieder auf den Weg durch das sommerliche Wien.

Die Himmelpfortgasse war bequem zu Fuß zu erreichen. Unterwegs hielt ich Ausschau nach einem Artisten, der Sherlock Holmes hätte sein können, begegnete aber keinem. Kurz vor 15.00 Uhr stand ich bereits vor dem Caféhaus mit seinen Bogenfenstern und sah mich um. Ich ging ein wenig vor dem Lokal auf und ab, bis ein Gendarm misstrauisch zu schauen begann. So betrat ich das Café, um einen weiteren Kaffee zu trinken.

Einige Damen mit großen Hüten hatten sich, natürlich

in Herrenbegleitung, ebenfalls zu einem Kaffee eingefunden, doch keine von ihnen erinnerte auch nur im Entferntesten an Irene mit ihrer schlanken, hohen Gestalt. Hier waren eindeutig nur Einheimische.

„Warten ... Dame verspätet", versuchte ich dem befrackten Herrn Ober meine Wünsche klarzumachen, worauf er mich an ein kleines Tischchen am Fenster neben der Eingangstür führte. Von hier aus konnte ich die Straße überblicken. Wenn Irene erscheinen würde, müsste ich sie kommen sehen. Bis sie käme, würde ich Zeit zum Beobachten des Publikums haben. Eine Tätigkeit, die mir immer das größte Vergnügen bereitet.

Die meisten Herren, die hier saßen, lasen Zeitung, einige schrieben, einer deklamierte lauthals Verse. Zwei saßen gesenkten Hauptes vor einem Schachbrett. Sie schienen eingenickt zu sein. Drei andere in langen Gehröcken, mit herabhängenden Bärten, diskutierten umso hingebungsvoller und gestenreicher miteinander. Dabei bedienten sie sich eines noch seltsameren Deutschs als die übrigen Wiener. Immerhin verstand ich mehrfach den Namen *Herzl* und das Wort *nebbich*. Wahrscheinlich waren es Juden. So also klang Jiddisch.

„*Eine* Einspänner", bestellte ich, als mich der Herr Ober mit dem seltsamen Ausdruck *Schon befohlen?* nach meinen Wünschen fragte. „Und *das* Zeitung, bitte sehr!" Ich gedachte, die Wartezeit damit zu verkürzen, meine Deutschkenntnisse zu vertiefen.

„Sehr wohl, Herr Doktor!"

Er brachte mir erst ein Blatt an einer Holzstange, dann

den Einspänner. Ab und an trank ich etwas Mokka, während ich diese grässliche deutsche Sprache zu entziffern versuchte, die Holmes so elegant beherrschte.

Ein durchschnittlicher Satz in einer deutschen, zumal einer österreichischen Zeitung ist eine erhabene, eindrucksvolle Konstruktion; er nimmt ein Viertel einer Spalte ein und besteht hauptsächlich aus zusammengesetzten Wörtern, die der Verfasser an Ort und Stelle gebildet hat, sodass sie in keinem Wörterbuch zu finden sind. Es sind sechs oder sieben Wörter zu einem zusammengepackt, und zwar ohne Gelenk und Naht. Ein berühmtes Beispiel ist das „Donaudampfschifffahrtskapitänskajütenfenster", mit dem all jene, deren Muttersprache das Deutsche ist, allen anderen, deren Muttersprache das Deutsche nicht ist, jederzeit die allergrößte Pein bereiten können.

Der Autor eines Zeitungsartikels ist ein ausgewiesener Sadist – nur ohne Peitsche. Er behandelt vierzehn oder fünfzehn verschiedene Themen, von denen jedes in seine eigene Parenthese eingeschlossen ist, und jeweils drei oder vier dieser Parenthesen werden hier und dort durch eine zusätzliche Parenthese abermals eingeschlossen. Schließlich werden alle diese Über- und Unterparenthesen in einer Hauptparenthese zusammengefasst, die in der ersten Zeile des majestätischen Satzes anfängt und in der Mitte seiner letzten Zeile aufhört – und danach kommt das Verb, und man erfährt zum ersten Mal, wovon die ganze Zeit die Rede war; und nach dem Verb hängt der Verfasser noch *haben sind gewesen gehabt haben geworden sein* oder etwas dergleichen an – fertig. Eine deutsche Zeitung zu lesen und zu verstehen wird für den Ausländer wohl immer eine Unmöglichkeit bleiben.* Wie einfach und übersichtlich ist dagegen das Lateinische!

Ohne einen einzigen Artikel der Zeitung auch nur im Entferntesten zu verstehen, leerte ich nicht nur den zweiten Einspänner des Tages, sondern auch das Glas Wasser, das der Kellner unaufgefordert neben das Henkelglas gestellt hatte. Über meine verzweifelten linguistischen Bemühungen vergaß ich völlig die Zeit. Ein Blick auf die Uhr verriet mir, dass es bereits fünfzehn Minuten nach vier war. Ich hatte gerade die Uhr wieder eingesteckt und überlegte, was zu tun sei, da erschien ein Page mit einer Tafel und läutete leise, aber doch unüberhörbar mit einem Handglöckchen. *Dr. Votsom* war mit Kreide auf die Tafel geschrieben. Das konnte sich nur um mich handeln. Ich hob die Hand.

„Doktor Votsom? Ein Herr Homms wartet in der Kutsche draußen am Trottoir auf Sie."

Ich nickte zum Zeichen, dass ich verstanden hatte, bezahlte bei der Sitzkassiererin am Ausgang und verließ das Lokal. Draußen erblickte ich eine geschlossene Kutsche. Entweder würde Holmes darin sitzen und mich gleich tüchtig ausschimpfen, weil ich einfach ins Caféhaus entwichen war, oder Irene Adler, die aus mir noch unbekannten Gründen nicht persönlich ins *Frauenhuber* hatte kommen wollen oder können. Letzteres schien der Fall zu sein, denn als ich den Schlag öffnete, erblickte ich in der Kutsche eine verschleierte Dame.

*Das ist eine Paraphrase von Mark Twains *Die schreckliche deutsche Sprache.*

„Irene?“, fragte ich.

Da stieß mich eine grobe Hand von hinten in die Kutsche, die sofort ratternd losfuhr. Ich fiel vor der verschleierten Dame auf die Knie, doch ehe ich mich wieder aufrappeln konnte, drückte sie mir ein feuchtes Tuch aufs Gesicht. Ich erkannte eindeutig den Geruch von Chloroform!

Verdammter Hunne!, war mein letzter Gedanke, bevor mir die Sinne schwanden, denn dieses Narkosemittel war eine Erfindung des Deutschen Justus von Liebig. Warum eigentlich wurden alle wichtigen Erfindungen von diesen Reichsdeutschen gemacht? Hier in Österreich wurden sie *Piefkes* genannt. Das gefiel mir gut …

*

Als ich wieder erwachte, war es dunkel und kalt um mich. Mein erster Gedanke war Holmes gewidmet, der nicht wusste, dass man mich offenbar entführt hatte. Der zweite Gedanke betraf mich selbst. „Du bist ein Idiot!“, beschimpfte ich mich, denn ich war, vom Wein vermutlich etwas ermüdet, blind in eine Falle getappt, in die ich niemals hätte geraten dürfen. Jeder hatte in meinem Bericht über den Skandal in Böhmen von der hohen Meinung lesen können, die Holmes von Irene Adler hegte, und jeder, der wollte, konnte mich mit diesem Wissen hereinlegen!*

Nachdem ich diese Erkenntnis gewonnen hatte, begann ich mir erst einmal die klassischen Fragen zu stellen: *Wo bin*

*Tatsächlich erschien *Scandal in Bohemia* 1891 im Strand Magazine.

ich? Warum bin ich hier? Wann gibt es etwas zu essen? Die Antwort auf die letzte Frage, so wichtig sie auch sein mochte, war nicht so leicht, denn es war stockfinster um mich herum. Immerhin lag ich auf einem weichen Bett, das dem Geruch nach sogar frisch bezogen war. Andere Fragen waren einfacher zu beantworten. So hatte man mir meine Savonnette-Uhr von IWC in Schaffhausen,* das Präsent eines zufriedenen Schweizer Klienten von Holmes, nicht geraubt. Meine Brieftasche und meine fast volle Taschenflasche befanden sich gleichfalls an ihrem gewohnten Platz, ebenso der goldene Federhalter, ein Geschenk meiner Mutter zur Promotion. Auch die gestopfte Reisepfeife und meine Streichhölzer waren da.

Ich klappte das Glas meiner Uhr auf und tastete nach den Zeigern. Sie standen auf kurz nach zehn. Wahrscheinlich Nacht, dachte ich, aber infolge der Dunkelheit um mich konnte ich das natürlich nicht genau sagen. Holmes genoss jetzt bestimmt in der Hofoper das, was seltsamerweise als Gesang galt. Sorgfältig zog ich die Uhr auf. Wenn sie nur nicht stehen bliebe! Die Uhr würde mir helfen, die Zeit an diesem verdammten Ort besser zu vertreiben.

Systematisch tastend begann ich, den Raum zu untersuchen. Er maß sechs Schritt im Geviert und hatte zwei Türen. Hinter einem schweren, staubigen Samtvorhang vermutete ich ein Fenster. Die eine, größere, Tür war verschlossen.

*Die Firma IWC wurde 1868 von dem Ingenieur Florentine Ariosto Jones aus Boston gegründet. Eine Savonnette ist eine Sprungdeckel-Uhr. Heute wird die Schreibweise Savonette verwendet.

Die andere, schmälere, führte in eine kleine Kammer. Ich beschloss, ein Streichholz zu opfern, um sie genauer in Augenschein zu nehmen. Das Flämmchen brannte gerade hell genug, dass ich einen Waschtisch mit einer Waschschüssel und einem Wasserkrug, eine Zinkwanne in der Mitte des Raumes und einen Leibstuhl erkennen konnte. Das war also das Bad. Kein schlechtes Zeichen. Denn hätten meine Entführer geplant, mich in Bälde umzubringen, hätten sie mich wahrscheinlich nicht derart komfortabel untergebracht.

Um aus dem Fenster zu schauen, musste ich erst den Vorhang zur Seite schieben. Er war mit metallenen Ringen an einer ebensolchen Vorhangstange befestigt, die beim Zurückschieben quietschten. Draußen herrschte Dunkelheit. Ich ertastete kein Fenster zum Hochschieben, wie ich es aus England gewohnt war. Dieses hier hatte einen Drehgriff, der sich sogar ohne großen Kraftaufwand bewegen ließ. Angenehme Wärme strömte herein, eine Wohltat in diesem kalten Gemäuer.

Ich bin noch in der Stadt, dachte ich beim Anblick der Häuser ringsum. Da es in Wien seit 1893 eine elektrische Straßenbeleuchtung gab, konnte ich die Umgebung gut erkennen. Leider hatte ich lediglich Aussicht auf die Rück- oder Seitenfronten irgendwelcher herrschaftlichen Gebäude, und nirgendwo erblickte ich beleuchtete Fenster mit Menschen darin, denen ich mich unter Umständen hätte bemerkbar machen können. Oder waren in den Gebäuden ringsum Behörden untergebracht, in deren Räumen sich in der Nacht außer einem Nachtwächter vielleicht gerade niemand aufhielt? Drei oder vier Stockwerke unter meinem Fenster führte eine Straße entlang. Ich sah ein Stück Kopfsteinpflaster im Licht glänzen und hörte Straßenlärm, das Klappern von Hufen, Räderrollen und undeutliche menschliche Stimmen. Ich hätte schon eine Eidechse sein müssen, die an senkrechten Wänden hinablaufen kann, um von hier zu entkommen. Sollte ich mein silbernes Zigarrenetui hinunterwerfen, mit einem Ein-Gulden-Schein darin und einem Hilferuf? *Wer findet dies Brief, wird gebeten, Oberst Neundlinger vom Evidenzbureau, Fernsprecher 666, zu benachrichtigen.* Ein fragwürdiges Unterfangen! Würde der Finder mein schlechtes Deutsch überhaupt verstehen? Würde er wissen, wie man einen Fernsprechapparat bedient? Den höchst geheim operierenden Oberst Neundlinger überhaupt finden? Oder würde er den Ein-Gulden-Schein, der in Österreich merkwürdigerweise Hochkantformat und nicht wie bei uns Querformat hatte, einfach nehmen, das Etui wegwerfen (oder zur Pfandleihe tragen) und seiner Wege gehen? Ich beschloss, die Entscheidung über diese Frage vorerst zu vertagen.

Resignierend zog ich den Vorhang wieder zu und tastete mich zum Bett zurück. Dabei stieß ich mit dem Fuß an etwas, das mir sehr vertraut vorkam, meinen kleinen Koffer. Ich legte ihn aufs Bett, öffnete ihn und fand ohne große Mühe meine Zahnbürste. Nachdem ich mir in der kleinen Kammer nebenan die Zähne geputzt hatte, legte ich mich angezogen aufs Bett (man kann ja nie wissen, was einen erwartet) und zog das Plumeau über mich.

Wie fast alle ehemaligen Soldaten finde ich nahezu überall und zu jeder Zeit Schlaf. Schlafen im Liegen, Sitzen oder Stehen lernt man im Krieg als Erstes. Jede Sekunde Schlaf ist kostbar und kann helfen, das Leben zu verlängern. Ein paar Minuten lauschte ich noch der Stille, die mich umfing und die ich nicht als bedrohlich, sondern eher als wohltuend empfand. Dann dachte ich, dass Holmes mich ganz bestimmt finden würde. Er wusste ja, dass ich im Café Frauenhuber gewesen war. Dort würde man sich sicherlich an das Ausrufen des ominösen *Dr. Votsom* erinnern und an die Kutsche, die er hatte besteigen sollen. Mit diesen Gedanken muss ich eingeschlafen sein.

*

Ein Geräusch an der Tür weckte mich. Jemand drehte den Schlüssel herum! Ich war sofort hellwach. Tageslicht drang durch den Vorhang, den ich nicht richtig geschlossen hatte, ins Zimmer. Nach der Höhe des Raumes und dem Stil der vorhandenen Möbel – ein Bett, ein Nachttisch, ein niedriger Couchtisch und ein Sessel – zu urteilen, befand ich mich offenbar in einem sehr alten Gemäuer, einem Schloss vielleicht. Ich erhob mich.

Ein unrasierter Mann in europäischer Kleidung mit einem Schnauzbart und einer qualmenden Zigarette im Mundwinkel trat ins Zimmer. Er war kleiner als ich, aber wesentlich breiter, hatte lange, fettige und nach hinten gekämmte Haare. Ein unangenehmer Geruch ging von ihm aus, die markante Mischung aus mangelnder Hygiene und Zigarettenrauch. Wie pflegte Holmes immer zu sagen? Eine

Pfeife hinterlässt Duft, eine Zigarette Gestank. Wie recht er hatte!

Der Besucher wurde von einem vierschrötigen Mann begleitet, der wie ein Kosak gekleidet war und ebenfalls einen Schnauzbart trug. Der Anblick dieses Mannes war sehr vielversprechend, denn er hielt ein Tablett mit allem, was zu einem guten Frühstück gehört, in den Händen.

„Ich Trichinin", stellte sich der Kleine in gebrochenem Deutsch vor. „Alexej Nikolajewitsch. Willkommen hier! Da ist Frühstück. Guten Appetit!"

Er sagte natürlich nicht *Frühstück*, sondern *Frjustjuck*. Ein Russe, eindeutig. Der Kosak drückte mir das Tablett in die Hand.

„Was …", begann ich, doch die Tür fiel bereits wieder zu, und der Schlüssel drehte sich im Schloss. Das konnte nur eins bedeuten: Ich würde mich ungestört dem Kaffee, dem Brot, der Wurst und der Marmelade widmen, die man mir gebracht hatte. Ich stellte alles auf den kleinen Tisch in der Mitte des Zimmers, zog noch rasch den Vorhang zurück und ließ frische Luft ins Zimmer. Ich aß alles brav auf. Wer konnte schließlich wissen, wann es wieder etwas geben würde.

Gegen neun Uhr – ich war schon eine Weile fertig mit dem Essen – erschien Trichinin wieder. „Ah, du fertig. Mitkommen!"

Ich versuchte, ihm auf Deutsch zu antworten. „Wo ich bin hier? Warum ich bin Gefangener? Ich bin britischer Staatsbürger! Ich verlange …"

„Mitkommen!", wiederholte Trichinin nur. Der Kosak in seiner Begleitung räumte das Tablett ab und folgte uns.

Wenn das die Männer waren, die Holmes am Hafen überfallen hatten, schien es mir nicht angeraten, sofort einen Raufhandel mit ihnen zu beginnen. Und da der Klügere ja bekanntlich nachgibt, gehorchte ich und folgte dem Russen.

Wir durchschritten einen langen Gang und kamen dabei an etlichen Türen vorbei. Die Wände des Ganges zierten Gobelins, Gemälde von reizenden Damen mit Allongeperücken und tiefen Dekolletés und von grimmigen, bärtigen Männern in Harnischen, mit Helmen auf dem Kopf und Schwertern oder Streitäxten in Fäusten, die in eisernen Handschuhen steckten.

Die Waffen, die auf den Bildern zu sehen waren, hingen in natura zwischen den Gemälden an den Wänden. Ein Degenbrecher, an dem wir vorüberkamen, fiel mir besonders ins Auge. Dabei handelte es sich um einen kurzen Fechtdolch, dessen Klinge eingesägt war wie ein Kamm. Man konnte damit die Blankwaffen von Angreifern buchstäblich einfangen und abbrechen. Und dieser Dolch, in den Leib eines Menschen gerammt, würde, so stellte ich mir vor, scheußliche Löcher hinterlassen. Außerdem war die Klinge des Degenbrechers kurz genug, um damit auch in einem engen Flur erfolgreich zu Werke zu gehen. Ich versuchte mir einzuprägen, wo er hing.

Trichinin drehte sich mit einem Grinsen im Gesicht kurz zu mir um, sagte aber nichts. Er schien zu ahnen, welche Gedanken mir beim Anblick der Waffen durch den Kopf gingen. Ich hätte den kleinen Russen selbst im Dunkeln finden können, denn ich hätte nur dem Tabakgeruch zu folgen brauchen oder dem kleinen roten Lichtpunkt seiner ständig glimmenden Papirosa.

Es ging um eine Ecke durch ein weiteres Stück Gang, das in eine Treppe mündete. Nachdem wir diese erklommen hatten, standen wir vor den Doppelflügeln einer Tür. Die Halle, in der wir uns befanden, wurde von hohen Fenstern aus buntem Glas erleuchtet. Fast fühlte ich mich wie in einer Kirche.

Trichinin öffnete einen Flügel und befahl mir mit einem seitlichen Nicken des Kopfes, hineinzugehen. Ich betrat einen hell erleuchteten Bibliotheksraum. In Regalen an den Wänden standen und lagen Bücher und Manuskripte ungeordnet herum. Es war lausig kalt – ein harter Kontrast zu der sommerlichen Wärme, die ich vorhin noch von draußen in mein Schlafzimmer eingelassen hatte.

In der Mitte des Raumes stand ein Wesen, das dem Werwolf glich, der mich in der Baker Street heimgesucht und den ich später auf dem Obduktionstisch von Dr. Galsdale wiedergesehen hatte. Ich hielt das Wesen wegen der Männerkleidung, die es trug, und der breiten Schultern auf den ersten Blick für einen Mann. Die Frisur war jedoch eindeutig weiblich.

„Miss Mariloup, vermute ich?“, fragte ich höflich in meiner Muttersprache.

„Ganz recht, Doktor Watson“, antwortete sie, ebenfalls auf Englisch, ohne den mindesten fremden Akzent. Dabei entblößte sie ihre langen Zähne. Der schreckliche Eindruck verflüchtigte sich jedoch sofort, wenn sie sprach. Selten hatte ich eine solch angenehme Frauenstimme vernommen wie die ihre. „Herzlich willkommen! Und verzeihen Sie bitte alle Unannehmlichkeiten, die wir verursacht haben. Aber bitte, nehmen Sie doch Platz!"

„Danke! Ich möchte Ihre Zeit jedoch nicht lange in Anspruch nehmen und denke, ich sollte nun aufbrechen." Ich wandte mich um, doch da stand der Kosak, der mir das Frühstück gebracht hatte, mit verschränkten Armen. Oder war es ein anderer, der ihm ähnlich sah? Wie auch immer, seine Miene deutete an, dass er nicht gewillt war, mich vorbeizulassen.

„Nun ... auf ein paar Minuten", meinte ich einlenkend, „wird es vielleicht nicht ankommen."

„Sehr vernünftig, Doktor Watson. Antrennewski würde Sie nämlich sehr gerne persönlich kennenlernen."

„Ich sehe ihn nirgends."

„Warten Sie bitte eine Sekunde, er wird gleich kommen. Ich höre ihn schon."

Zunächst hörte ich irgendwo im Gebäude ein entferntes rhythmisches Stampfen, das allmählich lauter wurde. *Tock-tock, tock-tock, tock-tock* ... Jemand, der humpelte und sich auf einen Stock stützte, kam langsam näher. Wer würde da gleich eintreten? Ganz gegen meinen Willen lauschte ich angestrengt, bis das Geräusch vor der Tür im Hintergrund des Zimmers verstummte. Dann bewegte sich die Klinke nach unten, die Tür öffnete sich mit einem lauten Knarren, und darin erschien, auf einen Gehstock gestützt, ein uralter Greis. Er hatte langes weißes Haar, einen wirren Rauschebart und trug einen altmodischen Gehrock. Sein Gesicht war käsig weiß, wie bei einem lange Jahre Eingekerkerten.

Die ganze Figur schien völlig verbaut, jedenfalls hielt sich der Mann schief und zog ein Bein nach. Sofort begann sich ein strenger Geruch im Raum zu verbreiten.

„Hallo, mein Kind!“, begrüßte er zunächst Mariloup, die jedoch nicht auf den Gruß reagierte, und sogleich kamen mir wieder die Worte aus ihrem ergreifenden Bericht ins Gedächtnis.

„Antrennewski. Doktor Viktor Antrennewski“, stellte sich der Greis nun vor. „Antrennewski“, wiederholte er noch einmal. „Alexej Nikolajewitsch Trichinin haben Sie ja schon kennengelernt. Er ist Russe. Wäscht sich ein bisschen wenig und raucht zu viel, ist mir aber ein unentbehrlicher Assistent. Er hat viele nützliche Fähigkeiten. Fähigkeiten. Aber, Doktor Watson, nehmen Sie doch bitte schön Platz! Schön Platz!“

Der Mann litt ganz offensichtlich unter Palilalie, wie wir Mediziner das nennen, dem krankhaften Zwang, Worte zu wiederholen. Die linke Hand, mit der er in Richtung eines Stuhles mit Armlehnen auf meiner Tischseite wies, zitterte erheblich. Ob er auch an der Schüttellähmung erkrankt war? Dem Morbus Parkinson? Sein ausgeprägtes Zittern schien mir darauf hinzuweisen. Wenn nur diese widerwärtigen Ausdünstungen nicht gewesen wären! Dieser Verwesungsgeruch! Antrennewski stank wie die Luft aus dem geöffneten Sarg von Pedrog Gruffud.

Als er sich langsam auf einem Stuhl auf seiner Seite niederließ, tat ich es ihm nach. Antrennewski lehnte seinen Stock an die Tischkante und legte seine Hände flach auf die Tischplatte – wohl um das Zittern zu verbergen.

„Ich heiße Sie herzlich willkommen im Palais Walderhoff, meinem derzeitigen Quartier! Ich möchte mich auch für das Ungemach entschuldigen, das wir Ihnen bereitet haben."

„Bitte, bitte, das macht fast gar nichts." Ich dachte, ein wenig Ironie könne nicht schaden.

„Schön, dass Sie es sportlich sehen, Doktor Watson."

„Der Doktor wollte gerade gehen", erläuterte Mariloup.

„Nun ja, das geht leider nicht, lieber Doktor. Geht gar nicht. Ich will Ihnen auch den Grund hierfür mitteilen. Ich brauche Ihre kollegiale Hilfe. Wie Sie sehen, kann ich selbst nicht mehr praktizieren. Praktizieren. Dieser verdammte Tremor!" Er hob kurz die Hand, damit ich sein Zittern noch einmal sehen konnte.

„Und dafür entführen Sie mich aus dem Café Frauenhuber? Ich muss schon sagen!"

„Ich war nicht sicher, ob Sie einer einfachen Einladung freiwillig Folge geleistet hätten, mein Lieber. Gar nicht sicher. Sie ließen sich ja schon in London nicht zu einer Kontaktaufnahme hinreißen, obwohl Mariloup doch eine so interessante Nachricht für Sie geschrieben hatte … nicht wahr, mein Kind? Eine so interessante Nachricht!"

„Sie meinen dieses Schreibheft? Das wurde verdorben, als der Überbringer in die Themse fiel."

„Ja, ja, Wolfert … Mein Sohn hat alles vermasselt in seinem Jähzorn. Meinte ausbüxen zu müssen und sich verstecken zu dürfen. Wir mussten ihn verfolgen und bestrafen. Streng bestrafen. Ich denke, Sie wissen das."

„Ich habe ihn gesehen. Im Leichenschauhaus! Mit einem Giftpfeil betäubt, ins Wasser geworfen und ertrunken!"

„Na, sehen Sie! Und deshalb wollte ich, nachdem ich so unvermittelt aus London hatte ... abreisen müssen, alle Eventualitäten ausschließen. Deshalb dieser kleine Trick vor dem Café, den ich Sie zu entschuldigen bitte. Ich hoffe, Sie haben trotzdem gut geschlafen."

„Meine Güte, tun Sie nicht so fürsorglich! Ja, ich habe gut geschlafen. Auch das Frühstück war zu meiner Zufriedenheit, besten Dank!"

„Das freut mich zu hören. Nun aber muss ich Sie in Ihre neuen Aufgaben einweisen. Gründlich einweisen. Begleiten Sie mich doch, bitte schön, in mein Laboratorium. Kommen Sie!"

Mit einer Armbewegung forderte mich Trichinin auf, Antrennewski zu folgen. Ich ging um den Tisch herum an Mariloup vorbei und schritt hinter dem alten Mann mit seinem schleppenden Gang her. Das sogenannte Laboratorium war gleich nebenan. Antrennewski trat ein, drehte sich zu mir um und winkte mir, ihm zu folgen.

„Treten Sie ein in mein Reich, Herr Kollege, und schauen Sie sich um. Sie werden begeistert sein!", rief er enthusiastisch.

Sein sogenanntes *Reich* war ein hoher, dunkler Raum, der erst hell wurde, als Antrennewski elektrische Lampen einschaltete. Hier standen noch mehr Bücher an den Wänden. Auf einem riesigen Tisch an der Wand lagen weitere aufgeschlagene Bücher, und dort standen auch Mikroskope, Bunsenbrenner, elektrische Geräte und andere medizinische Gerätschaften. Es erinnerte stark an Holmes' säurezerfressenen Experimentiertisch in der Baker Street. Auch dieser

Raum schien künstlich gekühlt zu werden, denn mir gefror der Atem vor dem Mund.

Etliche der medizinischen Geräte waren mir bestens vertraut. Anatomische Bestecke, Skalpelle, Zangen, Knochensägen – das übliche Inventar einer chirurgischen Praxis eben. Da lagen verschiedene Osteotome, Helmholtz'sche Augenspiegel oder ein Rheonom, mit dem die Erregung der peripheren Nerven erforscht werden kann. Wenigstens das hatte kein Reichsdeutscher, sondern ein Österreicher erfunden!* Außerdem standen da ein Gerät zur Dampfsterilisation nach Professor Ernst von Bergmann und riesige, nach allen Richtungen bewegliche Lupen auf Stativen. Kein Zweifel, hier wurde nach modernsten medizinischen Gesichtspunkten operiert. Andere Gerätschaften hatte ich noch nie gesehen, und manche sahen aus, als hätte Monsieur Verne sie sich ausgedacht. So etwas gab es auf der ganzen übrigen Welt sicherlich kein zweites Mal. Es musste eine transporttechnische Meisterleistung gewesen sein, sie unter den Augen von Sherlock und Mycroft Holmes heimlich von England nach Wien zu schaffen und dort in einem gemieteten Palais zu installieren.

Und dann gab es noch Dinge, die mich schaudern ließen. Zwischen den Büchern standen oder lagen, sorgsam präpariert, menschliche Gliedmaßen und Köpfe von Menschen, die an besonders abstoßenden, entstellenden Krank-

*Das Osteotom ist eine Erfindung des Schwarzwälders Bernhard Heine (1800-1846), der Helmholtz'sche Augenspiegel von dem Potsdamer Hermann Ludwig Ferdinand von Helmholtz (1821-1894), das Rheonom aber wurde von dem Österreicher Ernst von Fleischl-Marxow (1846-1891) ersonnen.

heiten gelitten hatten. Etwas, das wie ein Stück Holz aussah, erweckte meine besondere Aufmerksamkeit, als ich merkte, dass es sich in Wirklichkeit um eine fürchterlich entstellte menschliche linke Hand handelte. Das musste das Gegenstück zu der anderen Hand von Pedrog Gruffud sein, dessen Haupt hoffentlich bereits wieder in den Besitz seiner Angehörigen gelangt war.

„Stammt das aus Merthyr Tudful?“, fragte ich.

„Wenn das in Wales liegt, ja. Dort haben es meine Emissäre besorgt. Ein wirklich seltenes Exemplar. Die Haut dieses Mannes war von einer dicken Schicht Warzen überzogen. Er verwandelte sich buchstäblich in ein Stück Holz. Tragisch, aber für die Wissenschaft von unschätzbarem Wert. Von unschätzbarem Wert. Ich hatte noch mehr Präparate, musste aber etliche, zum Teil ebenfalls äußerst wertvoll, in London zurücklassen. Zurücklassen.“

„Holla!“, entfuhr es mir, als ich vor einem übermannshohen Glasbehälter stehen blieb, in welchem in einer milchigtrüben Flüssigkeit zwei menschliche Gestalten trieben. Der Glasbehälter stand auf einem hölzernen Sockel, in dem ein elektrisches Gerät arbeitete. Wahrscheinlich war es eine Pumpe, denn immer wieder stiegen Blasen von unten an die Oberfläche der Flüssigkeit und bewegten die Arme der Gestalten leise hin und her. Fast wirkten sie, als ob noch Leben in den Gliedern wäre – was angesichts der Flüssigkeit aber unmöglich war. Ein lebender Mensch wäre längst ertrunken. Als einige Blasen dicht in ihrer unmittelbaren Nähe emporstiegen, konnte ich erkennen, dass die Gestalten bandagiert waren wie Mumien.

„Das soll die Krönung meines Lebens werden, Doktor Watson. Das hier wird das neue Heim meiner Seele werden. Das alte … aber das sehen und riechen Sie ja selbst. Ich werde sozusagen neu geboren werden. Geboren werden. Und der andere dort drüben wird nicht mehr und nicht weniger als der Neue Mensch werden. Ich habe für die optimalen, sagen wir, *Zutaten* gesorgt. Die Hände eines Pianisten, das Herz eines Sportlers – von allem nur das Beste. Das Beste. Allerdings ist sein Schädel bis jetzt leer, denn es fehlt noch das Gehirn."

Mir kam ein entsetzlicher Verdacht! Wollte er womöglich meines?

Antrennewski schien meine Gedanken lesen zu können. „Keine Sorge, Doktor Watson, keine Sorge! Ihr Gehirn bleibt ganz und gar in Ihrem Besitz. Dort, wo es gebraucht wird. Ich werde vielmehr das beste, genialste Gehirn der Welt bekommen, das beste Gehirn, das die menschliche Gattung je hervorgebracht hat. Das Gehirn von Sherlock Holmes!"

„So, wie ich ihn kenne", entgegnete ich, wobei es mir schwerfiel, die Fassung zu bewahren, „wird er es wohl nicht kampflos hergeben."

„Das ist mir bereits aufgefallen. Er hat meinen Emissären heftigsten Widerstand geleistet und sogar auf sie geschossen. Aber so, wie Sie zu mir gefunden haben, wird auch Sherlock Holmes zu mir finden. *Cherchez la femme*, wenn Sie verstehen!"

Ich nickte nur und überlegte, ob und wie ich Sherlock Holmes warnen konnte. Mir fiel jedoch auf die Schnelle nichts ein. „Darf ich fragen, wozu ich eigentlich hier bin, wenn Sie schon mein Hirn verschmähen?"

„Eigentlich soll man auch für bescheidene Gaben dankbar sein, Doktor Watson. Dankbar sein. Aber Scherz beiseite. Sie sind hier aus zweierlei Gründen. Zweierlei. Zum einen, damit Sherlock Holmes auch wirklich hierherfindet. Sie sind sozusagen meine Lockspeise. Ich habe dafür gesorgt, dass er Ihnen leicht auf die Spur kommt und schnell hierherfindet. Sehr schnell. Und außerdem brauche ich Ihre kollegiale Hilfe. Sie müssen die Operation durchführen. Sie müssen die Exstirpation von Holmes' Gehirn und die anschließende Implantation vornehmen."

„Ich? Niemals! Ich werde doch nicht Sherlock Holmes' Kopf aufschneiden und sein Gehirn Ihrem Homunculus einpflanzen. Lieber sterbe ich! Und außerdem wird es nie gelingen, ein Gehirn zu verpflanzen. Selbst wenn es gelänge, alle Blutbahnen und Nerven zusammenzuschließen und das Implantat mit dem Rückenmark zu verbinden, es würde doch sofort vom Empfängerorganismus abgestoßen werden. Wenn Sie einem Kriegsversehrten die Nasenspitze eines Toten annähen, fault sie binnen Tagen wieder ab, und womöglich stirbt der Patient an Wundbrand. Gerade deshalb regt man doch bei Versehrten die Bildung von Caro luxurians an. Aus dem gewucherten Fleisch formt man eine Nase, die dann auch anwächst und nicht abgestoßen wird. Das weiß jedes Erstsemester!"

„Doktor Watson! Ich hätte Sie für vernünftiger gehalten. Sehen Sie es doch einmal so: Sie werden einen unermesslich wertvollen Beitrag zur Wissenschaft leisten. Einen unermesslich wertvollen. An meiner Seite werden Sie zum berühmtesten Chirurgen der Welt aufsteigen. Eine solche Operation hat vor uns noch niemand gewagt. Ich habe sie penibel vorbereitet. Der Neue Mensch wird nicht nur leben, er wird ein ideales Wesen sein, selbstlos und unermüdlich. Seinem Wünschen und Wollen werden keinerlei Grenzen gesetzt sein. Er wird der Übermensch sein, von dem Nietzsche schreibt."

„Nietzsche kenne ich. *Die Wüste wächst! Weh dem, der Wüsten birgt!* Ich fürchte, die Wüste hat sich schon über Gebühr ausgebreitet. Aus Ihren Worten spricht der Wahnsinn! Und bei diesem Wahnsinn werde ich nicht mittun."

„Seien Sie doch nicht gleich so ablehnend! Ihnen wird die Chance geboten, an einer der wichtigsten Operationen der Medizingeschichte teilzunehmen. Ewiger Ruhm wird Ihnen sicher sein. Weltruhm! Ziehen Sie bitte einen Kittel an. Kittel an. Ich werde Sie jetzt in die Operationstechniken einführen. Opponieren Sie nicht, sonst werden Trichinin oder sein Kosak Sie ein wenig williger stimmen!"

Obwohl Trichinins zerstreutes zustimmendes Nicken nicht sonderlich bedrohlich wirkte, machte es mir doch die Zwecklosigkeit jedes planlosen Widerstandes klar. Also gab ich nach und zog einen Kittel an. Trichinin half mir, ihn am Rücken zuzuknöpfen, und anschließend auch beim Desinfizieren. Aus einem Glasballon ließ er Alkohol in eine Schüssel laufen, in der wir uns die Hände wuschen.

Weil er selbst dabei nicht vom Rauchen seiner stinkenden Papirosy lassen konnte, warf ich ihm einen missbilligenden Blick zu. Rauchen beim Operieren – das gab es vielleicht im Feldlazarett, aber doch sicher nicht hier! Antrennewski war ganz meiner Meinung.

„Warum Sie nicht Nikotinin heißen, Trichinin, ist mir ein Rätsel! Können Sie denn keine Sekunde ohne Ihre verdammten Zigaretten leben? Dieser entsetzliche Qualm! Bedenken Sie doch, ich bin ein todkranker Mann!“

„Ist Geruch fremder Bahnhöfe“, antwortete der Russe. „Ich mag gern.“

„Hol Sie der Teufel! Zigarette aus! Aus!“*

Widerwillig drückte Trichinin die Papirosa am Rand des metallenen OP-Tisches aus. Dann ließ er den Stummel einfach fallen. Ich war entsetzt über einen derartigen Mangel an Hygiene. Antrennewski sagte nichts mehr.

Auf dem Tisch, den Trichinin als Aschebehältnis missbraucht hatte, warteten bereits zwei Schweineköpfe.

„Wir werden jetzt den Austausch der Gehirne üben. Erst einmal am toten Objekt. Toten Objekt. Das Problem ist, wie Sie sich sicher denken können, nicht das Öffnen des Schädels und die Extraktion des Gehirns, sondern das Wiedereinsetzen in das Cranium und das Verbinden der Nerven. Der Nerven. Das muss ein paarmal gemacht werden, bevor es funktioniert. Ich kann es nicht mehr. Mein Tremor. Das wird Ihre Aufgabe sein. Aufgabe sein.“

Ich nahm mir vor, nachher heimlich ein Skalpell einzustecken in der Hoffnung, dass sie nicht gezählt waren. Damit könnte ich zum Beispiel die Beinschlagader des Russen

*Eindeutig eine Paraphrase aus *Der Meister des Jüngsten Tages* (1923) von Leo Perutz (1882-1957) (S. 10-11).

durchschneiden und ihn so außer Gefecht setzen. Antrennewski würde mir wahrscheinlich nicht gewachsen sein, und mit Mariloup würde ich als erwachsener Mann von einigem Gewicht schon fertig werden, da hatte ich keine Zweifel. Blieb nur der Kosak, der sicher irgendwo im Haus herumpatrouillierte. Der bereitete mir Sorgen, denn er sah im Gegensatz zu mir altem Herrn gut trainiert aus.

So machte ich gute Miene zum bösen Spiel und ließ mich in die Gehirnoperation von Schweinen einweisen. Auf einer Schultafel skizzierte Antrennewski den geplanten Operationsverlauf. Er war zwar ein kranker Mann, aber er musste einst ein begnadeter Chirurg gewesen sein. Nichts vermochte ihn aus der Ruhe zu bringen. Fast bedauerte ich, ihn nicht zu meinen akademischen Lehrern zählen zu können. Wie geduldig er das alles zu erklären vermochte. Meine Hauptarbeit beim Militär hatte im Amputieren zerschossener Gliedmaßen bestanden. Abschneiden ist immer leichter als wieder zusammensetzen, das musste ich hier erneut erfahren, und ich kam mir wie ein Anfänger vor. Wie ein Metzgerlehrling! Schließlich machte mir auch der widerwärtige Geruch, den Antrennewski verströmte, nichts mehr aus. Allerdings fühlte ich meine Füße vor Kälte kaum mehr.

„Sie lernen schnell, Doktor Watson“, lobte mich Antrennewski, als ich schweißgebadet den Schädel des Schweins wieder verschloss, in den ich das Gehirn des anderen Kadavers eingesetzt hatte. Ich fühlte mich am Ende meiner Kräfte.

„Machen wir für heute Schluss, mein Freund. Ich sehe, ich habe mit Ihnen keine schlechte Wahl getroffen. Noch ein, zwei Übungstage, und wir können uns an das große Werk begeben. Werk begeben."

Vor lauter Erschöpfung vergaß ich, eines der Skalpelle einzustecken. Trichinin führte mich hinaus, nicht ohne einen langen kritischen Blick auf die Instrumente geworfen zu haben. Offenbar zählte er sie nach.

Mariloup erwartete mich im Speisezimmer schon mit einer kräftigen Mahlzeit. Braten, Nudeln, Blumenkohl und ein riesiger Krug Bier.

Ich stillte ausgiebig Hunger und Durst. Langsam wurde mir wieder warm. Dann überschüttete ich sie trotz meiner Müdigkeit mit Fragen. Sie schien förmlich darauf gewartet zu haben, dass ich sie stellte.

„Verzeihen Sie, Miss Mariloup, woher können Sie so perfekt unsere Sprache?"

„Als wir, Wolfert und ich, noch klein waren, unterrichtete uns Mutter selbst. Sie entstammte einer der reichsten Familien des Landes und war in einem Institut in der Schweiz zur Schule gegangen. Sie sprach außer Spanisch Deutsch, Englisch, Französisch und Italienisch. Von Antrennewski hatte sie Russisch gelernt, und auch das brachte sie uns bei. Antrennewskis Bibliothek in Mexiko war riesig, es gab Bücher in allen Sprachen, und kein Bücherschrank war uns Kindern verschlossen oder verboten. Da wir nirgendwohin gehen konnten und keinerlei Freunde hatten, blieb uns nur das Lesen. Bücher mussten uns die Gesellschaft anderer Menschen ersetzen. Bücher sind sozusagen kristallines Leben. Kondensiertes Leben. In einem Buch kann mehr Lebenssubstanz enthalten sein als im wirklichen

Leben. Ein Buch enthält keinen Alltag, nichts Gewöhnliches, nur Außergewöhnliches, wenn Sie verstehen, was ich meine."

„Natürlich verstehe ich das. Ich denke genauso. Aber ... Wie soll ich anfangen? Verstehen Sie mich nicht falsch ... Sie tun so viel, um vergessen zu machen, dass Sie eine Frau sind. Wenn ich Ihre Arme sehe ... Sie müssen über große Kräfte verfügen."

Sie lächelte. „Natürlich. Ich betreibe doch seit meinem vierzehnten Lebensjahr Hantelsport. Ich quäle den Leib, der mir so viel Pein bereitet und den ich hasse. Die Kraft meiner Arme hilft mir, meine Traurigkeit und meine Angst zu überwinden. Meine Traurigkeit über Mamans Tod und mein eigenes Schicksal. Meine Angst vor Antrennewski, vor diesem widerlichen Trichinin und seinem Kosaken."

„So etwas habe ich noch nie gehört, Miss Mariloup. Den Leib, den man hasst, mit Gewichtheben zu quälen! Übrigens eine grausame Laune Ihres Vaters, Sie Mariloup zu nennen. Ein Name, der mit dem lateinischen Wort für Wolf, *lupus*, untrennbar verschmolzen ist."

„Niemand könnte grausamer sein als Antrennewski. Meinem Bruder gab er den Namen Wolfert. Trichinin hat ihn in Antrennewskis Auftrag kaltblütig umgebracht. Außerdem sind seine Forschungen gotteslästerlich. Er hat Gott gespielt, indem er ein furchtbares Wesen geschaffen hat. Ja, *geschaffen,* nicht gezeugt. Zusammengesetzt aus ... ich weiß nicht welchen Teilen. Igor nennt er ihn. Sie werden ihn, fürchte ich, bald kennenlernen."

„Einen ... Homunculus? Wie im *Faust*?"

Mariloup nickte. „Aber dafür wird Antrennewski büßen! Machen Sie sich auf einige Überraschungen gefasst, Doktor Watson! Die Revolution steht bevor, und es wird ihm nicht gelingen, Sie und Sherlock Holmes ins Verderben zu stürzen. Seien Sie auf der Hut! Aber ich sehe, Sie sind erschöpft. Antrennewski ist ein grausamer Lehrmeister." Sie berührte kurz meine Hand, die noch den leeren Bierkrug hielt, ließ aber gleich wieder los, so als wäre sie erschrocken über die Intimität dieser Geste. „Ruhen Sie sich aus. Kommen Sie mit!"

Im Zimmer angekommen, blieben wir einen Moment schweigend stehen. Ich riss meinen Blick von ihr los und nahm den Raum erstmals genauer in Augenschein. Die Vorhänge des Himmelbetts waren nun einladend aufgezogen, das Bett war gemacht und mein Koffer lag darauf. An der Wand gegenüber hing ein stark nachgedunkeltes Gemälde. Es zeigte einen Reiter, der eine Gestalt mit Turban niederritt. Diese offenkundige Reminiszenz an die zweite Türkenbelagerung Wiens 1683 tröstete mich ein wenig. Hatten nicht damals die Wiener in aussichtsloser Lage ein überlegenes Türkenheer zu schlagen vermocht? Ich würde mir an ihnen ein Beispiel nehmen! Vielleicht würde auch mir die polnische Kavallerie zu Hilfe eilen …

Mariloup riss mich aus meinen Gedanken. „Morgen bekommen Sie heißes Wasser für ein Bad."

Für einen Moment stellte ich mir vor, einmal diesen sicherlich samtweichen Pelz in ihrem Gesicht zu berühren. Oder die Berührung ihrer pelzigen Hand auf meiner Haut zu spüren. Sie hatte so schöne schwarzbraune Augen! Sie schauten traurig in die Welt, aber wie sollten sie angesichts ihres Schicksals auch anders blicken?

Mariloup wich meinem Blick aus. „Schlafen Sie gut, Doktor Watson. Aber verlassen Sie um keinen Preis der Welt diesen Raum. Ich kann sonst für nichts garantieren. Der Kosak, verstehen Sie?"

„Verstehe."

„Nochmals angenehme Nachtruhe, Doktor Watson."

„Ebenso, Miss Mariloup."

Nachdem sie mein Zimmer verlassen hatte, hörte ich das Knirschen des Schlüssels im Schloss. Ich war wieder eingesperrt. Trotzdem – oder möglicherweise gerade deswegen – fühlte ich mich nicht bedroht, als ich einschlief.

In dieser Nacht hatte ich einen wundersamen Traum. Obwohl er mir peinlich sein müsste, will ich ihn hier wiedergeben, zeigt er doch, wie sehr mich die Ereignisse des Tages, besonders aber die unglückliche Mariloup, beeindruckt hatten. Mir träumte von meinem Hochzeitstag mit meiner geliebten Mary, die zu meinem Leidwesen lange schon nicht mehr unter uns weilt. Ich sah uns beide, wie wir zum ersten Mal in unserem gemeinsamen Schlafzimmer allein waren, nachdem wir uns von dem Fest im unteren Stockwerk zurückgezogen hatten. Mary hatte damals nicht darauf gewartet, bis ich mit dem Vollzug unserer ehelichen Pflichten beginnen würde, sondern die Sache buchstäblich in die eigene zärtliche Hand genommen und so den Prozess aus eigener Initiative vorangetrieben. Und wie damals sah ich sie in gänzlich paradiesischem Zustand und in seliger Verzückung auf meinen Schenkeln sitzen. Dieses

Mal jedoch wuchsen ihr plötzlich überall Haare. In wenigen Augenblicken verwandelte sie sich in eine Werwölfin. In Mariloup! Träumend dachte ich noch, meine Mary dürfe nie erfahren, was sich hier zuträgt – da waren die Nacht (und mein Traum) plötzlich zu Ende. Trichinin war ins Zimmer getreten, um mich zu wecken.

„Guten Morgen, Doktor Watson!“, grüßte er. „Während Schlaf, Bad wurde eingelassen. Nach dem Frühstück wieder Instruktionen bei Doktor.“

Das Bad war eine Wohltat! Ich versuchte, so viel Wärme wie möglich in mir aufzunehmen. Die langen Stunden in Antrennewskis eisiger Operationshalle würden meine Füße wieder in gefühllose Eisklumpen verwandeln. Als ich mich angekleidet hatte, brachte mich Trichinin ins Esszimmer, wo ich zu meinem Leidwesen das Frühstück ganz allein einnehmen musste. Mariloup war nirgends zu sehen. Danach geleitete mich der Russe zu Antrennewski in den Operationssaal.

Wir wiederholten die Übungen, dieses Mal jedoch mit lebenden Schweinen, die bereits betäubt auf den OP-Tischen lagen. Ich muss zu meiner Schande einen *Exitus in tabula* eingestehen, denn ich vermasselte die Transplantation total. Ich war mit meinen Gedanken woanders. Ich war bei Mariloup. In ihrem Boudoir.

„Das war nicht anders zu erwarten, Doktor Watson. Zu erwarten“, zeigte sich Antrennewski nachsichtig. „Morgen wird es besser klappen. Glauben Sie mir. Glauben Sie!“

Von diesem Tag war nicht viel mehr zu berichten als das Ableben meines Versuchsobjektes. Beim Hinausgehen dachte ich jedoch an das Skalpell und nahm eines mit.

„Doktor Watson!“, rief mir Antrennewski nach.

Ich wandte mich um.

„Haben Sie vielleicht ein Skalpell gesehen? Gesehen?“

„Ach, wie gedankenlos von mir! Der Militärchirurg ist wieder einmal mit mir durchgegangen. Wir steckten die Skalpelle meistens einfach in die Brusttasche, um sie nicht versehentlich auf dem Schlachtfeld zu verlieren. Alte Gewohnheit. Keinesfalls wollte ich mich bereichern. Ich bitte um Vergebung. Hier!“ Lässig ließ ich meinen Raub in die Nierenschale zu den anderen benutzten Instrumenten fallen und begab mich, von Trichinin argwöhnisch begleitet, geschlagen ins Speisezimmer. Mariloup wartete bereits. Schweigend legte sie mir auf.

„Beschaffen Sie mir eine Waffe“, flüsterte ich im Verlauf des Essens. „Irgendetwas.“

„Was habe ich Ihnen getan, Doktor Watson?“, erwiderte sie unnatürlich laut. „Warum behandeln Sie mich so schlecht? Warum tun Sie so, als wäre ich gar nicht im Raum? Womit habe ich das verdient? Ich dachte, Sie wären ein Gentleman!“

Gut, dass ich nichts erwiderte. Ich verstand Mariloups Reaktion zunächst nicht, doch nachdem ich über ihre Antwort nachgedacht hatte, wusste ich, dass es sich um eine weibliche List gehandelt hatte. Sie wollte Trichinin, der in der Nähe herumschlich, keinen Anlass zum Misstrauen geben. Wenn wir Streit hätten, würde dieses Misstrauen gar nicht erst entstehen. Wie klug sie war!

Ich trank das Bier aus, warf meine Serviette auf den Tisch, obwohl ich gerne noch aufgegessen hätte, knurrte ein widerwilliges *Gute Nacht!* und erhob mich. Der Russe brachte mich in mein Zimmer und schloss hinter mir ab.

Ich blickte lange durchs Fenster in die Nacht hinaus, ohne Ahnung, was ich tun sollte. Der Versuch meiner Bewaffnung war an Antrennewskis Aufmerksamkeit gescheitert, aber ohne eine wenigstens kleine Waffe würde ich Trichinin niemals ausschalten können. Außerdem machte ich mir Sorgen um Holmes. Wo mochte er sein? Würde er mich finden und mich befreien? Wie könnte ich mich bemerkbar machen? Sollte ich die Vorhänge anzünden, Alarm schlagen und versuchen, im Durcheinander zu entkommen?

„Watson, das ist eine Gleichung mit zu vielen Unbekannten!“, würde mir Holmes sicherlich abraten. „Die können Sie nicht lösen! Wenn Sie Pech haben, und dieses Pech wäre nicht gerade unwahrscheinlich, enden Sie als Roastbeef.“

Mangels anderer Möglichkeiten beschloss ich, wenigstens gut ausgeruht den nächsten Tag zu beginnen.

*

Noch einmal musste ich einem lebenden Schwein das Hirn entnehmen und einem anderen einpflanzen, aber dieses Mal war mein chirurgisches Bemühen von Erfolg gekrönt. Das Tier erwachte nach einer Weile grunzend aus der Narkose, im Kopf das Gehirn seines bedauernswerten Kollegen.

Wenn ich gehofft hatte, danach in mein Zimmer zurück zu dürfen, so sollte ich mich geirrt haben. Eine theoretische Vorlesung zum Thema Bluttransfusion stand auf dem Stundenplan, gefolgt von einer weiteren über Abstoßung von

Fremdorganen. Woher nahm dieser Antrennewski nur seine Kraft?

Weil ich mir keinerlei Notizen machen durfte, musste ich versuchen, mir alles beim ersten Anhören einzuprägen. Antrennewski war von sich selbst begeistert – was ich durchaus verstehen konnte. Er hatte wahrlich Meisterliches geleistet! Das Problem der Bluttransfusion hatte er ganz allein gelöst. Vor Landsteiner, der eine halbe Kompanie Wissenschaftler beschäftigte.

„Meine Forschungen haben ergeben, dass es nicht mehr als vier verschiedene Sorten menschlichen Blutes gibt. Ich habe sie Alpha, Beta, Gamma und Delta genannt. Schauen Sie her. Her!"

Neben einem Instrumentenschrank stand eine Papptafel, die er hervorholte und vor die Schultafel stellte, auf die er seine Operationsverläufe zu zeichnen pflegte.

„Patienten mit der Blutsorte Alpha können jede andere Blutsorte empfangen. Patienten mit der Blutsorte Gamma dagegen können ihre Blutsorte jedem anderen Patienten spenden. Beta-Patienten können nur an Beta- und Gamma-Patienten und Delta-Patienten nur an Delta- und natürlich Gamma-Empfänger spenden. Das liegt an den antigenen Eigenschaften des Plasmas, verkürzt gesprochen. Die Wissenschaft weiß noch nicht um das Geheimnis der Blutsorten, und wir wollen es ihr auch vorerst noch vorenthalten. Vorenthalten."

Letztlich war das Ganze, wie Landsteiner schon ganz richtig festgestellt hatte, ein serologisches Problem.

Antrennewski führte mich vor ein riesiges Mikroskop aus

Messing. Eine elektrische Lampe gab ihr Licht auf den Spiegel, der es wiederum auf den gläsernen Objektträger reflektierte. Neben dem Miskroskop standen auf einem hölzernen Gestell Dutzende von verschlossenen Reagenzgläsern. Zettel mit den griechischen Buchstaben Alpha, Beta, Gamma und Delta klebten darauf.

Er hielt mir zwei Spritzen hin. „Öffnen Sie eine Alpha-Probe und geben Sie mit der ersten einen Tropfen auf den Objektträger. Gut! Und jetzt nehmen Sie die andere und geben eine weitere Alpha-Probe hinzu. Was sehen Sie?"

Ich sah nichts. Die beiden Blutstropfen schienen glänzend miteinander auszukommen. Ich teilte Antrennewski meine Erkenntnis mit. Er war zufrieden.

„Fein. Und nun geben Sie eine Beta-Probe hinzu. Mit einer frischen Spritze."

Wieder geschah – nichts. Als ich jedoch, seinen Anweisungen folgend, andere Proben miteinander vermischte, bildeten sich rasch dicke Klumpen unter dem Mikroskop.

„Sehen Sie, sie agglutinieren!"

Ich versuchte, mir alles einzuprägen. Nach einer Weile glaubte ich, dass mir das gelungen sei. Antrennewski hörte mich ab wie ein Lehrer seinen Schüler die lateinischen Vokabeln. Bei dieser Unterweisung sollte es jedoch nicht bleiben! Antrennewski hatte auch scheinbar beiläufig das Problem der Immunsupprimation gelöst!

„Wenn Sie so wollen, Doktor Watson, bekämpfe ich dabei Feuer mit Feuer. Ein verpflanztes Fremdorgan wird bekanntermaßen sofort abgestoßen. In Skandinavien wächst jedoch ein seltener Pilz, der die Abstoßungsreaktion des Organismus weitgehend verhindert. Außerdem spritze ich dem Empfänger gelöstes Uraninit aus dem Erzgebirge. Uranpecherz. Die Wissenschaft hat noch keine Erklärung dafür, aber dieses Uranpecherz unterdrückt die Immunabwehr. Immunabwehr. Genial, nicht wahr?"

„Fürwahr, Doktor Antrennewski, ich bin begeistert!" Um ein Haar hätte ich selber noch einmal das Wort *begeistert* wiederholt. Antrennewskis Palilalie drohte bei mir Echolalie* auszulösen! Wenn ich hier nicht bald herauskäme, würde ich verrückt. Verrückt!

Nachdem ich solchermaßen in die Techniken der Bluttransfusion und der Immunsupprimation nach Transplantationen eingewiesen worden war, wollte ich mich endlich zur Ruhe begeben.

„Halt, Antrennewski, noch etwas. In Ihrem Londoner Versteck kroch eine lebendige Zunge herum. Wie ging dies zu? Was hatten Sie mit ihr gemacht?"

„Fleisch muss lebendig erhalten werden, wenn man damit operiert, Doktor Watson. Ein von mir gefundenes Elixier ermöglicht dies und macht totes Fleisch lebendig. Nicht für lange, aber lange genug. Genug. Ich nenne es Antrennin. Aber nur so für mich. Für mich."

„Antrennin, natürlich … Wie stellt man es her?"

„Das soll vorerst mein Geheimnis bleiben. Schlafen Sie wohl!"

Er nickte zum Abschied wohlwollend. Wohlwollend.

*Zwanghaftes Wiederholen von Wörtern, Sätzen oder Satzteilen des Gesprächspartners.

Mariloup brachte mir das Essen, sah mich traurig an, streckte unentschlossen die Hand aus, als wollte sie meine Wange berühren, ließ sie dann aber wieder sinken. „Morgen. Seien Sie bereit!"

„Wofür?" Für einen kurzen Moment hoffte ich, sie würde mich besuchen kommen, doch sie legte den Zeigefinger an den Mund, um mir Schweigen zu gebieten, und ging hastig hinaus. Wie jeden Abend hörte ich das Drehen des Schlüssels im Schloss. Dann wurde der Schlüssel abgezogen, und ihre Schritte entfernten sich.

Als ich meine Bettdecke aufschlug, fand ich ein Skalpell darin. Nun gut, es war rostig, aber immerhin ein Skalpell. Als ich es in das Licht der Kerze hielt, bemerkte ich, dass jemand versucht hatte, es an einem Wetzstein zu schärfen.

*

Am nächsten Morgen, der genauso wie der Morgen davor mit einem heißen Bad begann, führte mich Trichinin wieder in das Operationszimmer. Das Skalpell steckte im Futter meines Jackenärmels. Ich konnte es durch ein kleines Loch leicht herausziehen.

Als ich den Raum betrat, fielen mir gleich die zwei Operationstische auf, die die Mitte einnahmen. Zwei Gestalten, eine große und eine kleinere, lagen, mit Tüchern zugedeckt, darauf. In dem großen Doppelaquarium im Hintergrund des Raumes schwamm noch leblos die Gestalt, die der neue Antrennewski werden sollte. Der Platz neben ihr war leer. Der Meister wartete schon auf mich.

„Wir haben heute Großes vor, Herr Kollege! Hier ist unser erster Patient." Er zog eines der beiden Tücher weg. Darunter kam ein veritables Höllenwesen von riesigen Ausmaßen zum Vorschein. Im Stehen würde es mich um mindestens einen Kopf überragen. So ähnlich musste der Sewer-Wärter Peter Lushing zu Lebzeiten ausgesehen haben. Dicke Lederriemen mit Messingschnallen hielten den Hünen auf dem OP-Tisch fest. Er war wach, seine Augen standen offen. Aus ihnen sprachen Angst und Wut gleichermaßen.

„Darf ich Ihnen Igor vorstellen? Er ist in einer meiner Sternstunden entstanden.* Entstanden."

Sternstunden? Voller Entsetzen blickte ich das Wesen an. Operationsnarben durchzogen seine Haut in alle Richtungen. Zwar standen seine Glieder in der rechten Proportion zueinander, und auch die Züge waren ursprünglich dem Kanon der Schönheit nachgebildet, aber die gelbliche Haut verdeckte nur notdürftig das Spiel der Muskeln und das Pulsieren der Adern. Das Haupthaar war freilich von schimmernder Schwärze und wallte überreich herab. Auch die Zähne glänzten so weiß wie Perlen. Doch standen solche Vorzüge in schaurigem Kontrast zu den wässrigen Augen, welche nahezu von derselben Farbe zu sein schienen wie die schmutzigweißen Höhlen, in die sie gebettet waren, und zu dem von feinen Runzeln überzogenen Gesicht und den schwarzen, aller Modellierung entbehrenden Lippen. Quer über die grotesk hohe Stirn zog sich eine breite, mit grünem

*Genau diese Worte singt Frank Zander (*1942) auf der LP *Wahnsinn* (1975) in seinem köstlichen Gruselsong *Ich bin der Ur-Ur-Enkel von Frankenstein*!

Wundzwirn vernähte Wunde. Der geöffnete Schädel des Wesens war mit dem viel zu großen Schädeldach eines anderen Menschen geschlossen worden.

Eine zu neuem Leben erweckte Mumie hätte nicht abscheulicher aussehen können! Nicht einmal die Imaginationskraft eines Breughel oder meines geliebten Bram Stoker hätte etwas vergleichbar Schreckliches ersinnen können.

„Erschrecken Sie nicht, Kollege. Igor ist ein Prototyp. Im Großen und Ganzen ist er hervorragend gelungen, alle organischen Funktionen lassen nichts zu wünschen übrig. Lediglich das Hirn ... Es ist ein bisschen verrückt. Verrückt. Stammt von einem verstorbenen Gymnasialprofessor für Deutsch und Geschichte. Sprach anfangs nur Mittelhochdeutsch oder Latein. Das konnten wir ihm abgewöhnen. Abgewöhnen. Jetzt redet er nur noch wie die Gestalten bei Goethe und Schiller, aber selbst das ist nicht zufriedenstellend. Wir haben viel besseres Material hereinbekommen. Einen neuen Patienten, Doktor Watson, wie ich Ihnen schon angekündigt habe. Angekündigt habe. Sie kennen ihn gut."

Damit zog er das Tuch auf dem zweiten OP-Tisch weg.

Um ein Haar hätte ich laut aufgeschrien. Unter dem Tuch kam zum Vorschein – mein Freund Sherlock Holmes! Er hatte einige Kratzer im Gesicht, ein Wangenknochen war geschwollen. Möglicherweise hatte er eine unerfreuliche Begegnung mit dem Russen gehabt. Holmes befand sich in tiefer Betäubung. Bleich und mit entblößtem Oberkörper lag er da, wie das Ungeheuer neben ihm mit Lederriemen an der Unterlage fixiert. Ich war außer mir. Jetzt musste etwas geschehen!

„Und Sie glauben tatsächlich, ich würde das Gehirn meines besten Freundes herausnehmen und es Ihrem … *Neuen Menschen* einsetzen! Da haben Sie sich geirrt! Ich werde nichts dergleichen tun!“ Ich riss mein Skalpell aus dem Ärmel, dass der Stoff krachte, umrundete dabei Antrennewski, packte ihn mit dem linken Arm um die magere Brust und setzte ihm die Klinge des Skalpells an den Hals, noch ehe Trichinin auch nur den Finger heben konnte. Ich würde mir den Weg freikämpfen, und notfalls würde ich diesem Irren einfach die Halsschlagader durchschneiden. „Eine falsche Bewegung, und Sie sind ein toter Mann! Pfeifen Sie Ihren Russen zurück!“

Trichinin verharrte mit ratlosem Gesichtsausdruck mitten in der Bewegung. Nur seine unvermeidliche Zigarette glomm vor sich hin. In diesem Augenblick betrat Mariloup in Begleitung des Kosaken den Raum, der eine doppelläufige Flinte auf die Gruppe richtete. Sie selbst hielt eine Axt in der Hand. „Wage es nicht, Antrennewski! Trichinin, rühr dich nicht!“

Nanu?, dachte ich erstaunt. Was war das denn? Eine Revolution? Der Aufstand des Kindes gegen seinen Vater? Hatte Mariloups Begleiter etwa schon immer auf ihrer Seite gestanden? Oder hatte sie ihn zu sich hinüberzuziehen gewusst?

„Mariloup!“

„Lassen Sie Antrennewski los, Doktor Watson!“, rief sie. „Das geht nur ihn und uns etwas an.“

„In … Familienangelegenheiten … sollen sich Fremde nicht einmischen“, stotterte ich und ließ Antrennewski los, der ruhig stehen blieb. Dem Impuls, das Skalpell wegzuwerfen, widerstand ich. So rasch ich konnte (und solange die Situation unübersichtlich blieb), befreite ich damit Holmes von seinen Lederriemen. Er lag noch in tiefer Ohnmacht.

Während der Kosak Antrennewski und Trichinin in Schach hielt, trat Mariloup an das Fußende des OP-Tisches und durchtrennte mit drei präzisen, ungemein kraftvollen Axthieben die Lederriemen um Handgelenke und Füße des Ungeheuers, das sofort das Tuch zur Seite warf und sich erhob. Es war bis auf einen um die Hüften geschlungenen Lumpen nackt. Sein Wuchs beeindruckte mich. Er glich dem großen bösen Riesen aus dem Märchenbuch meiner Kindertage, denn er überragte mich nicht nur um einen Kopf, sondern um mindestens zwei.

Als seine riesige Faust Mariloup die schwere Axt entriss, wich Trichinin ängstlich einen Schritt rückwärts. Die Kinnladen des Monsters klappten auf, und aus der dünnlippigen Öffnung drangen unartikulierte Laute, die wie eine Karikatur der menschlichen Sprache klangen. Mag sein, dass es etwas sagte, doch ich verstand es nicht.* Dann gingen seine Laute langsam in eine verständliche Sprache über. Es sprach abgehackt und mit falscher Intonation, als wären die Silben der Worte aus den Äußerungen ganz unterschiedlicher Menschen zusammengesetzt.

„Du hast mir zu wenig Leben gegeben, Vater!“, stieß das

*Dies paraphrasiert eindeutig die Beschreibung des Ungeheuers aus *Frankenstein* von Mary Wollstonecraft Shelley (1797-1851).

Wesen hervor. „Immer wieder zerfalle ich, aber immer wieder setzt du mich zusammen. Und wenn ich nicht gerade wieder sterbe, werde ich wie ein Tier in einem Verlies gefangen gehalten. Ich werde dich töten! Es ist besser, wenn Vater und Sohn gemeinsam zur Hölle fahren!“

Antrennewski blieb ungerührt stehen, seine bleichen, schmalen Lippen zu einem höhnischen Lächeln verzogen.

„Was hat man mir nicht alles erklärt von der Achtung dem Vater gegenüber, dem Schöpfer, dem ich mein Leben danke. Langes und Breites. Das ist dein Vater. Er hat dir das Leben gegeben, also sei er dir heilig! Und was habe *ich* davon? Ich möchte wissen, warum eigentlich hat er mich gemacht? Doch wohl nicht aus Liebe zu mir, denn er wusste gar nicht, ob aus seiner Retorte überhaupt ein Wesen mit Selbstbewusstsein entstehen würde. Hat er mich gekannt, ehe er mich machte? Oder hat er mich gedacht, wie er mich machte? Oder hat er mich gewünscht, als er mich machte? Wusste er, dass ich werden würde? Ich möchte ihn dafür strafen, dass er mich gemacht hat! Er achtet mich nicht, denn wo ist die Achtung gegen mich? Wo steckt denn nun etwas Heiliges in diesem perversen Schöpfungsakt? Ist der Entstehungsprozess, dem ich mein Leben verdanke, etwas Heiliges? Aber was! Es war schiere Eitelkeit, die Erbsünde aller Wissenschaftler, die mit ihrem Werk kokettieren, wenn's bloß funktioniert, mag es auch noch so hässlich sein! Und wenn alles gleich auseinanderfällt, dann wird es eben so lange wieder zusammengesetzt und mit neuem künstlichem Leben erfüllt, bis es wieder funktioniert. Ich ertrage dieses Versuchskaninchendasein nicht länger! Ich habe nicht genug Leben in mir, um es länger auszuhalten!" Seine Stimme ging in ein verzweifeltes Kreischen über. „Vater! Gib mir mehr Leben! Gib mir Leben, wie es einem wirklichen Menschen zukommt. Ich … bin … ein … Mensch. Ich … bin … ein … Mensch."*

Antrennewski verharrte unbeweglich, mit kalten Augen interessiert der Szene folgend.

„Du schweigst? Du siehst zu, wie ich wieder in meine Einzelteile zerbreche? Und überlegst schon, was du dieses Mal anders machen könntest, damit ich ein paar Tage länger über die Runden komme? Ist das alles?"

Antrennewski rührte sich noch immer nicht.

„Vorwärts also, dann ist dein Todesurteil gesprochen. Ich werde alles um mich vernichten, was mich an diesem unseligen Leben hält, über das ich nicht Herr bin. Und wenn ich schon nicht in Würde leben darf, dann will ich wenigstens mit Würde untergehen und dich mit ins Verderben reißen."

Das Wesen schwang erneut drohend die Axt. Trichinin trat schützend vor seinen Herrn, da traf ihn der Rücken der Axt am Kopf. Stumm kippte er zur Seite.

Antrennewski wich keinen Schritt zurück, als Igor zornbebend auf ihn zutrat. Es war eine unheimliche Theatervorstellung!

„Dieser sogenannte Vater hat zugesehen", sprach Igor

*Anscheinend hat Antrennewski dem Ungeheuer tatsächlich das Gehirn eines Germanisten eingepflanzt, denn hier zitiert es eindeutig Schillers *Räuber*. Den Ruf nach mehr Leben stößt Rutger Hauer als Replikant in den Harrison-Ford-Film *Blade Runner* (1982) aus.

ungerührt weiter, „wie immer wieder die Hoffnung in mir zugrunde ging auf ein Leben, wie es einem Menschen gebührt. Immer wieder schwand dieses Odium aus meinen zerreißenden Gedärmen, mich immer wieder als stinkende Missgeburt zurücklassend. Haben wir nicht seine leiblichen Kinder gesehen, diese Werwölfe, jene haarigen Spottgeburten, die nicht Tier sind und nicht Mensch? Sahen wir nicht, wie dieser Mann, der sich zweifacher Vater nennt, gar nicht fähig ist, wahres Leben zu schaffen? Und bei allem frönt er nur dem Drange, die Wissenschaft zu fördern und sich selbst zu retten, koste es, was es wolle. Ich frage dich zum allerletzten Mal in diesem Leben, du unfähiger Vater, du erbärmlicher Schöpfer. Willst du mir mehr Leben geben, ja oder nein? Richtiges, wahres, menschliches Leben! Willst du das?"

Antrennewski blieb die Antwort schuldig.

„Dann sollst du meinen Dank zu spüren bekommen, du stinkender Vater!"

Nun wird es uns alle töten!, fuhr es mir durch den Kopf.

Furcht einflößend war der Schatten der drohend erhobenen Axt. Antrennewski bewegte sich langsam rückwärts zur Tür, da sauste auch schon die Axt herab. Sie traf aber niemanden. Ihr Schwung und ihr Gewicht waren vielmehr so groß, dass sie den Arm des Ungeheuers aus dem Schultergelenk riss. Einen Schweif von grünlich schimmerndem Blut hinter sich herziehend, flog der Arm, noch immer den Stiel umklammernd, wie ein Komet quer durch den Raum. Zwischen den beiden Männern grub sich das Blatt zitternd tief ins Holz der Tür. Die Hand an dem ausgestreckten, vom

Körper getrennten Arm hielt den Stiel noch einen Moment lang umklammert, dann erlahmte ihre Kraft. Der Griff lockerte sich, und der Arm fiel zu Boden. Die leere Hand öffnete und schloss sich noch ein paarmal im Krampf, dann lag sie still.

Das Ungeheuer war mit einem Schwall seines grünlichen Blutes übergossen worden. Seine farblosen Augen hatten dem davonfliegenden Arm aus dem verschmierten Antlitz entsetzt und verständnislos nachgeblickt. Es fasste mit der Linken in die blutende Schulterwunde und besah sich die verbliebene Hand, als könne es nicht glauben, was geschehen war. Dann streckte es die Hand aus, um sich damit auf seinen Schöpfer zu stürzen, doch der Blutverlust begann sich bereits bemerkbar zu machen. Ein Zittern durchlief die mächtige Brust, ein Spasmus verkrampfte das Wesen, konvulsivisch arbeiteten seine Halsmuskeln und nahmen ihm den Atem. Keuchend versuchte es Luft zu holen, der Schaum vor dem Mund wurde immer grüner. Dann packte die Hand die Naht, die die beiden Brusthälften miteinander verband, und riss sie mit einem Ruck auf.

Ich hatte Verwundete in Afghanistan gesehen, denen ein Granatsplitter den Leib aufgerissen hatte und die, ihren Darm in der Hand tragend, mit letzter Kraft durch den mörderischen Artilleriebeschuss in meinen Sanitätsunterstand gewankt kamen, um vor meinen Füßen tot zusammenzubrechen. Damals war Krieg, und ich hatte mich schließlich über diese Bedauernswerten nicht mehr aufregen können. Jetzt allerdings war Frieden, meine Praxis lief gemächlich, mal eine Schnittwunde an der Hand, allenfalls ein aufzuschneidendes Geschwür – aber was ich hier erleben musste, überstieg fast meine Kräfte.

Blut begann in wahren Sturzbächen aus Igors Nase zu schießen, aus den Augen und aus den Ohren. Die Naht auf der Stirn brach auf und begann zu bluten. Die imposanten Muskeln des Wesens zuckten immer mehr, die Spasmen wurden immer fürchterlicher. Gleich würde die Gewalt der sich verkrampfenden Muskeln die Knochen zu brechen beginnen. Schon hörte ich deutlich das Knirschen der Gelenke, als sich die Beine in grotesken Krümmungen verformten. Dann entlud sich die vulkanische Spannung, das linke Bein brach unterhalb des Knies in zwei Teile, der Fuß blieb aufrecht am Boden stehen, während die ganze Riesengestalt, das Gleichgewicht verlierend, schwer hinschlug. Aus dem Beinstumpf schoss stoßweise noch mehr Blut.

Der Gestank von Aussatz, Pestilenz, von verwesendem Fleisch und frisch geöffneten Gräbern nahm mir schier den Atem. Der Drang meines Magens, seinen Inhalt auszuwürgen, wurde immer stärker.

Nach Atem ringend, krallte sich das Ungeheuer die ihm verbliebene Hand um den Hals, was aussah, als wolle es sich selbst erwürgen. Sich hin und her windend, stöhnend, schreiend und um sich schlagend, hauchte es seine Seele aus, so es eine besessen hatte. Schließlich verstummte es, die Spasmen ließen nach, die Blutströme aus den vielen Wunden und Nähten versiegten langsam, dann setzte der Tod stolz seinen Fuß auf die Brust des Besiegten. Es war ein herzzerreißender, scheußlicher, widerwärtiger Anblick.

Während die Übrigen – ich schließe mich nicht aus –

noch vor Grauen starr umherstanden, ließ Mariloup sich nicht schrecken und zog, ehe jemand anderer daran dachte, die blutige Axt aus der Tür.

Antrennewski war der Nächste, der sich wieder bewegte. Er machte einen Schritt auf das tote Wesen zu, stieß es mit dem Krückstock an und blickte ihm in die weit aufgerissenen, erloschenen Augen. „Puh!“, seufzte er erleichtert.

Doch Mariloup, die Axt drohend erhoben, ließ ihn nicht zu Wort kommen. „Wir haben deinem Treiben lange genug zugesehen, Antrennewski! Wir haben deine widerlichen Versuche erduldet, Schmerzen gelitten und das Gefühl durchlebt, tausendfach ausgestoßen zu sein aus der menschlichen Welt. Du wirst es nicht wagen, den wertvollsten Menschen, den diese Welt je hervorgebracht hat, für deine sinistren Zwecke zu opfern und seinen besten Freund zu deinem Komplizen, zum Mörder zu machen. Nein! Trichinin, gib Doktor Watson seine Waffe zurück! Doktor Watson, wecken Sie Sherlock Holmes auf. Sie müssen von hier verschwinden!“

„Das dürft ihr nicht!“ Antrennewskis Stimme überschlug sich. „Ich befehle es! Befehle es!“

Drohend hob er seinen Stock, doch Mariloup erwiderte die Geste mit ihrer Axt.

Bemüht, mich aus dem Gefahrenbereich fernzuhalten, trat ich mit fordernd ausgestreckter Hand auf den Russen zu. Der holte meinen Webley aus seiner Jacke und streckte sie mir hin. Welch gutes Gefühl, die treue Gefährtin meiner Abenteuer wieder bei mir zu haben! Sogar in geladenem Zustand! Ich schob sie griffbereit in den Hosenbund.

Trichinin zündete sich auf den Schrecken hin mit seinem Sturmfeuerzeug erst einmal eine neue Papirosa an. Der Kosak hielt derweil noch immer drohend das Gewehr auf Antrennewski gerichtet.

„Nun machen Sie schon, Doktor Watson!“, drängte Mariloup. „Ich regle das hier.“

Ich ergriff ein Gefäß mit der Aufschrift *Aqua dest.* und schüttete Holmes den Inhalt ins Gesicht.

Er schlug die Augen auf. „Wo ...?“, fragte er undeutlich.

„Alles wird gut, alter Junge. Ich bin ja da. Stehen Sie auf!“

Von den Lederriemen hatte ich ihn befreit. Er trug noch seine Hose, doch der Oberkörper war ebenso nackt wie seine Füße. Noch immer waren Spuren der Misshandlung im Hafen zu sehen. Ich wickelte ihn in das weiße Tuch, das ihn bedeckt hatte, und half ihm auf. Er schwankte so sehr, dass er sich am OP-Tisch festhalten musste.

„Gehen Sie, Doktor Watson! Wir werden das unter uns ausmachen.“

„Ich ...“

„Nun gehen Sie schon!“

Derweil hatte Antrennewski seine Contenance wiedergefunden. Mit angewidertem Gesichtsausdruck wies er auf Igors sterbliche Überreste, als wären sie irgendein Unrat. „Räum das hier weg, Trichinin!“

Der kleine Russe warf sofort seine brennende Zigarette fort, um den Befehl seines Herrn auszuführen. Sie fiel direkt neben Igors Leiche, mitten in die grüne Blutlache. Innerhalb von Sekunden loderten mannshohe Flammen auf.

„Durak!“, brüllte Antrennewski. „Habe ich dir nicht immer wieder eingeschärft, dass unser Kunstblut leicht entflammbar ist? Du hirnloser Idiot! Idiot!“

Trichinin versuchte vergeblich, das Feuer mit den Füßen auszutreten.

„Raus hier! Schnell!“, rief Mariloup.

Seinen Arm um meine Schulter legend, begann ich, meinen Freund hinauszuschleppen. Holmes ächzte nur leise. Was hinter mir geschah, wollte ich gar nicht mehr wissen.

Ich versuchte, mich an die Lage des Treppenhauses zu erinnern. Den langen Gang mit dem Degenbrecher, den ich eigentlich als Waffe hatte gebrauchen wollen, fand ich rasch wieder. Dann fielen die elektrischen Lampen aus, doch es wurde Gott sei Dank nicht völlig dunkel im Haus, sodass ich mich noch halbwegs orientieren konnte. Der Brandgeruch wurde immer stärker. Jetzt musste ich bald den Ausgang finden, sonst würden wir an Rauchgasvergiftung sterben.

Endlich hatte ich das Treppenhaus gefunden. Mehr fallend als gehend stolperten wir die Stufen hinab, und mehr als einmal drohte mein Freund hinzustürzen. Wenn er liegen geblieben wäre, hätte ich ihn wohl kaum mehr rechtzeitig auf die Füße heben können, doch allmählich kehrte sein Bewusstsein zurück und seine Schritte wurden kräftiger und exakter.

Da ertönte hoch oben, im Inneren des Hauses, eine Explosion. Antrennewskis Wiener Domizil schien, ebenso wie sein Londoner Quartier, dazu bestimmt zu sein, ein Raub der Flammen zu werden.

Endlich standen wir vor dem Portal, doch es war abgeschlossen. So sehr ich mich auch bemühte, ich bekam die Tür nicht auf. Schon bekam ich kaum mehr Luft. Wie sollte ich in der Eile einen anderen Ausgang finden? Meine Kräfte waren nahezu aufgebraucht, Panik stieg in mir auf. Mit der Faust pochte ich gegen das mit Eisen beschlagene Holz.

„Zu Hilfe!“, brüllte ich, zunächst auf Englisch, bis mir einfiel, dass das hier wohl niemand verstehen würde.

Zu meiner Überraschung klopfte unvermittelt jemand auf der anderen Seite ebenfalls und rief etwas Unverständliches auf Deutsch. Weil ich husten musste, pochte ich statt einer Antwort erneut gegen das Tor.

Plötzlich stand Mariloup neben uns, mit der blutigen Axt in der einen und Holmes' Inverness-Cape mit dem Rest seiner Kleider in der anderen Hand. Sie legte sie neben dem Tor ab. „Einen Schlüssel hat nur Trichinin“, erklärte sie. Dann setzte sie das Blatt neben das gewaltige eiserne Schloss ins Holz und warf sich gegen den Stiel. Erst rührte sich das Tor nicht, doch diese bedauernswerte Frau verfügte über riesige Kräfte. Auf einmal splitterte das Holz. Sie griff mit bloßen Händen in die entstandene Lücke und zog, zitternd vor Anstrengung, das Tor einen Spalt weit auf. Draußen war heller Tag. Frische Luft strömte uns entgegen. Nie war mir Luft so köstlich erschienen!

Vor dem Tor standen Neundlinger und ein Gendarm, der Holmes gerade noch auffing. Neundlinger blickte erschrocken an mir vorbei. Er hatte Mariloup gesehen und rief so etwas wie *Gruzinesa!*

„Alles … alles in Ordnung“, stieß ich mühsam hervor. „Das ist … ist …“

„Die böse Maria Wolf“, sagte Mariloup in perfektem Deutsch. „Ich muss zurück. Antrennewski und Trichinin konnten entwischen. Das Palais hat einen Zugang zur Kanalisation. Durch die werden sie zu entkommen versuchen.“

„Nicht!“, rief ich voller Angst. „Es … es brennt doch! Sie werden sterben!“

„Leben Sie wohl, Doktor Watson!“, wiederholte sie, nahm mein Gesicht in ihre linke Hand und drückte mir einen zarten, kurzen Kuss auf die Wange. Es fühlte sich an, als würde man ein haariges kleines Tierchen kosen. Ich wusste nicht, wie ich darauf reagieren sollte. Mir war das vor Holmes und Neundlinger unsagbar peinlich.

Als Mariloup ins Haus zurückging, rief ich ihr nach: „Bleiben Sie doch … Mariloup!“

Sie blickte mich noch einmal traurig an, dann war sie in dem Gebäude verschwunden.

Ich schaute nach oben. Einige Scheiben waren zerborsten, Flammen schlugen aus dem Gebäude heraus. Eben ließ die Hitze eine weitere Fensterscheibe über unseren Köpfen zerspringen. Glas fiel herab. Ich packte Holmes' Kleiderbündel und versuchte, so schnell es ging, ihn von den Mauern wegzuzerren.

Neundlinger half durch konsequentes Anfeuern mit. „Schneller greifen, Doktor! Schneller!“

Hinter uns zersplitterten die Glasscherben auf den Steinen. Auf der untersten Stufe der Vortreppe, direkt an der Straße, ließen wir uns niederfallen.

„Rufen S' die Feuerpolizei, Matauschek!", befahl Neundlinger dem Gendarmen. „Suchen S' einen Brandmelder. Oder ein Vierteltelephon!"*

„Brandmelder oder Vierteltelephon. Jawoll, Herr Oberst!", erwiderte der Gendarm Matauschek und eilte davon.

„Was war denn das?", wollte Neundlinger wissen, wobei er mit dem Daumen über die Schulter nach hinten wies.

„Doktor Antrennewskis Tochter. Sie leidet unter krankhafter Behaarung", versuchte ich es ihm mit wenigen Worten zu erklären. „Sonst ist sie sehr intelligent und gebildet. Sie hat Holmes und mich befreit. Aber wie kommen Sie so schnell hierher?"

„No, Mister Holmes wurde in der Hofoper während des *Lohengrin*, die dieser Jude Mahler dirigierte, aus seiner Loge entführt. Pfft! Als er eine Verabredung mit uns nicht einhielt, habe ich festgestellt, dass auch Sie abgängig waren. Da bin ich zu meinem Studienkollegen, dem Polizeikommissär vom achten Revier, gegangen. Der hat mir ein paar Gendarmen mitgeschickt, und mit denen sind wir hierher. Eigene Leute haben wir ja nicht, aber wir wussten ja, wo's ist. Wir hätten Sie jetzt befreit!"

„Davon bin ich überzeugt", entgegnete ich, hegte in Wahrheit jedoch erhebliche Zweifel.

*Ein Vierteltelephon entsprach dem Gemeinschaftsanschluss, der in Großbritannien als *Partyline* bekannt war. Die britische Popband *The Kinks* hat 1966 ein Lied darüber geschrieben (auf der LP *Face to Face*). Außerdem gab es in Wien seit dem Brand des Ringtheaters 1881 überall rote Kästen mit Telefonen darin und der Aufschrift *Brandmelder* darauf, mit denen die Feuerwehr alarmiert werden konnte, und die Stadt installierte eine der modernsten Feuerwehren Europas. Sie war unter anderem mit Dampfspritzen ausgerüstet.

Holmes' Regsamkeit schien langsam wieder zu erwachen. Allmählich füllten sich seine Augen wieder mit Leben. Ein kräftiger Schluck aus meiner Taschenflasche tat ein Übriges.

„Sind wir vor Antrennewskis Palais? Diesem Walderhoff?"

„Gott sei Dank, da sind Sie ja wieder! Ja, das ist das Palais Walderhoff."

„Und was ist da drin passiert? Wieso brennt es?"

„Sagen wir es so: Die Kreaturen der Hölle veranstalten einen Hexensabbat."

„Watson, Watson, immer romantisch! Aber im Ernst. Was ist passiert?"

„Anscheinend hat Antrennewski Sie während der Vorstellung aus der Hofoper entführen lassen. Ich sage ja immer, Wagner ist ungesund."

Während ich ihm einen knappen Bericht über die Ereignisse gab, half ich ihm beim Anziehen. Dann schnürte ich ihm noch die Schuhe zu. Auf einmal erklangen von überallher Glocken.

„Der Feueralarm", erklärte Neundlinger. „Der Matauschek hat alarmiert. Ja, da isser scho! Gleich werden s' mit den Spritzenfiakern hier sein. Dann wird's hier feuchtfröhlich."

Matauschek kam außer Atem im Laufschritt zu uns zurück und nahm abwartend Haltung vor Neundlinger an. „Kummen S' mit!"

Das galt uns allen.

„Aber wir müssen Antrennewski verfolgen!", versuchte ich zu widersprechen. „Er ist ein Irrer! Und ein Mörder! Beziehungsweise er hat Morde in Auftrag gegeben. Er darf nicht entkommen!"

„Wird er nicht, Doktor, nur keine Sorge. Ich weiß auch schon, wie wir ihn kriegen. Wir haben ja auch einen Stadtplan in unserem Bureau, net woar. Uns ist schon klar geworden, dass Antrennewski so etwas vorhaben könnte. Die Zugänge zu unserer Unterwelt sind kartographiert. Und das Palais hat einen Zugang zum Wiener Hauptsammelkanal. Wir Österreicher sind ja nicht blöd!"

„Habe ich das behauptet?"

„Ich meine ja bloß ... Und weil wir nicht blöd sind, haben wir auch jemanden mit'bracht, der sich da drunten auskennt. Vorsicht, da kommen s' scho!"

Schnell traten wir zur Seite, denn mehrere Feuerwehrfahrzeuge fuhren unter lautem Glockengeläut vor. Ich staunte. Zwei Omnibusspritzen wurde vierspännig von Pferden gezogen, dann kam ein Dampfspritzenwagen, ferner eine zweispännig gezogene Maschinenleiter, und den Abschluss bildete ein Hydrophor mit Pumpenschwengeln, wie ich sie auch aus England kannte. Uniformierte Männer mit schwarzen Lederhelmen und Nackenschilden sprangen herunter und nahmen in militärischer Reihe Aufstellung. Zackig zählten sie durch, dann nahm jeder seinen Posten ein. Die einen rollten Schläuche aus, andere schlossen sie an, die Maschinenleiter wurde ausgefahren und besetzt, und die Druckmänner warteten an den Pumpen auf den Befehl *Wasser marsch!* Jetzt stellten sich auch die ersten Schaulustigen ein, die ein Wehrmann zu verscheuchen versuchte. Immer wieder wies er dabei nach oben, um auf die Gefahr für die Gaffer aufmerksam zu machen. Als ein Feuerwehroffizier auf uns zukam, ging ihm Neundlinger ein Stück entgegen. Man salutierte und sprach miteinander. Neundlinger schüttelte mehrmals den Kopf. Der Feuerwehroffizier nickte, wandte sich um und gab einen Befehl. Dann begannen die Löscharbeiten mit einer Präzision, für die ich nur Bewunderung empfand. Neundlinger hingegen zeigte sich wenig beeindruckt. Offenbar war ihm der Anblick der gut geölten Feuerlöschmaschinerie vertraut.

Das Eintreffen eines jungen Mannes in abgerissener Kleidung, jedoch mit einem Ehrfurcht gebietenden Schnauzbart im Gesicht, veranlasste Neundlinger zu dem Ausruf: „Da ist er ja, der alte Kanalstrotter!"

Der alte *Kanalstrotter** hatte lässig eine Harke mit kurzem Stiel über die Schulter gelegt.

„Darf ich vorstellen", sagte Neundlinger. „Max Winter, Journalist. Von der Haklteims.** Keiner kennt sich da drunten so aus wie er. Will ein Buch über Wiens Unterwelt schreiben."***

„Sehr erfreut, meine Herren!" Winter sprach Englisch, wenngleich mit ähnlich drolligem Akzent wie der Rezeptionist unseres Hotels. „Das ist mein Heinl. Eine Hakl. Eine Harke. Die werden wir brauchen. Und das Seil hier auch. Der Herr Oberst war so freundlich, eine telephonische Nachricht für mich zu hinterlassen. Ich arbeite für die *Arbeiter-*

*Der Begriff Strotter kommt von *strotten*, aussortieren, und bezeichnete ursprünglich Menschen, die ihren Lebensunterhalt durch Durchwühlen von Abfällen bestreiten, später auch Strauchdiebe sowie als *Kanalstrotter* Menschen, die im Wiener Untergrund leben. Inzwischen veraltetes Synonym für Stadtstreicher.

**Spottwort für *Arbeiter-Zeitung*. Hakl = Hacken = ugs. für Arbeit, Teims = Times.

***1870-1937, Erfinder der Sozialreportage im deutschsprachigen Raum. 1905 erschien sein Buch *Im unterirdischen Wien*.

Zeitung, die hier jeder *Hakl-Times* nennt. Normalerweise sind wir Sozialdemokraten uns ja nicht so grün mit den Pompfüneberern, aber da Ihr Name erwähnt wurde, Mister Holmes, konnte ich mich dem Ansinnen des Herrn Oberst nicht verschließen."

„No, no, Winter, Ihre Puschka* wartet auch schon auf Sie! Pompfüneberer, das will ich nicht gehört haben!"

Statt einer Antwort grinste Winter nur und zuckte die Schultern.

„Ein livrierter Bestatter", knurrte Neundlinger auf meine Frage nach dem schier unaussprechlichen Wort.

„Kommen Sie, bitte schön!", lud uns Winter ein. „In die Unterwelt geht's hier entlang."

„Warum warten wir nicht einfach am Ausgang des Kanals, bis die Flüchtlinge herauskommen?", fragte ich in meiner grenzenlosen Naivität.

„Na, weil es hier Dutzende von Ausgängen gibt. Wie sollen wir wissen, welchen sie nehmen werden? Wir müssen ihnen schon hinterher!"

Er führte uns ein Stück die Straße entlang zu einem Kanalgitter im Pflaster, steckte den Stiel seiner Harke in ein Gitterloch und stemmte sich dagegen. Unter den staunenden Blicken einiger Neugieriger hob er das schwere Gitter mit einem kurzen Ruck an und kommandierte: „Packen Sie jetzt an!"

*Puschka, russ. Kanone, im übertragenen Sinne Gewehr, Soldatenbraut. Das Wort Pompfüneberer kommt von frz. Pompes funèbres, Bestattungsinstitut, und spielt auf die Uniform an.

Ich langte zu, und mit vereinten Kräften stellten wir das Gitter auf.

Ein alter Mann, der vorüberkam, rief etwas, was Winter auf Wienerisch beantwortete. Offenbar war seine Antwort humorvoller Art, denn der Alte lachte heiser, bevor er weiterging.

Dann entzündete Winter eine Lampe. „So, nehmen Sie Ihr Lamperl und steigen Sie ein!"

„Holmes, als Ihr ärztlicher Beistand bin ich der Ansicht, dass Sie lieber ins Ho..."

Ein Blick sagt oft mehr als jedes Wort, und Holmes' Blick sprach in diesem Moment Bände. Sofort verstummte ich.

Neundlinger ließ es sich nicht nehmen, als Erster zu gehen, dann folgte, wenngleich mit etwas Mühe, Sherlock Holmes. Matauschek und ich bildeten mit Winter die Nachhut.

In die Backsteinwand des Kanalschachtes waren eiserne Steigsprossen eingelassen, auf denen wir hinunterstiegen. Die letzte Sprosse fehlte, doch ich erreichte auch ohne sie die Sohle des Kanals. Das Wasser umspülte meine Stiefel.

Winter reichte mir nun die Lampe herab. „So, zünden Sie sie gleich an und stellen Sie das Lamperl hin!"

„Ins Wasser hinein?", fragte ich.

„Ja. Das macht nichts."

Damit stieg auch er herab, legte das Eisengitter auf seinen Rücken und schloss es, indem er langsam immer tiefer kletterte. Das eigene Gewicht drückte das Gitter zu.

Ein letzter Blick noch auf die hellen Stellen zwischen den

Gitterstäben über uns, dann hielt uns die Dunkelheit in ihren Klauen.

Ein schwerer Pferdewagen rumpelte über das Gitter.*

*

Was für eine seltsame Welt liegt doch, den meisten von uns unbekannt, unter unseren Füßen verborgen. Wir leben auf einer Höhlenlandschaft von Wasserfällen und rauschenden Flüssen, wo sich Ebbe und Flut abwechseln wie in der Welt darüber. Wer jemals die Abenteuer von Allan Quatermain und den Bericht seiner unterirdischen Wasserreise zur Stadt Milosis gelesen hat, der kann sich den Schauplatz von Antrennewskis verzweifelter Flucht vergegenwärtigen.

Der Hauptkanal, etwa halb so breit wie die Themse, braust unter einem mächtigen Tunnelgewölbe dahin und wird von zahlreichen Zuflüssen gespeist. Diese Seitenbäche sind aus höher gelegenen Rohren über Wasserfälle herabgestürzt und im Fall gereinigt worden, sodass die Luft nur in den Seitenkanälen verpestet ist; der Hauptstrom dagegen riecht angenehm frisch, mit einem schwachen Hauch von Ozon; und von allen Seiten hört man das Tosen stürzender Wässer. **

Wir – Winter, Neundlinger, Holmes und ich – erreichten

*Ganz eindeutig nicht von Dr. Watson, sondern die Paraphrase einer Passage von Max Winters *Vier Stunden im unterirdischen Wien. Ein* Strottgang *durch Wiener Kanäle*, in: *Arbeiter-Zeitung*, 34/4.2.1902 und 36/6.2.1902.

**Eindeutig ein Zitat aus *The Third Man and the Fallen Idol* (1951, dt. *Der dritte Mann*) von Graham Greene (1904-1991).

diesen Hauptstrom. Zuerst klapperten wir eine eiserne Wendeltreppe hinab, dann durcheilten wir einen kurzen Gang, der so niedrig war, dass wir nur gebückt laufen konnten, und endlich umspülte das Wasser am seichten Rand des Flussbettes unsere Füße.

Winter leuchtete die Einfassung des Wasserlaufes ab und bemerkte: „Von dort sind sie gekommen." Dann hob er die Lampe in die andere Richtung. „Und dorthin sind sie gelaufen!"

Genau wie ein tiefer Bach dort, wo er gegen das Ufer zu seichter wird, Äste, Gras und Abfälle als eine Anhäufung von Schwemmgut ablädt, so hatte auch hier die Kloake in dem ruhigen, niedrigen Wasser in der Nähe der Wand einen schmutzigen Schaum von Orangenschalen, alten Zigarettenschachteln und dergleichen abgesetzt – und in diesen Rückständen hatten Antrennewski, Trichinin, der Kosak und Mariloup ihre Fährten so unübersehbar hinterlassen, wie wenn sie durch Schlamm geschritten wären.

„Antrennewski kommt nur sehr mühsam voran", befand Holmes. „Er stützt sich auf seinen Stock und zieht das eine Bein nach. Die Schleifspur ist eindeutig. Wir werden sie bald einge…"

„Hoppla! Was haben wir denn da?" Das war Winter. Er stand bei einem Betonklotz im Uferboden, in den ein Eisenring eingelassen war. Daneben lag eine menschliche Gestalt mit dem Gesicht nach unten. Am Hinterkopf prangte eine hässliche Wunde. Es war der Kosak, der sich auf Mariloups Seite geschlagen hatte. Was mochte da geschehen sein? War ein Streit ausgebrochen? Wer hatte ihn hinterrücks niedergeschlagen? Ich wollte mich bücken, um nachzusehen, ob dem Mann wider Erwarten doch noch zu helfen wäre.

„Nicht anfassen, Watson!“, rief Holmes. „Winter, Ihr Messer!“

Winter streckte ihm sein geöffnetes Taschenmesser hin. Holmes ergriff es – wie meist ohne Dankeswort – und schnitt vorsichtig eine dünne Schnur durch, die den Eisenring im Betonklotz mit der Leiche verband. Ich hatte die Schnur gar nicht bemerkt. Dann drehte er den Toten um. Aus der Brusttasche seines Uniformhemdes ragten fünf zigarrenförmige Gegenstände.

„Sprengstoff“, erklärte Holmes. „Wenn Sie ihn umgedreht hätten, hätten Sie an der Schnur gezogen und den Sprengstoff zur Explosion gebracht.“

Mir entfuhr ein Wort, das ich hier nicht wiederholen möchte.

„Wahrscheinlich hatte Antrennewski die Ermordung dieses Mannes als Tarnung für die Sprengfalle von vornherein eingeplant und den Sprengstoff extra mitgebracht.“

Ich wiederholte das unanständige Wort. Sogar zwei Mal.

„Auf jeden Fall müssen sie hier gewesen sein“, überlegte Holmes. Geschickt entfernte er die Zünder und warf sie ins Wasser.

„Das Teufelszeug nehme lieber ich“, sagte Neundlinger und streckte die Hand aus. Holmes legte die Sprengpatronen hinein.

Dann zog und entsicherte der Oberst seine Pistole. „Alle bleiben hinter mir! Die schießen vielleicht auch noch!“

Ich legte ebenfalls den Sicherungshebel meiner Webley

um. „Warum, zum Teufel, Sie wollen vorangehen, Herr Oberst?“, opponierte ich.

„Weil’s meine Profession ist, Doktor. Der Innenminister wird eigenhändig Schabefleisch aus mir machen, wenn’s einen von Ihnen erwischt, und das bei lebendigem Leibe! Und nun kommen S’ weiter!“

Da ich es mir außerordentlich unangenehm vorstellte, bei lebendigem Leib zu Hackfleisch verarbeitet zu werden, gab ich zähneknirschend nach, nutzte aber die Pausen, in denen unser Führer die Laterne abblendete und lauschend innehielt, um mich wieder an seine Seite vorzuarbeiten. Ich wollte den ersten Schuss auf Antrennewski tun. Nicht nur, weil er mich hatte zwingen wollen, Holmes das Gehirn herauszunehmen. Auch um Mariloups willen, an deren Wohlergehen mir, wie ich mir eingestehen musste, viel lag. Ich wollte sie einfach retten und ihr Held sein. Wir mochten uns einige hundert Schritt weit den Weg durch die Finsternis gebahnt haben, als Neundlinger wieder stehen blieb und lange lauschte.

„Matauschek, hören S’ das auch?“, fragte er den Gendarmen neben sich.

„Gehorsamst, das ja, Herr Oberst! Ich hör’s a. Richtig unheimlich ist’s.“

„Ein Gewitter, meine Herren“, erklärte Winter. „Ich würde anregen, wir empfehlen uns, sonst ersaufen wir hier drunten jämmerlich.“

Neundlinger leuchtete zur Seite. Aus den Seitenarmen begann das Wasser immer stärker zu fließen. Winter führte uns zu einer Leiter.

Bis wir bei ihr angekommen waren, standen wir schon knöcheltief im Wasser.

„Aber Antrennewski?“, fragte ich verzweifelnd.

„Ersäuft auch. Genau wie Sie, wenn Sie nicht mitkommen!“

Was sollten wir tun? Wir mussten aufgeben. Winter führte uns zum nächstgelegenen Aufstieg in die Oberwelt. Neundlinger stieg voran und stemmte mit den Schultern das Gitter empor, das uns von der Welt da droben trennte. Die Wasser strömten schon die Backsteinwände herab. Ich wollte Neundlinger gerade folgen, da hörte ich Holmes' Stimme. „Zurück!“

Schon peitschte in unmittelbarer Nähe ein Schuss durch das Dunkel und löste ein tausendfältiges Echo aus. *Nur ein Querschläger!*, dachte ich noch, als ich den Einschlag in der Backsteinmauer hörte. Seit Afghanistan erkenne ich einen Querschläger, wenn ich einen höre.

Im nächsten Augenblick sackte Holmes lautlos in sich zusammen und stürzte ins Wasser. Die Kugel musste ihn getroffen haben.

„Holmes!“, rief ich und schaffte es gerade noch, ihn mit einer Hand am Bein festzuhalten, sonst hätte ihn die Strömung mit sich fortgerissen. Mit der freien Hand feuerte ich in die Richtung, aus der der Schuss gekommen war, bis die Trommel leer war. Das Echo eines Aufschreis, der sogar das Getöse des Wassers übertönte, zeigte, dass ich wohl irgendjemanden erwischt hatte. Ich konnte den Erfolg jedoch nicht genießen.

„Er ist getroffen!“, rief ich und versuchte, den stöhnenden Holmes aufzurichten. „Winter, leuchten Sie hierher!“

Blut strömte stoßweise aus einer Wunde am Bauch. Wenn die Kugel nur nicht die Bauchschlagader touchiert hatte! Das wäre das Schlimmste gewesen, was uns hier unten passieren konnte.

„Oberst!“, brüllte ich. „Holmes ist getroffen! Ihr Koppel, rasch!“

Im nächsten Moment fiel das lederne Teil herunter.

„Winter, Sie helfen!“, bat ich und hielt ihm das Koppel hin. Mit glitschigen, blutigen Händen fischte ich mein silbernes Zigarrenetui aus der Tasche und presste es fest auf die Wunde. Gut, dass ich es behalten hatte! „Drumherum!“

Mit Winters Hilfe schlang ich Neundlingers Koppel um Holmes' Bauch und zog zu, so fest ich konnte. Die Blutung kam nicht völlig zum Stillstand, und viel Zeit für die Rettung blieb uns nicht mehr. Inzwischen hatte Holmes das Bewusstsein verloren.

„Wir ziehen ihn rauf!“, kommandierte Winter. Mit geschickten Fingern schlang er sein Seil unter Holmes' Armen hindurch. Offenbar war er ein geübter Bergsteiger und kannte sich mit Knoten und Schlingen aus.

„Fangen Seil auf, Oberst!“, rief ich nach oben.

Winter warf das Seilende hinauf.

„Achtung! … Ziehen!“

Mit vereinten Kräften schafften wir den leblosen Holmes an die Oberfläche. Der Gendarm kam als Letzter.

„Matauschek!“, befahl Neundlinger. „Rufen Sie einen Fiaker! Rasch!“

„Fiaker. Rasch. Jawoll!"

Wir betteten Holmes auf das Pflaster des Gehweges, wo ich ihm einen Notverband anlegte. Mein silbernes Zigarrenetui würde die Wunde fürs Erste verschließen. Matauschek wurde rasch fündig. Ein Fiaker hielt am Straßenrand. Der Oberst und der Gendarm halfen, Holmes einzuladen.

„Ins nächste Spital! Rasch, Mann!", befahl der Oberst.

Da kam mir eine Idee. Im Spital würde man vielleicht die Wunde schließen können. Was aber, wenn Holmes schon zu viel Blut verloren hatte? Wer weiß, wie viel davon schon in Wiens Untergrund gesickert war?

„Nein, nicht Spital! Erst zu Doktor Landsteiner, Lazarettgasse. Rasch und zehn Gulden, wenn Sie schaffen in einer Viertelstunde!"

Während der rasenden Fahrt, in der der Kutscher auf keinerlei Verkehrsregeln Rücksicht nahm, betete ich, dass Landsteiner zu Hause war. Im Vorüberfahren, beim Lesen der Straßenschilder, sah ich, dass die Lazarettgasse ironischerweise in die Sensengasse überging. Wenn das kein schlechtes Zeichen war …

Meine Gebete wurden erhört. Landsteiner war zu Hause und sofort bereit, uns ins Hygienische Institut zu begleiten. Seine Assistenten würde er ebenfalls dorthin beordern.

„Nicht schlecht, Ihr Notverband", stellte Landsteiner nach einem ersten flüchtigen Blick fest. „Alle Achtung! Das Zigarrenetui hält die Wunde wunderbar zu." Mit einer Sonde untersuchte er die Verletzung. „Glück gehabt! Die Kugel steckt hier, in der Bauchdecke. Die kriegen wir leicht heraus. Aber die Bauchschlagader muss verschlossen werden."

„Das kann ich", meinte ich selbstbewusst. Nach den Übungsstunden bei Antrennewski fühlte ich mich gut gerüstet für die Operation. Geradezu unschlagbar.

„Viel Glück, Collega! Aber Vorsicht, unser Freund hat viel Blut verloren! Schau'n wir mal …"

Holmes Atem war kaum mehr wahrnehmbar. Viel Leben war nicht mehr in ihm. Landsteiner machte seinen rechten Arm frei, legte ihm eine Manschette um den Oberarm, pumpte sie mit einem Blasebalg auf und schaute auf ein kleines Manometer, das an der Apparatur befestigt war. „Das Neueste aus Italien. Ein Blutdruckmessgerät. Kennen Sie so etwas?"

Zu meiner Schande musste ich verneinen.

Nachdem Landsteiner bedenklich den Kopf hin und her gewiegt hatte, horchte er mit dem Stethoskop Holmes' Puls ab. „Sechzig zu vierzig, fallend. Du liebes Hexerl! Der bleibt uns aus. Gott sei Dank, da kommt ja Zaritsch! Zaritsch, hier rüber! Eine Kalziumspritze, rasch!"

Der Angesprochene verabreichte das Gewünschte. Holmes' Blutdruck stieg wieder.

„Jetzt können Sie's versuchen …"

Es waren dramatische Minuten, in denen ich, assistiert von Landsteiner und seinen Assistenten Zaritsch und Störk, den Riss in Holmes' Bauchschlagader schloss, die Gewehrkugel entfernte und die Bauchdecke zunähte. Zaritsch und Störk ließen es sich nicht nehmen, den Verband anzulegen.

„Meine Güte, Collega", lobte mich Landsteiner, „Sie

operieren ja wie ein junger Gott! Ihre Finger möchte ich haben! Geradezu meisterhaft! Haben Sie das in Afghanistan gelernt?"

„Ehrlich gesprochen", gestand ich beim Händewaschen, „war es hier in Wien. Bei Antrennewski. Er mir hat bei Verpflanzen von Schweinehirnen gezeigt neueste Tricks."

Zaritsch unterbrach uns alarmiert. „Der Blutdruck fällt wieder!"

„Hat doch zu viel Blut verloren", meinte Landsteiner. „Jetzt hilft nur noch beten."

„Wir Ärzte!", protestierte ich. „Nicht Priester. Wir müssen sofort eine Bluttransfusion vornehmen! Holmes muss bleiben der Welt erhalten!"

Landsteiner schüttelte den Kopf. „Aber, aber, Collega, dann schlagen Sie ihm doch lieber gleich den Schädel mit der Kohlenschippe ein. Die Wissenschaft ist noch nicht so weit, wir haben doch darüber gesprochen. Sie selber haben gesagt …"

In aller Eile versuchte ich wiederzugeben, was ich bei Antrennewski gehört hatte. Landsteiner ließ mich reden. Nur ab und an stieß er Laute wie *Ah so!* oder *Naa!* aus. Als ich geendet hatte, rief er seine Kollegen zusammen, die der Reihe nach eingetroffen waren.

„Zaritsch! Störk! Kommen S', bitte schön!"

Die Assistenten krempelten bereitwillig ihre Ärmel hoch. Anscheinend war ihnen die Prozedur bereits vertraut. Landsteiner nahm ihnen, mir und Neundlinger, der draußen auf einem Stuhl Platz genommen hatte, Blutproben ab und klebte bunte Zettel auf die Spritzen.

Auch mir reichte er eine und streckte mir seinen entblößten Arm hin. „Bitt'schön, Collega. Mir auch!“

Ich erfüllte seinen Wunsch und nahm auch von Landsteiner eine Blutprobe. Dann eilten wir ans Mikroskop. Der erste Versuch, Holmes Blut vermischt mit dem Störks, war ein Fehlschlag. Es agglutinierte sofort, ebenso Holmes' Blut mit dem Zaritschs. Auch Landsteiner und Neundlinger waren in diesem Falle nicht zu gebrauchen. Blieb nur ich übrig! Beim Blick durch das Okular des Mikroskops sah man – nichts!

„Dös packt's, Collega! Sie können spenden!“

In wenigen Sekunden war alles bereit, und mein Blut floss in die Adern meines Freundes hinüber. Ich konnte zusehen, wie das gerade noch wächserne Weiß seines Gesichts sich nach und nach in ein helles Rosa verwandelte.

„Hundert zu achtzig“, vermeldete Landsteiner. „No ja, nicht gerade optimal, aber ganz gut für's Erste. Collega, dieser Antrennewski ist ein Genie!“

Holmes und ich waren quitt! Er hatte mich vor der Sprengfalle bewahrt, jetzt hatte ich im Gegenzug sein Leben gerettet. Es war ein gutes Gefühl!

*

Ich will den Leser nicht mit einem Bericht über die Rekonvaleszenz meines Freundes langweilen. Sie machte so rasche Fortschritte, dass wir bereits nach einer Woche die Heimreise nach London antreten konnten. Landsteiner, dessen Essensgäste wir in der zurückliegenden Woche so oft gewesen waren, dass sich meine Hose kaum mehr schließen ließ, begleitete uns persönlich zum Bahnhof. Ich brachte erst Holmes' Koffer, dann meinen und schließlich noch ein sorgfältig gepacktes Paket in unser reserviertes Abteil. Dann kehrte ich auf den Perron zurück.

Landsteiner hatte eine Überraschung für uns. „Ich habe noch einmal über Antrennewski nachgedacht", begann er. „Wissen Sie eigentlich, wie er in Wirklichkeit heißt?"

Holmes schüttelte den Kopf. „Nein, woher denn?"

„Na, ich habe Ihnen doch meine Leidenschaft für Detektivg'schichten gestanden. Und ich kenne mich ein wenig mit slawischen Sprachen aus. Dank Bojana, Sie wissen schon. Ich habe da eine Theorie, vielleicht ein bisschen spinnert … aber schauen S' doch mal her."

Landsteiner zog einen abgewetzten Taschenkalender hervor, suchte ein freies Blatt und schrieb mit dem Bleistift das Wort A N T R E N N E W S K I darauf.

„*W* vor *K*", erklärte er dazu, „wird im Slawischen wie *F* ausgesprochen. Und dann muss man nur gut schütteln."

Er schrieb und malte etwas auf das Blatt, riss es heraus und hielt es uns hin.

F R A N K E N S T E I N

„Schaun S'! Es passt ganz genau! Der Name ist ein Anagramm."

„Nein!", entfuhr es Holmes. „Nicht Sie auch noch!"

„Von der Hand zu weisen ist es aber nicht", beharrte Landsteiner.

„Zweifellos. Die Verwandtschaft würde natürlich Antrennewskis spezifische Interessen erklären. Und Sie glauben nun, er wäre Viktor Frankenstein der Dritte oder Vierte? So, wie sich das Anagramm *Graf d'Uracal* unschwer als *Graf Dracula* auflösen ließe?"

„Genau!"

„Doktor Landsteiner ... Ich bin Ihnen dankbar für alles, was Sie für mich getan haben, aber das geht zu weit! Frankenstein ist die Erfindung einer exaltierten Autorin, nichts weiter. Mein Freund und, äh, Blutsbruder Doktor Watson wird mir sicherlich aus tiefstem Seelengrund widersprechen, aber es ist so. Frankenstein gab es nicht, gibt es nicht und wird es nie geben."

„Und das Ungeheuer, von dem Doktor Watson erzählt hat? Das sich selber auseinandergerissen hat?"

„Ist verbrannt. Die Wiener Brandpolizei konnte bekanntlich nur die Knochen eines hoch gewachsenen Mannes bergen. Dabei sollten wir es belassen, in aller Freundschaft."

„Wie Sie meinen, Mister Holmes." In Landsteiners Stimme schwang ein Unterton der Enttäuschung mit. Er hatte sich wohl ein positiveres Echo auf seine Entdeckung erhofft. „Also dann, leben Sie wohl!"

„Sie auch, Professor. Und danke für alles!" Holmes lupfte etwas kühl seine Mütze. Ich dagegen schüttelte dem Arzt mit verschwörerischem Grinsen noch einmal herzlich die Hand. Mit gewohnter Festigkeit erwiderte er den Händedruck.

*

In dem Paket, das ich aus Wien mitbrachte, befand sich Casimiro Castros meisterhafter Akt von Maria Jesus de la

Escosura. Die Wiener Brandpolizei hatte das Gemälde wohlverpackt aus dem Keller unter Antrennewskis Labor im Palais Walderhoff geborgen, und Neundlinger hatte es mir mit allerhöchster Billigung der kaiserlich-königlichen Behörden zu treuen Händen bis zum Wiederauftauchen der Besitzer mitgegeben. Nun blickte die schöne Frau, halb Muttergottes, halb Venus von Botticelli, von unserem Kamin geheimnisvoll auf uns hernieder. Sie tat es trotz des Protestes von Holmes und Mrs Hudson, denen der Anblick so viel entblößter weiblicher Haut unangenehm, ja geradezu peinlich war.

Nach meinem Auszug aus der Baker Street hing das Meisterwerk viele Jahre lang in meinen eigenen Räumen. Niemand hat es je zurückverlangt, und von Antrennewski, Trichinin oder Mariloup hat keiner je wieder gehört. Neundlinger hatte dafür gesorgt, dass von ihrem sinistren Treiben kein Wort an die Öffentlichkeit gelangte. Fast schien es, als hätte es diesen zweifellos hochbegabten, aber völlig wahnsinnigen Wissenschaftler niemals gegeben.

Bei unserer Rückkehr nach London fanden wir einen Brief aus Merthyr Tudful von Robert Trewhella vor.

„Er schreibt“, fasste Holmes zusammen, „der Verdacht gegen ihn habe sich infolge unseres Eingreifens zerstreut, und dankt uns vielmals für unsere Mühe. Als kleines Zeichen seiner Wertschätzung und zur Deckung unserer Unkosten füge er einen Scheck bei. Donnerwetter! Seine Dankbarkeit muss beträchtlich sein!“ Er hielt mir den Scheck hin, denn normalerweise oblagen Scheckeinreichungen mir.

Ich pfiff angesichts der Summe anerkennend durch die Zähne.

„Pedrog sei inzwischen wieder würdig bestattet, diesmal sogar offiziell, wie es sich gehöre. Des Weiteren würden Mister und Misses Trewhella sich freuen, uns bald in Merthyr Tudful begrüßen zu können."

„Sie befinden sich noch am Anfang Ihrer Rekonvaleszenz, Holmes. Sagen Sie ab!"

„Erledigen Sie das bitte für mich, wenn Sie zur Bank gehen."

Ich hatte mir schon so etwas gedacht. „Gerne", antwortete ich, obwohl ich mich etwas ausgenutzt fühlte.

*

Als Lestrade eine Woche nach unserer Rückkehr Holmes einen Genesungsbesuch abstattete und das Bild von Mariloups Mutter erblickte, bekam er regelrechte Stielaugen.

„Ein kleines Souvenir aus Wien", erläuterte Holmes.

„Ich hätte eher den Eiffelturm erwartet."

Holmes und ich stutzten einen Moment, dann lachten wir herzlich.

„Wien, Lestrade! Österreich! Stephansdom, nicht Eiffelturm! Der steht in Paris."

„Kleiner Scherz, Mister Holmes, kleiner Scherz", flunkerte Lestrade hochroten Kopfes. Dann stellte er eine Keksdose aus Blech vor uns auf den Tisch. „Hier bitte! Das schickt Ihnen meine Frau. Selbst gebacken. Mit den besten Wünschen für eine recht baldige Genesung."

„Anisgebäck? Richten Sie Ihrer Frau Gemahlin meinen herzlichsten Dank aus. Ihre kulinarischen Künste werden meine Genesung sicherlich aufs Trefflichste fördern."

„Das hoffen wir alle. Wie gut, dass es Ihnen schon wieder so viel besser geht. Wir hätten Sie auf das Schmerzlichste vermisst, Mister Holmes. Auch wenn wir nicht immer einer Meinung sind, ich glaube, wir bilden ein gutes Team."

Holmes wechselte buchstäblich und mit einem Schlag die Farbe. Man sah, welche Mühe es ihn kostete, nicht die Beherrschung zu verlieren. Ehe er Lestrade als Teamgefährten bezeichnen würde, würde er sich lieber wie der grausame Shakespeare'sche Feldherr Titus Andronicus selbst die Hand abhacken.

„Hatten wir nicht eine Wette?", fragte er scharf. „Wollten Sie nicht den Mörder vor mir fangen?"

Lestrade begann, seine Hände zu kneten – wie immer, wenn er sich in die Enge getrieben sah. „Das heißt, Sie wollen die fünf Pfund von mir?"

„Wenn wir uns präzise an unsere Abmachungen halten wollten, müsste ich genau diesen Betrag einfordern. Schließlich konnten Sie den Täter ja nicht fassen."

Umständlich öffnete er Mrs Lestrades Keksdose und hielt sie mir mit sehr zeremonieller Geste hin, worauf ich mir, mich an Holmes' Tempo anpassend, ebenso umständlich ein Plätzchen aussuchte und es mit ausgesuchter Langsamkeit zu knabbern begann. Holmes kostete ebenfalls eines, von dem er sich geradezu jeden Krümel einzeln auf der Zunge zergehen ließ.

„Lecker. Wirklich lecker!"

Unser Gast litt unsäglich und konnte sich kaum über das Lob freuen.

„Andererseits …"

Lestrades Rücken straffte sich. „Andererseits …?", wiederholte er fragend.

„Andererseits haben wir zwar den Namen des Mörders ermittelt und ihn sogar persönlich kennengelernt; näher kennengelernt, als uns lieb sein konnte. Der irdischen Gerechtigkeit konnten wir ihn leider nicht zuführen. Vielleicht ist er tot und treibt jetzt in der Donau aufs Schwarze Meer zu, wer weiß? Genau genommen habe ich also meinen Teil der Wette verloren und beinahe auch meinen Kopf mitsamt dem Inhalt, nicht wahr, Watson? Deshalb wäre es unbillig, Sie als Verlierer der Wette und mich als glorreichen Gewinner hinzustellen. Was würden Sie also davon halten, wenn ich Ihnen fünf Pfund auszahle und die Sache als erledigt betrachten würde?"

„Oh, Mister Holmes, so viel Großherzigkeit … Das kann ich gar nicht … Wie soll ich das …?"

„Schwamm drüber! Watson, würden Sie bitte Inspector Lestrade fünf Pfund aushändigen? Nein, eine Quittung brauchen wir nicht, Lestrade. Doktor Watson reicht Ihnen ja als Zeuge sicherlich aus, nicht wahr?"

Ich reichte dem Polizisten das Geld. Er hielt es hoch, als wollte er die Scheine küssen.

„Kaufen Sie Ihrer Frau Gemahlin ein neues Kleid oder lassen Sie ihr ein Paar modische Schuhe anmessen. Sie hat es verdient. Niemand backt so ausgezeichnetes Anisgebäck wie sie", meinte Holmes und setzte, in Richtung auf das

Lüftungsrohr sprechend, hinzu: „Sie natürlich ausgenommen, Misses Hudson!“

Glücklich steckte Lestrade das Geld ein. „Was mich aber jetzt doch noch interessieren würde, Mister Holmes … Worum ging es hier eigentlich? Warum wurde Lushing ermordet?“

„Weil er unter Akromegalie litt und jemand sein Blut untersuchen wollte. Damit es nicht auffiel, wurde der blutleere Leichnam verbrannt, aber ich fand sein Geheimnis trotzdem heraus. Dann gab es diesen Einbruch bei der Ausstellung der hässlichsten Frau der Welt, Julia Pastrana. Sie litt unter Hypertrichose, das heißt, sie war behaart wie ein Pelztier. Jemand wollte ihr eine Hand abschneiden, wurde aber gestört. Die Absicht war, diese Hand medizinisch zu untersuchen. Dann jagte meinem Freund und Mitbewohner Doktor Watson ein über und über behaarter Mann lateinamerikanischer Herkunft in unserem Vorgarten den Schrecken seines Lebens ein, und der Apotheker Colthroy fühlte sich durch ein ebensolches Wesen in seinem Garten belästigt, doch ein bornierter Detektiv mochte ihm keinen Glauben schenken. Danach verschwand ein gewisser Doktor Barthorpe in Wales. Sein einziger Patient, den eine seltene asiatische Krankheit allmählich in einen Baum verwandelte, wurde nach seinem natürlichen Tod beigesetzt, aber in seinem Sarg fanden wir Doktor Barthorpe. Jemand hatte die Leiche zu Forschungszwecken gestohlen. Barthorpe hatte Fallstudien über weitere exotische Krankheiten gesammelt; die Betroffenen hießen Collister Shay und Major Palmer Healey. Schließlich versuchte jemand, mich totzuprügeln, verschonte aber mein wertes Haupt. Mariloup, eine ebenfalls unter Hypertrichose leidende Frau, schickte uns über ihren Bruder Wolfert, jenen Mann, der Doktor Watson so erschreckt hatte, ihre schriftliche Lebensbeichte. Daraufhin wurde Wolfert im Auftrag seines eigenen Vaters als Verräter umgebracht. Die Lebensbeichte Mariloups klärte uns über alle wichtigen Punkte des Falles auf. Doktor Watson wird so freundlich sein, sie abzuschreiben, Sie können sie also schon demnächst lesen. Mariloup war die Tochter von Doktor Antrennewski aus Mexiko, der, selber krank, versuchte, ein Heilmittel für seine Kinder zu finden. Dazu brauchte er Blut. Sehr viel Blut, das er, wie Sie wissen, Menschen stahl, die auf die Armenspeisung angewiesen waren. Ihre Leichen stapelte er im Keller seines Verstecks."

„Nachdem er aus Gesundheitsgründen aus Mexiko in das kühlere London übersiedelt war, betrieb Antrennewski seine sinistren Forschungen in Wenderfield Fairhouse. Mit einigen ehemaligen Marinesoldaten versuchte ich diesen Ort zu entern, musste aber feststellen, dass er bereits verlassen war. Einer der ehemaligen Matrosen löste versehentlich eine Brandfalle aus, Wenderfield Fairhouse wurde ein Raub der Flammen. Dabei verbrannten einige der blutleeren Leichen im Keller. Antrennewski war im Schutze eines Circus-Unternehmens nach Wien in ein vorbereitetes Versteck geflohen. Wir folgten ihm dorthin. Doktor Watson wurde entführt und von Antrennewski in seine Pläne eingeweiht. Antrennewski wollte nicht nur ein Heilmittel für seine Tochter finden, sondern auch für sich eine neue leibliche Existenz erschaffen und einen neuen, idealen Menschen zusammenbasteln. Zu meiner Ehre muss ich sagen, dass mein Gehirn in den Kopf dieses neuen, idealen Menschen eingebaut werden sollte.

In Wien konnte ich der Versuchung, Gustav Mahler als Dirigenten des *Lohengrin* zu erleben, nicht widerstehen. Noch während der Vorstellung wurde ich entführt, betäubt und in Antrennewskis Versteck verbracht, das übrigens mitten in der Stadt lag. Mariloup selbst ließ ein Wesen frei, das ihr Vater geschaffen und gefangen gehalten hatte. Im Zuge einer handgreiflichen Auseinandersetzung zwischen ihrem Vater und dem Geschöpf starb dieses. Dabei wurde ein weiterer Brand ausgelöst. In der allgemeinen Verwirrung konnten wir, das heißt Dr. Watson und ich, entkommen. Antrennewski, Mariloup und zwei ihrer Helfer versuchten, durch die Wiener Kanalisation zu fliehen. Mit Hilfe des wackeren Oberst Neundlinger und eines Wiener Journalisten nahmen wir die Verfolgung auf, die wir allerdings wegen eines einsetzenden Unwetters abbrechen mussten. Bei einem Schusswechsel unter Tage wurde ich schwer verletzt. Ich verlor viel Blut, wurde jedoch von Doktor Watson und dem Wiener Arzt Doktor Landsteiner gerettet. Doktor Watson erklärte ihm, was er bei Antrennewski über die Geheimnisse des Blutes gelernt hatte. Das versetzte Landsteiner in die Lage, eine Bluttransfusion vorzunehmen, was in der Medizin bislang als glatter Mordversuch am Patienten galt. Blutspender war übrigens Doktor Watson höchstselbst, mit dem ich mich seither noch enger verbunden fühle als je zuvor. Was aus Antrennewski und seiner Tochter wurde, wissen wir nicht, weshalb ich mich auch nicht als Gewinner unserer

Wette bezeichnen kann. So, Lestrade, das war unser Bericht in Kürze."

„Wollen Sie sagen, dass dieser Antrenski, oder wie er heißt, einen künstlichen Menschen geschaffen hat? Wie ... Frankenstein?"

„Ich will nicht nur das sagen, Lestrade. Antrennewski und Frankenstein ... Nun, sehen Sie selbst!" Er hielt dem Polizisten den Zettel aus Landsteiners Notizbuch vor die Nase.

Der holte seinen Zwicker heraus und sah lange darauf. Dann schaute er Holmes an, der den Blick mit überzeugender Ernsthaftigkeit erwiderte, dann mich. Auch ich verzog keine Miene. Lestrade kam wohl zu dem Schluss, dass er es mit zwei völlig Verrückten zu haben musste. Den Zettel legte er auf den Tisch. „Der Dienst ruft. Leben Sie wohl! Alles Gute!" Er beeilte sich, den Raum zu verlassen, ohne allzu unhöflich zu erscheinen. „Und vielen Dank ... für alles!"

Die Wohnungstür fiel ins Schloss, wir hörten ihn die Treppe hinunterpoltern, Mrs Hudson etwas zurufen und die Haustür zuschlagen. Er bellte noch einmal sein heiseres Husten auf der Straße und rief eine Droschke.

Holmes kicherte und rieb sich mit diebischer Freude die Hände. „Es wird ihm niemand glauben, dem Ärmsten."

*

Einige Nachsätze, eingefügt 1929, beim Wiederlesen des Berichts über die seltsamen Ereignisse um die Werwölfin Mariloup und ihren Vater Viktor Antrennewski von J. H. Watson, M.D.

Nein, dieser Fall war anders als frühere Fälle, in denen Holmes als beratender Detektiv bei bescheidenen Drei-Pfeifen-Problemen *große Erfolge hatte erringen können. Dies war, so stelle ich im Nachhinein fest, sein erster Fall des neuen Jahrhunderts gewesen. Die Welt war im Begriff, so aus den Fugen zu geraten, dass selbst ein Mann wie Sherlock Holmes sie nicht mehr würde in Ordnung bringen können. Dafür wurden andere Männer gebraucht, und Sir Mycroft, das kann ich nun aus der Distanz mehrerer Jahrzehnte noch einfügen, ist es zu danken, dass diese Männer gefunden und ausgebildet werden.*

Sir Mycroft hat die Dienstgeschäfte längst seinem Sohn Admiral Miles Messervy Holmes überlassen. Wie man hört, nennt er sich nicht etwa Sir Miles, sondern einfach M, *denn mehr noch als sein Vater ist er so sehr vom Gedanken der Geheimhaltung besessen, dass er sogar seinen Namen geheim hält. Den Nachnamen Holmes hat er deshalb offiziell abgelegt.*

An die Stelle von Detektiven wie Sherlock Holmes sind auf das Betreiben Sir Mycrofts und seines Sohnes und Nachfolgers veritable Ein-Mann-Armeen getreten. Was sie für ihre Aufgaben wissen müssen, ermittelt das Amt für sie. Das schickt sie dann zu den mörderischsten Missionen in alle Welt hinaus. Gerüchten zufolge verfügen sie über eine geheime Lizenz zum Töten im Dienst, die sogenannte Doppelnull. *Etwas Unbritischeres vermag ich mir überhaupt nicht vorzustellen! Wenn unsere selige Queen Victoria davon wüsste – sie würde sich in ihrem Grab herumdrehen!*

*

Wie sehr hat sich das Leben und Treiben in den letzten Jahren verändert! Wo vor gar nicht allzu langer Zeit noch Pferdewagen entlangfuhren, mal von leichtfüßigen Trabern, mal von schwergängigen Brauereigäulen gezogen, bahnen sich nun laut ratternd, hupend und stinkend Benzinkutschen ihren Weg durch die Stadt. Früher musste ein Mann mit einer roten Flagge vor ihnen hergehen, um Fußgänger zu warnen, doch man hat diese nützliche gesetzliche Maßnahme abgeschafft. Die Menschen haben lernen müssen, die Straßen schnell zu überqueren, wollen sie nicht überfahren werden, und bei schlechtem Wetter kann man würdige Gentlemen erschrockene Hopser machen sehen, wenn sie dem Wasserschwall ausweichen, den ein durch die Pfützen jagender Motorwagen hochspritzen lässt.

Das Leben hat an Stil verloren, im Frieden wie im Kriege. Wo vor wenigen Jahren noch selbst schlimmste Feinde die Regeln des Fair Play *beachteten, mähen nun irgendwelche Gefreiten einander mit Maschinengewehren nieder oder rotten den Gegner mit Gas aus wie ein Ungeziefer.*

*Respekt ist den Menschen ein Fremdwort geworden. Ein Jahr nach unserem Aufenthalt in Wien hat ein Irrer mit einer Feile Kaiserin Elisabeth erstochen, die alle nur Sisi genannt und die kennenzulernen auch wir einmal die Ehre gehabt hatten.**

Auch die Wissenschaft hat sich verändert. Sie ist der Hybris verfallen. Erfinder und Ärzte glauben, Gott spielen zu dürfen. Sie dringen tiefer, als es dem Menschen zuträglich ist, in die Geheimnisse des Lebens vor. Karl Landsteiner bildete da im Grunde keine Ausnahme.

*Dieses Abenteuer gehört vermutlich zu den *lost cases* des Sherlock Holmes.

Ich erinnere mich zum Beispiel noch gut an das Jahr 1904. Der Postbote brachte uns irgendwann im Laufe jenes Jahres einen dicken Brief aus Wien. Landsteiner schickte mir Abdrucke von Artikeln aus dem Centralblatt für Bakteriologie, Parasitenkunde und Infektionskrankheiten *und aus der* Wiener klinischen Wochenschrift. *Die ellenlangen Titel zu übersetzen fiel mir gleichwohl nicht schwer, weil sie fast gänzlich aus mir wohlvertrauten lateinischen Fachausdrücken bestanden.* Zur Kenntnis der antifermentativen, lytischen und agglutinierenden Wirkungen des Blutserums und der Lymphe *hieß der eine aus dem Jahr 1900,* Ueber *(sic)* Agglutinationserscheinungen normalen menschlichen Blutes, *ein Jahr später erschienen, der andere.*

Dem Collega Dr. Watson zur Erinnerung an das Jahr 1897, K. Landsteiner, *stand auf dem Umschlag. In der letztgenannten Veröffentlichung fand sich eine Tabelle, in der auch die Namen Erdheim und Pletschnigg vorkamen. Der Mann, der nur wenige Monate, bevor wir ihn kennengelernt hatten, besoldeter Assistent am Pathologisch-anatomischen Institut der Universität Wien geworden war, hatte nun die Blutgruppen entdeckt und benannt und damit der Bluttransfusion eine wissenschaftliche Grundlage gegeben.*

Ein weiterer Artikel war gemeinsam mit einem M. Richter abgefasst und hieß Über die Verwertbarkeit individueller Blutdifferenzen für die forensische Praxis. *Daneben hatte Landsteiner eine freundliche Widmung an meinen Freund geschrieben.*

Holmes las die Sonderdrucke aufmerksam durch und schrieb seinem Lebensretter sofort einen Brief auf Deutsch. Holmes sah immer wieder abwesend zu dem Bücherbrett hinüber, auf dem die Heinrich-Heine-Ausgabe von einem Leipziger Verlag stand, und murmelte angestrengt und stumm Wörter vor sich hin. Er memorierte Vokabeln.

Noch schrecklichere Abenteuer sollten wir im Jahre 1906 durchstehen müssen. Professor Moriarty würde wieder von den Toten auferstehen, und der Mann, mit dem er sich verbündet hatte, würde sich anschicken, die Welt, wie wir sie kannten, zu vernichten, indem er ein archaisches Ungeheuer herbeirief. Der Schrecken, den die düsteren Seelen von Schriftstellern wie Mary Wollstonecraft Shelley oder Bram Stoker in ihren Büchern hervorgebracht hatten, war Wirklichkeit geworden, so real wie das Papier vor mir auf meinem Schreibtisch. *

Hätte ich das alles schon damals so genau gewusst, wie ich es heute weiß – ich glaube, ich wäre verzweifelt!

Aber so weit war es am Silvestertag 1899 noch nicht.

*

Ich empfand ein tiefes Missbehagen in meinem Inneren, das ich damals noch nicht genau benennen konnte. London war grau geworden, grau und rußig. Kaum, dass man atmen konnte. Hinter einem Dunstschleier vermochte man die Sterne nur noch zu erahnen. Menschen gingen vorbei, getrieben von ihren Ängsten, ihren Sorgen, ihrer kleinlichen Gier nach Besitz, nach Reichtum und Macht. Ich hatte das Gefühl, mich beschmutzt zu haben.

*Siehe Klaus-Peter Walter, *Sherlock Holmes im Reich des Cthulhu*, BLITZ 2008.

Ein starker Wind müsste aufspringen, dachte ich bei mir, das ganze Land, ja die ganze Welt durchwehen und den Schmutz und Dreck wegwirbeln. Dann werden Luft und Wasser wieder sauber sein, dann werden sich die Menschen bis zur Unkenntlichkeit ändern ... Der Mensch wird heimkommen, die Fenster öffnen und spüren, wie die frische Luft seine Wohnung erfüllt, wie sie Wände, Möbel und Kleider, die Wäsche und das Bettzeug reinigt, ja sogar das Innere des Menschen selbst.*

Nun ging nicht nur ein Jahr zu Ende, sondern gleichzeitig auch unser gutes, altes neunzehntes Jahrhundert, das man gerne das *Viktorianische Zeitalter* nennt. Ich blickte durch das Wohnzimmerfenster nach draußen, das ich ein kleines Stück heruntergeschoben hatte, um etwas frische Luft hereinzulassen. Ein lautes *Plopp* und ein vielversprechendes Gluckern hinter mir rissen mich aus meinen melancholischen Betrachtungen. Dann trat Holmes neben mich, in jeder Hand einen Kristallkelch Cliquot. Mit einem fahrigen Lächeln nahm ich den mir zugedachten Champagner entgegen. Lange sahen wir in die dunstige Nacht hinaus. Ein seltsamer Lichtreflex verlieh dem Gemälde über dem Kamin eine geradezu religiöse Aura. Vielleicht, schien uns Maria Jesus de la Escosura damit versprechen zu wollen, würde alles gar nicht so schlimm werden ...

Ich spürte, Holmes wusste ganz genau, woran ich dachte, aber er sagte nichts, bis draußen eine erste vorwitzige

*Man verzeihe mir, dass ich den Ursprung dieser Paraphrase nicht gefunden habe. Der Urheber könnte Daniil Granin sein.

Glocke ihre Stimme erhob. Ihr Klang erfüllte mich mit zaghafter Zuversicht, mit dem leisen, ganz leisen Hauch einer gänzlich unbegründeten Hoffnung. Die Kaminuhr begann zu schlagen.

„Auf das neue Jahrhundert, mein Freund!“, toaste Holmes mir mit fester Stimme, seinen Champagnerkelch hoch erhebend, optimistisch mit fester Stimme zu.

Der zarte Klang des Kristalls beim Anstoßen wurde vom Westminster-Schlag der Kaminuhr übertönt. Von draußen zu uns herein drang das machtvolle, nicht enden wollende Geläute sämtlicher Kirchenglocken Londons. Sie begrüßten das neue Jahr mit derselben souveränen Gelassenheit, mit der sie es bereits zur Zeit unserer Eltern, Großeltern und Urgroßeltern begrüßt hatten und mit der sie es auch in der Zukunft für unsere Kinder, Enkel und Urenkel begrüßen würden.

„Auf das neue Jahrhundert, Holmes! Mein Freund!“, erwiderte ich mit belegter Stimme.

Acknowledgements

1968 veröffentlichte die Programmzeitschrift *Hör Zu* den mehrteiligen Tatsachenbericht *Es begann mit Null* von C.C. in der Beck über Karl Landsteiner und wie er die Blutgruppen entdeckte. Dieser Bericht faszinierte mich so sehr, dass ich ihn ausschnitt und in ein Heft klebte, welches ich bis heute besitze. Ihm verdanke ich das Wissen über die Grundzüge von Landsteiners Wesen und Wirken.

Etliche Jahre später stand im *Reader's Digest* der Bericht über ein archaisches Menschenopfer in Pompeji, mit dem der Ausbruch des Vesuvs im Jahre 79 n. Chr. verhindert werden sollte. Dabei blutete das Opfer aus, wurde dann jedoch von der heißen Asche verbrannt. Übrig blieben weiße Knochen statt schwarzer bei nicht Ausgebluteten. Diese beiden Berichte bildeten den Nukleus dieses Sherlock-Holmes-Romans.

Die ältesten erhaltenen Skizzen entstanden um das Jahr 1980 herum während meines Studiums der slawistischen Literaturwissenschaft, blieben dann aber aus verschiedenen Gründen liegen, bis Alisha Bionda für ihre Anthologie *Das Geheimnis des Geigers* (BLITZ-Verlag) Sherlock-Holmes-Geschichten im klassischen Stil suchte. Mangels einer solchen nahm ich die Passage, in der Holmes den experimentellen Nachweis erbringt, dass Peter Lushing vor dem Verbrennen ausgeblutet war, und gestaltete daraus eine Kurzgeschichte mit ironischem Schluss. Danach gelangen mir endlich weitere Sherlock-Holmes-Kurzgeschichten und -Erzählungen.

Später bestellte Alisha bei mir einen Roman, der Sherlock Holmes mit den Horrorwesen Howard Philipp Lovecrafts konfrontieren sollte. Daraus wurde dann *Sherlock Holmes im Reich des Cthulhu* (BLITZ-Verlag).

Danach schloss Jörg Kaegelmann mit mir einen Vertrag über den Erzählband *Sherlock Holmes und Old Shatterhand*, erschienen 2011, sowie einen weiteren Sherlock-Holmes-Roman. Diesem Vertrag verdankt das vor langen Jahren begonnene *Werwolf-Projekt* letztlich seine Vollendung. Mein zweiter Roman ist also in Wahrheit der erste, was vielleicht die thematischen und motivischen Ähnlichkeiten zwischen beiden erklärt. In *Sherlock Holmes und das Geheimnis der Unsterblichkeit* aus Alisha Bionda (Hrsg.): *Der verwunschene Schädel* (Möllersdorf/Österreich 2011: Voodoo Press Verlag, S. 93-115) habe ich in einem Akt der Selbstkannibalisation, aber mit anderen Figuren und anderen Akzenten, eine Art Schnelldurchgang dieses Romans abgeliefert. Dass Watson in einer Art Nachschrift einen Bogen von Sherlock Holmes zu James Bond spannt, kommt nicht von ungefähr. Mit dem Übergang vom 19. zum 20. Jahrhundert trat ein Paradigmenwechsel ein. Konnte Sherlock Holmes noch kraft seines reinen Geistes die durch das Verbrechen aus dem Lot gebrachte Welt wieder ordnen, so walten in der Welt des 007 nur noch Kräfte. Was Bond wissen muss, ermittelt nicht er, sondern seine Tarnfirma *Universal Export*, und was die Welt bedroht, weist er nicht denkend und deduzierend in die Schranken, sondern zerstört es kurzerhand.

Wo einst Konstruktivität herrschte, waltet nun die Destruktion als ordnendes Prinzip, aber das – wie im Roman – nur am Rande.

Danken möchte ich Helmut Bittner und Georg Krause von der Deutschen Gesellschaft für Eisenbahngeschichte, die für mich die Fahrzeiten von London nach Wien ermittelten. Den Namen Neundlinger musste mir ungefragt mein verstorbener, aus Österreich stammender Kunstlehrer borgen, und Dr. Franz Rottensteiner, einen Mitarbeiter des LKL von der ersten Stunde an, habe ich als Namensgeber eines Hotels verewigt. Der echte Name des Hotels an der angegebenen Stelle, Ambassador, erschien mir viel zu blass. Alexej Nikolajewitsch Trichinin ist einem kettenrauchenden Mainzer Russischdozenten nachempfunden. Seine grunzende Faulheit, die sich auf alles mit Ausnahme des Kindermachens erstreckte, trug ihm den Spitznamen *Oblomow* ein.

Zum Teil abseitige Informationen verdanke ich den Büchern Winfried Speitkamp: *Der Rest ist für Sie!,* Stuttgart 2008, Reclam, S. 66-67, und Julius Jakob, *Wörterbuch des Wiener Dialekts*, Wien und Leipzig 1929, Nachdruck Dortmund 1980, Harenberg Kommunikation.

Leseprobe aus

SHERLOCK HOLMES UND DIE GEHEIMNISVOLLE WAND

von Ronald M. Hahn

(Sherlock Holmes-Taschenbuch-Edition Band 3)

Prolog

1880, Dunwich, Massachusetts
Aller Tage Abend

Zwei Minuten, bevor die Kutsche um die letzte Ecke bog, schlug Holmes die Broschüre auf, die er in der Universitätsbibliothek von Arkham hatte mitgehen lassen. Dort stand: *Schlägt der Reisende im nördlichen Massachusetts an der Kreuzung der Aylesbury-Überlandstraße direkt hinter Deans Corner die falsche Richtung ein, gerät er in eine einsame und sonderbare Gegend. Der Boden steigt an, die von Dornengestrüpp überwachsenen Steinmauern nähern sich immer mehr dem Verlauf der staubigen und kurvenreichen Straße. Die Bäume zahlreicher Haine erscheinen einem zu hoch. Büsche, Sträucher und Gras erreichen eine Dichte, die man in besiedelten Gebieten kaum findet. Gleichzeitig werden die Felder seltener und wirken unfruchtbarer, während sich die verstreut liegenden Gebäude auf wunder-*

same Weise in Alter und Verfall immer mehr ähneln. Man zögert, ohne genau zu wissen warum, die verhutzelten Gestalten, die man hier und da vor den Türschwellen sieht, nach dem Weg zu fragen. Sie erscheinen so schweigsam und heimlichtuerisch, dass man glaubt, sich irgendwie verbotenen Dingen gegenüber zu sehen, mit denen man lieber nichts zu tun haben möchte ...

Holmes schüttelte sich. Dann schob er den Kopf aus dem Fenster. Die Monotonie des Hufschlags drohte ihn schon seit geraumer Zeit einzuschläfern. Er hatte die Broschüre in dem Versuch aufgeschlagen, konzentriert und wach zu bleiben, doch als der kalte Fahrtwind sein Gesicht peitschte, wurde ihm bewusst, dass seine Müdigkeit keine Folge der Reisestrapazen, sondern eine Nachwirkung des abscheulichen Krauts war, das er am Abend zuvor geraucht hatte. Seit er in die Kutsche gestiegen war, hatten ihn merkwürdige Visionen heimgesucht, in denen ziegengesichtige, sabbernde Gestalten von Gicht geplagte, knotige Finger nach ihm ausstreckten.

Frische Luft, so meinte er, konnte seinem Hirn nur Gutes bringen. Doch der ihm um die Ohren pfeifende Wind zwang ihn, sich schnell wieder ins Innere der Kutsche zurückzuziehen. Als die ersten Lichter auftauchten, änderten sich die Geräusche der Wagenräder. Der Weg wurde steiler, die Landschaft weißer. Schon knirschten die Räder über Schnee.

Holmes steckte die Broschüre ein und reckte neugierig den Hals. Die meisten Häuser, an denen die Kutsche vorbeifuhr, waren finster. Über ihren Kaminen stand kein Rauch. Nur hier und da brannte hinter einem Fenster Licht. Die meisten Gebäude waren zweistöckig und schienen sich vor kahl in den Himmel ragenden Bäumen zu ducken.

So sehr sich Holmes auch bemühte, er sah kein einziges Menschenwesen, und als die Kutsche wenige Minuten später vor einem klobigen Gasthof anhielt, fragte er sich, wer eigentlich darauf aus war, in dieser Gegend Bekanntschaften zu machen. Während er nach einem Schild ausspähte, das ihm den Namen der Lokalität verriet, hörte er den Kutscher fluchen und mit einem heftigen Satz vom Bock zu Boden springen.

„Ist alles in Ordnung?", erkundigte sich Holmes.

Die Antwort des Mannes war ein dumpfes Knurren, das so bedrohlich klang, dass Holmes sich vornahm, seine Nase künftig nur in Dinge zu stecken, die ihn persönlich betrafen. Die Kutschentür quietschte erbärmlich. Holmes betrat einen hölzernen Gehsteig. Der Schnee verschluckte das Geräusch. Holmes schaute kurz auf und erkannte dicke weiße Flocken vor einem riesengroß am Himmel stehenden Mond. Dann flog ihm seine Reisetasche entgegen, traf seinen Brustkorb und warf ihn nach hinten. Bevor sie auf den Gehsteig fallen konnte, packte Holmes zu. Er erwischte sie noch in der Luft. Der Kutscher schwang sich sogleich wieder auf den Bock, seine Peitsche knallte. Die vier schwarzen Gäule, die zuvor nur geschnaubt und durch die Nüstern weißen Dampf ausgestoßen hatten, setzten sich wieder in Bewegung. Die Kutsche knirschte und knarrte. Holmes stand fassungslos vor dem Gasthof, und als er sich fragte, ob er noch bei Sinnen war, zu dieser Jahreszeit hierherzukommen, bog die Kutsche zwischen zwei Gebäuden ab und ward nicht mehr gesehen. Holmes wandte sich um und begutachtete das Haus, in dem er sich telegrafisch angemeldet hatte. Über der Tür stand: *Zum Raben.* Im Parterre brannte hinter einer bunten Butzenscheibe Licht.

Holmes trat an den Eingang. Die Tür war verschlossen. Er klopfte. Nichts rührte sich. Er klopfte noch einmal. Erfolglos. Schließlich stellte er seine Reisetasche auf dem Boden ab und versuchte es mit der geballten Faust. Dies schien zu helfen. Kurz darauf drang durch die verschlossene Tür eine quäkende Stimme an sein Ohr, die sich nach seinem Begehr erkundigte.

„Mein Name ist Holmes", sagte er daraufhin. „Ich habe Ihnen vor zwei Tagen aus Arkham telegrafiert und für heute Nacht ein Zimmer reserviert."

„Kenne keinen Holmes", kam die Antwort. „Hau ab!"

Holmes runzelte die Stirn. „Sherlock Holmes", erklärte er. „Vom Sasanoff-Tournee-Theater aus London, England. Wir gastieren derzeit in Arkham, und ..."

„Ist geschlossen!"

Holmes hörte Schritte, die sich entfernten. Während er mit offenem Mund in der Kälte stand und der fallende Schnee sich anschickte, seinen Deerstalker und seinen Mantel unter einer weißen Schicht zu begraben, erlosch in dem Haus, in dem er eigentlich die Nacht hatte verbringen wollen, das Licht.

„Sie belieben zu scherzen, Sir!“ Holmes schlug mit der Faust gegen die Tür. „Wo bin ich hier? Doch nicht bei den Kaffern in der Wildnis!“ Hilflos und wütend schaute er sich um. „Oder etwa doch?“

Plötzlich gewahrte er auf der anderen Straßenseite eine Gestalt, die so schief dastand und deren Miene so sehr an eine Ziege erinnerte, dass er seinen ersten Impuls, sie um Hilfe zu bitten, auf die lange Bank schob und sich stattdessen schüttelte. Als sei dies für das ziegengesichtige Ding ein Signal, stieß es einen meckernden Laut aus und setzte seinen Weg fort, bis es, von Schneeflocken eingehüllt, mit der Landschaft eins wurde.

„Der Teufel soll mich holen“, murmelte Holmes. „Was tun?“ Er begutachtete die Umgebung. Von den etwa zehn Häusern, die er im Schneetreiben zu beiden Seiten der Straße sehen konnte, war nur eins erhellt: *Eine Buchhandlung!* Wenn das kein gutes Omen war! Dort gab es gewiss gebildete Menschen, die einen Briten mit ausgezeichneten Umgangsformen und Intelligenz zu schätzen wüssten. Sie würden ihm erklären, wie man hier in dieser winterlichen Landschaft eine kalte Nacht überleben konnte. Holmes nahm seine Reisetasche und überquerte die Straße. Da ihm inzwischen ziemlich kalt geworden war und er sich auf die Wärme eines Ofens freute, gönnte er dem Schaufenster des Lädchens nur einen beiläufigen Blick. Dass eine Türglocke sein Erscheinen ankündigte, erinnerte ihn an seine nebelverhangene europäische Heimat. Dass jedoch bei seinem Eintreten statt einer hübschen Buchhändlerin ein hübscher Buchhändler den Kopf hinter einem Regal hervorschob, empfand er als leicht enttäuschend.

„Guten Abend, Sir", sagte der junge Mann. Er sah mit seiner hellblonden Mähne wie ein Rauschgoldengel aus. „Womit kann ich Ihnen dienen?" Er sprach, wie die meisten Bürger des Staates Massachusetts, ein Englisch, das so gepflegt war, dass Holmes sich fast heimisch fühlte. Er schätzte den Buchhändler auf vielleicht zwanzig oder einundzwanzig Jahre. Seine Haut war ganz und gar ebenmäßig, und nicht das geringste Barthaar zierte seine Oberlippe.

„Mein Name ist Holmes." Holmes deutete eine Verbeugung an. „Sherlock Holmes."

„Ich heiße Aylesbury." Der Rauschgoldengel kam nun gänzlich hinter dem Regal hervor und breitete die Arme aus. „Mir gehört dieses ..." Er hüstelte. „... Unternehmen." Seine hellblauen Augen musterten seinen Besucher mit großem Interesse. „Ich helfe Ihnen gern, Sir, wenn ich kann."

„Danke." Holmes schaute sich um und sah mehrere tausend Bücher in zwei bis drei Dutzend Regalen. Er fragte sich, wie man hier, am Ende der Welt, mit so einem Laden seinen Lebensunterhalt bestreiten konnte. „Ich bin derzeit beruflich in Arkham tätig", erläuterte er. „Und ich wollte ein freies Wochenende dazu nutzen, einen Studienfreund zu besuchen, der hier in Dunwich lebt." Er zwinkerte Mr Aylesbury zu. „Da ich ihn überraschen wollte, habe ich mich nicht angemeldet, sondern telegrafisch im örtlichen Gasthof Quartier genommen. Leider hat man dort mein Telegramm offenbar nicht erhalten, und der Besitzer sagt, er hätte sein Gasthaus geschlossen."

Aylesbury nickte. „Der Besitzer des Gasthofes ist vor einigen Monaten verstorben. Der Mann, mit dem Sie gesprochen haben, ist nur jemand, der das Haus bewacht, bis es einen neuen Besitzer gefunden hat." Er seufzte. „Er ist nicht von hier, aber ..." Er zögerte. „Ich hege die Vermutung, dass er weder lesen noch schreiben kann und darüber hinaus nicht ganz bei Sinnen ist." Aylesbury deutete mit dem Zeigefinger auf seine Schläfe. „Sind Sie jetzt etwa ohne Bleibe, Sir?"

Holmes nickte. „Es sei denn, Sie können mir sagen, wo ich meinen Freund finde. Er heißt Basil Bishop. Er lebt hier bei seinen Eltern." Ein Lächeln legte sich auf Holmes' Miene. „Ich wette, er wird mich nicht im Freien übernachten lassen."

„Basil Bishop?" Die hellblauen Augen des Buchhändlers blitzten auf. „Na, so ein Zufall! Da kommt er gerade!"

1. Kapitel

Düstere Träume

Violet erwachte in der Dämmerung eines eiskalten Morgens. Das neben dem Fenster an der Wand befestigte Thermometer war unter Null gesunken. Also konnte ihre innerliche Hitze nur von dem unheimlichen Traum herrühren. Noch im Halbschlaf machte sie einen Versuch, wieder ins Land der Träume zu entschwinden. Vergebens. Ihre Sinne waren hellwach. Eigentlich war es gut so, denn auf die unheimlichen Bilder konnte sie gut und gerne verzichten. In ihrem Kopf war ein hohles Gefühl. Das Grauen hatte sich aufgelöst. Sie drehte sich auf den Rücken, blickte an die Decke und versuchte sich an den Alb zu erinnern.

Grässliche Schattengestalten unter einem fremdartig grünen Himmel. Bestien ...

Violet schüttelte sich. Dann richtete sie sich auf und schaute aus dem Fenster.

Das Landhaus der Bishops, deren Gast sie seit gestern war, stand auf einem bewaldeten Hang im oberen Drittel einer Erhebung namens Sentinel Hill. Die Kuppe dieses Hügels zierte ein Kreis aus gigantischen Steinen. Es gab Menschen, die der Meinung waren, dass es sich dabei um Überreste einer uralten Ruine handelte. Andere behaupteten gar, dass dort, wo die Steine lagen, einst eine Feste gestanden hatte. Beweise dafür gab es allerdings nicht. Doch Violet fand die Vorstellung inspirierend genug, um in Erwägung zu ziehen, ihre nächste Erzählung genau dort spielen zu lassen – in alter Zeit. In prähistorischer Zeit. Noch fehlte ihr ein fesselnder Plot. Um ihn zu finden, war sie hier. Sie hob den Blick. Über Nacht hatte sich eine jungfräuliche Schneedecke auf den Hügel gelegt.

Eigenartig, dass sich ihr Traum um das Thema gedreht hatte, das sie hier verarbeiten wollte. Sie war durch die finsteren nächtlichen Gassen einer mittelalterlichen Siedlung geschritten; über ihr ein Schwarm krächzender Vögel mit schwarzem Gefieder. Das Rascheln der Schwingen hatte sie noch im Ohr. Im Traum hatte sie alles ganz deutlich gesehen. Nun, im Tageslicht, löste sich alles auf. Falls man von Tageslicht überhaupt reden konnte.

Violet seufzte. Schade. Man konnte nicht alles haben. Hoffentlich stimmte die alte Weisheit nicht, dass das, was man in fremden Betten träumte, irgendwann Wirklichkeit wurde. Vermutlich hatten die Bücher aus Onkel Harrys Bibliothek zum Entstehen ihres Traums beigetragen. Violet hatte sich am Abend zuvor drei Glas Tee mit Rum gegönnt und in alten Werken geblättert. Vielleicht waren ihr das krause Geschreibsel und die bizarren Zeichnungen zu Kopf gestiegen.

Beim Zubettgehen hatte sie sich fast fiebrig gefühlt. Sie erinnerte sich noch an die magisch klingenden Satzfetzen in uraltem Englisch. *Die Wirklichkeit ist euren Augen verborgen ... Ihr seht nur, was die Geschöpfe der Finsternis euch sehen lassen wollen ... Noch ist die Zeit nicht reif ... Noch muss die Pforte geschlossen bleiben.*

Die Warmwasserheizung fing an zu rattern. Violet nahm es freudig zur Kenntnis. Das hochmoderne Gerät würde dennoch eine Weile brauchen, um das Landhaus zu erwärmen. Trotzdem stand sie mutig auf und bewunderte die Eisblumen am Fenster.

Esther, die junge Schwester ihrer Mutter, schepperte in der Küche. Das Wasser im Gästebad war eiskalt.

Als die Frau mit der Morgentoilette fertig war, vernahm sie das Knirschen der Asche, die im Parterre aus dem Kamin in einen Eimer geschaufelt wurde. Nun ja, Massachusetts war nicht New York. Hier lebte man nicht viel komfortabler als im Wilden Westen.

Als Violet in die Wohnküche kam, war diese gerade im Begriff, sich langsam zu erwärmen. „Was für eine grässliche Kälte." Der Traum spukte noch immer in Violets Kopf herum. „Wo ist Onkel Harry?"

„Er kümmert sich um die Heizung." Esther lächelte. Sie war fünfundvierzig, rothaarig, hatte grüne Augen und war so hübsch, wie Violet es gern gewesen wäre. Die Jahre sah man ihr nicht an. Harry, ihr Mann, war Kunstmaler. Er hatte sie vor fünfundzwanzig Jahren an einer Hotelrezeption in New York kennengelernt. Dass er ein Künstler war, bewiesen sein Bart, seine Pfeife und seine Baskenmütze. Außerdem führte er das Leben, das bei Künstlern typisch war, er stand spät auf, so gegen neun Uhr, saß stundenlang am Frühstückstisch, trank abends Rotwein und wanderte zweimal in der Woche den Hügel hinab nach Dunwich, wo er mit Pastor Peabody und einigen Honoratioren pokerte. Wirtschaftliche Not kannte er nicht. Seine Eltern hatten ihm ein Vermögen hinterlassen, von dessen Zinsen er lebte. „Geh doch mal runter und ruf ihn ..."

„Und Basil?", fragte Violet sofort.

„Der ist heute Nacht nicht nach Hause gekommen. Ich nehme an, der starke Schneefall war daran schuld."

Violet nickte, dann ging sie ein Stück die Kellertreppe hinab und rief Onkel Harry zum Frühstück.

„Gleich!", rief dieser. „Sobald diese elende Erfindung der Neuzeit macht, was sie machen soll!"

Als Violet in die Küche zurückkehrte, war diese angenehm warm. Sie schaute aus dem Fenster. Ein dunkler Fleck wanderte durch die weiße Landschaft auf Bishop Mansion zu. Violet dachte spontan an den attraktiven jungen Mann, mit dem Esther gestern in der Küche Tee getrunken hatte.

„Wer war eigentlich der Bursche, der dich gestern besucht hat?", fragte sie scheinheilig. „Der Postbote?"

„Der blonde Gentleman?"

Violet nickte gespannt.

„Er heißt Algernon Aylesbury."

„Aylesbury?" Violet zog die Nase kraus. „Wie die Ortschaft?"

Esther zuckte die Achseln. „Seine Vorfahren haben den Ort, glaube ich, gegründet. Und auch die Zeitung, die dort erscheint." Sie kicherte. „Er ist ziemlich verschroben." Sie deutete zur Tür. „Ein Bücherwurm mit abseitigen Interessen. Wenn er hier ist, steckt er seine Nase oft in Harrys Folianten. Er wohnt in Dunwich. Sein Großvater hat ihm einige Häuser vererbt. Er ist Antiquar und handelt mit alten oder seltenen Büchern, die er per Post an Kunden in aller Welt verschickt. Er interessiert sich auch für den Steinhaufen auf dem Sentinel Hill und meint, da oben hätte schon vor Columbus eine Burg oder so etwas gestanden."

Violet runzelte die Stirn. „Und wer hat sie gebaut? Die Apachen? Es wäre ziemlich untypisch für sie."

Esther zuckte die Achseln. „Algernon meint, auch vor den Indianern hätten hier schon Menschen gelebt. Er ist ein Spürhund, immer auf der Suche nach Geheimnissen aus alter Zeit."

„Ich habe gestern Abend in Onkel Harrys Büchern geschmökert", gestand Violet. „Und ich glaube, ich hatte ihretwegen einen Albtraum."

„Wundert mich nicht." Esther lachte. „Die sind ja auch voll mit Bildern von Hexen, Satansbraten und Teufelsfratzen."

ISBN: 978-3-89840-337-5